小城好汉之英特迈往

韩东 著

年代三部曲 3

中国友谊出版公司

他坚持去共水湖里摸螃蟹,然后站在马路中间拦解放牌,问人家:要不要螃蟹?不是卖,也不要求换东西,白送行不行?只要能够接近解放牌,他的目的就达到了。

于是张新生走到大池边上,在热水里涮了涮匕首,洗干净血迹,就出来了。

父子俩就这么靠在草堆上面晒太阳，相顾无言。

县中里的那间教室里人满为患,熙熙攘攘,创作组的人、找任杆子学画画的人、看画画的县中师生,真的比以前文化馆的二楼还要热闹。但总不能把任杆子再调回文化馆吧?

这么说，朱红军家已经葬身于汹涌的波涛之下，成了鱼鳖之家了？

目 录

1 / 上学路上

9 / 桥下人家

17 / 螃蟹过堤

31 / 读书无用

41 / 屁风阵阵

51 / 农村分校

68 / 狼人迭出

79 / 天然浑成

91 / 验明正身

109 / 十五年后

115 / 笑口常开

121 / 改天换地

128 / 肉、菜、梦

144 / 事关荣誉

157 / 寅吃卯粮

172 / 错过入党

183 / 扑克人生

193 / 乖乖隆里冬

208 / 一技之长

221 / 学以致用

233 / 混出来了

248 / 一九七八

255 / 一九七九

263 / 一九八〇

269 / 一九八一

273 / 一九八二

279 / 一九八三

290 / 一九八四

295 / 一九八五

303 / 一九九〇

311 / 二〇〇〇

319 / 二〇〇五

331 / 韩东创作年表

上学路上

八岁时我随父母下放苏北农村，我们家在生产队和公社都住过。一九七五年，我十四岁，父母被抽调到共水县城里工作，我自然也跟随前往，转学来了共水县中。

六年的农村生活使我完全变成了一个乡下孩子，说一口当地方言，对共水县城十分地向往。以前在下面的时候，我也曾随父母去过共水几次，每一次都很兴奋，回去后要向农村的同学吹嘘很久。这下子可好，我们家真的搬来了共水，不是赶集，也不是办事，不必当天赶回去，而是长住。想住多久就住多久，不想住了还不行呢！

在那辆开往共水的班车上，我非常地紧张，双手紧紧地抓着座位扶手，眼望着窗外。班车行驶在砂礓铺成的路面上，车身上下颠簸，每颠一下，都会发出哐啷哐啷的声音。公路的两边是河道，里面流淌着发黄的河水。我很担心班车一不小心会翻进去，那样的话可就完蛋了。我已经很多年没有坐过汽车了。以前去共水都是步行，或者坐在父亲的自行车后面，来回我坐的都是"二轮车"。这趟班车刚通没有多久。

终于驶上了万年桥。那万年桥是共水的门户，把农村和县城分隔开，下了万年桥就是共水县大街了。我这才将一颗心放下。

"啊，大马路！"我兴奋地叫道。

街道的确很宽，比农村公路那是宽多了。并且两边也不是河道，而是正儿八经的房子，砖墙瓦顶，并非是泥墙草顶的房子。一栋小楼的灰影出现在前方。"啊，楼房！"我再次叫喊起来。

母亲有点不耐烦了，呵斥我说："你可是南京人家的小孩，什么没有见过，有什么值得大惊小怪的！"

于是我就不做声了。

第二天，父亲就领我去了共水县中。把我交到教务处，他就先走了。我被安排到初二一班插班，班主任刘连喜领我去了教室。当时上课铃已经打过了，教室里全都坐满了，只有一个叫魏东的同学一个人坐了一张桌子，边上的凳子是空着的。刘连喜指示我在那张凳子上坐下。只听班干部喊了一声："起立！"刘连喜挥了挥手说："坐下！"桌子板凳一阵乱响，大家刚刚抬起的屁股重又落回到了板凳上。只有我除外。

我的板凳被魏东抽走了，不禁一跤跌坐在水泥地上，疼得我眼泪都流出来了。教室里爆发出满堂的哄笑声，同时伴随着捶桌子打板凳的声音，所有的人都高兴坏了。好在我站起来的速度很快，总算是挽回了一点面子。但也许是过快了吧，不免引起了魏东的误解，他以为我要进行反扑，于是当胸一拳，再次把我打回到地上去了。这一次，我爬起来的时候可就慢多啦。

整个过程中，刘连喜一言不发。后来他在讲桌上抖开一张报纸，开始读两报一刊国庆社论。这是一堂政治课，内容为目前的形势教育。

课间休息的时候，过来了一个戴军帽的同学，两只眼睛炯炯发亮。他盯着我看了好一会儿，然后问我要不要和他换座位。当时我惊魂未定，不知道军帽打的是什么主意，本能地摇头拒绝了。军帽也不以为意，拍了拍我的肩膀说："佩服，佩服，你有种！"我就更不知道他是什么意思了。

然后，他转向魏东，对他说："这个朋友我交定了，以后不许你欺负他，要打他，先过我这关。"

魏东说："你妈啊……"骂骂咧咧了半天，不知道他到底要说什么。

军帽说："你不要嘴狠，有种的话放学以后我们去体育场，是骡子是马拉出来遛遛！"

魏东的骂声渐低，最后也没有应战。

事后我才知道，军帽的名字叫朱红军，他说的"这个朋友"自然是指我。朱红军要和我交朋友，我不免有点受宠若惊。经过课间的那一幕，我已经看出他是一个什么样的人来了。自己新来乍到，谁也不认识，能交上这么一个朋友当然求之不得。当天放学的时候，我们是一起走的，朱红军的家居然和我家是一个方向，他一直把我"护送"到了家里。

我们一边走路，一边说话。朱红军告诉我，那魏东可不是一般的人，他爸爸就是县委的魏书记魏顺堂，共水县的第一把手。平时魏东在学校里横行霸道，没有人敢惹，当然他朱红军除外。朱红军说魏东一个人坐一张课桌，倒也不是什么特权，而是没有人敢和他坐。以前也有外地的学生转来，都会安排和魏东一起坐，但没有人能坐满一个星期，不是要求调换座位，就是转到别的班去了。有的干脆从此不来学校上学了，免得被魏东欺负。朱红军倒是要求过好几次，和魏东一起坐，但魏东不答应，刘连喜也不答应。后者说什么一山不容二虎，还说什么，两虎相争必有一伤。但在朱红军看来，魏东不过是一只纸老虎，否则的话他为什么不敢和自己坐呢？

通过和朱红军的交谈我明白了两件事。一是即使没有刘连喜的指引，我也会自己找过去，和魏东一起坐的，因为教室里没有别的空座位。二，朱红军之所以主动和我交朋友，是认为我不怕魏东。朱红军将我引为同类、知己，对我的表现大加赞赏。说到后来，我真的以为自己爬起来那么快是想和魏东拼命呢，坚持不和朱红军调换座位也不是慌了手脚。朱红军认为，能不能打得过魏东在其次，关键是敢不敢打。他还说，打架这回事，三分靠力气，七分靠胆量，事实证明我和他一样，都是有胆量的人。看来误会我的不仅是魏东，也包括朱红军，甚至我自己。话说回来，也只有在此误会的前提下，我才有资格做朱红军的朋友呵。

从此以后，我便和朱红军一起上学和放学。每天两次，不是我去他家喊他，就是他来我家喊我。好在我们两家住得非常近，都住在共水县城的东边，朱红军家在万年桥下，下了万年桥就看见他家的青砖大瓦房了。我们家则住在红旗机械厂的院子里，离万年桥也不算远，和朱红军家是斜对面，中间隔着一条共水县大街。实际上，除了上学路上一起走，我们基本上就没有能共同参与的活动了，因为我俩的性格是如此地不同。即使是在上学的路上，我们感兴趣的东西也不一样，即使是玩同一种游戏，玩法也不尽相同。

那时候，同学互相约了去上学是非常常见的。大家背着书包，互相扒着肩膀,一摇三晃地向前走。有时候勾肩搭背去上学的男生能排成一大排,把路不宽的地方都给封死了。大家一面埋头向前走,一面劈里啪啦地吐着痰。那年头,随地吐痰很正常,大人吐,小孩也吐,男人吐,女人也吐,但将其作为一种普及性的游戏却是共水县中学生的发明。那痰吐在路边的草丛里寂静无声,吐在水泥路面上则十分地响亮。吐的人多就形成了气势,一时间真是无人不吐,一吐为快。

对于大多数同学来说,吐痰只是为了凑一番热闹,听个响动,表示不脱离群众。(大家都吐,你岂能不吐?)朱红军则不然,他要比赛,看谁吐得远,或者能够击中某个目标。他倒是一向反对随地吐痰,不是因为有卫生方面的意识,而是觉得我们把痰给浪费了。特别是那种从嗓子眼里咯出来的浓痰,如果不能像子弹一样地激射而出,击中路边的一棵小树,不是浪费又是什么?比下来的结果当然朱红军吐得最远,也最有准头,因此他乐此不疲,总是要求和别人比赛。

魏东也吐痰,并且也有目标,但他的目标不是路边的小树,而是人。魏东直接往同学的身上吐。没有痰的时候,他就吐唾沫。魏东能把痰吐得像唾沫,把唾沫吐得像一阵雨雾,一吐一大片,让你躲都躲不开,即使没有被击中,也得恶心半天。也是一绝。而我和他们都不一样,既不想吐痰凑热闹,也不要求和人家比赛,当然也不敢朝同学的身上吐。我只是在吐痰的活动中发现了不可思议的美,并且津津乐道。

那必须是冬天,一大早我约朱红军去上学。我们经过共水县大街,来到县城中心的一个十字路口向左拐,那儿有一条小路通向大寨河堤。我们一路上坡,当视线与河堤的堤顶平齐时,便看见前方金光一闪一闪的,直晃人的眼睛。那是我们吐的痰,此刻已冻成了一片,在初升朝阳的映照下放射出无比美丽的光芒。当然啦,那些痰不是我们现在吐的,而是昨天放学路上吐的,吐痰的人也不止我和朱红军,而是人人有份。但发现这奇观的却只有我。我不禁对朱红军说道:"真美啊,真漂亮啊!"

朱红军说:"不就是痰吗,被太阳照亮了。"显然,他很不以为然。

再比如说撒尿,就像吐痰一样,玩法因人而异,也总是能做到花样翻新。当然,我们不可能在大街上撒尿。在路边的公共厕所里,也是一站一大排,我们对着前面的水泥墙而不是小便池撒,不免撒得尿液四溅。为什么要这样撒?因为朱红军要比赛,看谁尿得高。自然还是他尿得最高,朱红军能一直尿到厕所的顶上去,并从望席上滴落下来,就像是房顶漏雨了。魏东也还是那一套,喜欢往别人的身上撒,因此没有人愿意和他一起上厕所。看见有人上厕所,魏东便尾随而入,掏出家伙就扫射。对方被追得到处乱跑,有时候还没撒完就跑出来了,小便把裤子都淋湿了。魏东不禁哈哈大笑。我则有感于厕所墙上的那些由尿迹构成的图案,深浅不一,形态各异,怎么都就像是一幅画,看着看着就看进去了。真是什么人玩什么游戏,什么人发明什么游戏。就是不同的游戏,不同的人玩起来也不一样。

说了半天吐痰和撒尿,我是不是过于无聊了?其实不然。那年头实在没有什么可玩的,我们只有自己和自己玩,所发明的游戏不免因陋就简、因地制宜。好处是不用花钱,想玩就玩,并且也能玩出各种不同的花样。如果说有什么无聊，那也不是我写得无聊，而是当年的学生生活无聊，而当时我们并不觉得无聊。

当然也有的游戏或者玩法大家都能玩，并且一呼百应，经久不衰，一玩起来所有的人能很开心，比如说"哎呀来"。玩这游戏方便至极，并且不需要消耗任何资源，甚至是痰和尿。这游戏是丁小海发明的，而丁小海是除朱红军之外我最要好的朋友。

那时候共水县城里基本上没有机动车，自行车却很多。那自行车既是日常的交通工具（大家骑着它上下班），也是重要的运输工具。自行车后必有一个"书包架"，当然不是用来放书包的。那架子上往往会担一块木板，用铁丝捆绑固定。木板上则驮着沉重的货物，从麻袋、笸斗、箩筐到篮子，至少书包架上也会夹着一把蔬菜。人们骑着自行车，在共水县城里穿来穿去，我们便站在路边齐声大喊："哎！哎！哎！……"

骑车的人闻声连忙刹住自行车，回过头来查看，以为自己丢了什么东西，有什么东西从书包架上掉了下来。此计得逞，我们高兴得不亦乐乎，接着唱道：

> 哎呀来——，哎呀来——
> 苏区干部好作风
> 自带干粮去办公
> 日着草鞋干革命
> 夜走山路访贫农
> …………

这是一支老区革命民歌，"哎呀来——，哎呀来——"是其特有的歌腔或起式。不知道为什么，当年的共水县广播站天天播放这支歌，通过挂在树梢上的高音喇叭，响彻了县城街头。我们不免人人都会唱，县城里的人也耳熟能详。

当我们唱起来之后，骑自行车的人这才意识到自己上当了，脸上的表情十分尴尬，不免再次踩动自行车，在我们的歌声和嘲笑中灰溜溜地骑走了。有时候，街上骑车的人很多，受骗上当的不止一个，我们一次能骗好几个。还有的时候，骑车的人技术不过关，或者是一个妇女，脚蹬不到地，在我们的叫喊下急刹不住，连人带车地摔倒在地，车上驮的东西滚得到处都是。我们简直高兴坏了。一批骑车的人过去以后，我们就等下一批，或者下一个。看见骑车的人远远地过来，经过我们并骑了过去，我们就再次大喊："哎！哎！哎！……"再次高唱："哎呀来——哎呀来——，……"

大家乐此不疲，"哎呀来"的游戏玩了整整有一个学期。直到共水县城里所有骑自行车的人都上过当了，这游戏就再也玩不下去了。当真是街上的自行车有限，而我们的精力无限。直到今天，每当我回想起当年的共水生活，耳边就会响起那首《苏区干部好作风》，那嘹亮的歌声和原始的喊叫似乎仍然回荡在那条上学的路上。

桥下人家

当年共水县城里只有一条大街（小街倒有四五条），东起万年桥，西到共水湖大堤，长约一两公里。街的两边是机关单位和商店门市，也夹杂着一些住宅民房。朱红军家在县城的最东面，下了万年桥就是他家了。一栋青砖大瓦的房子，临街的墙上有一扇门，但没有窗户。因此那门显然是后门，墙也应该是后墙。朱红军家的大门朝南，对着一块菜地。朱红军他妈整天在菜地上忙活，浇水、施肥、拔草、搭豆架……她还养了很多鸡鸭。不远处的大寨河堤上，一棵小树上拴着一只山羊。然而最让他妈自豪的还是一片水杉林，耸立在河堤的坡面上，枝繁叶茂，笔直的树干直冲云霄。

朱红军的爸爸叫朱崇义，不是本地人，据说是当兵出身，转业后来到共水的。他在共水县公安局工作。我们家搬来共水县城的时候，朱崇义在下面的赵集公社当公安助理，十天半个月才回一次家。每次都很匆忙，待不上一天，往往当天回当天就走了。因此我去朱红军家约朱红军上学，很少能看见朱崇义。朱红军还有一个弟弟，叫朱红兵，比朱红军小五岁，后来被朱崇义带到赵集读书去了。

朱红军家的园子虽说鸡飞狗跳，绿树成荫，一派繁荣的景象,但他们家的人丁却不是很兴旺,至少看上去如此。他们家的繁荣是朱红军她妈造成的,然而她本人却出奇地安静。她整天待在菜地上,甚至很少进屋。朱红军家的房子里一般只有朱红军一个人。来约朱红军上学的时候,我通过他们家堂屋里的门框向外看,终于看见了他妈。她待在外面,或蹲或站,忙活个不停。如果有一阵风吹过,便会蔬菜摇曳,水杉哗哗,他妈就像一棵硕大的蔬菜或者一棵瘦小的水杉,也跟着晃动。我从来没有听见他妈说过一句话,当然她不可能是哑巴。唤鸡的时候发出"喔咯咯,喔咯咯……"的声音,还挺响亮的。

朱红军他妈没有工作,是当地的农民,从小生长在县城边上的村子里,从来没有挪过地方。朱崇义则是国家干部,吃公家的粮食,拿国家工资,正儿八经的城镇户口。像他们这样的结合,在共水县城里还有很多。男的是公家人,找个当地姑娘结婚,家就安在女方的村子里。也是图方便,谁让女方所在的村子就在县城边上呢?如果远一点,比如在下面的公社,结合起来就不太现实了。女的图的则是男方有工资拿,可以补贴家用开销。因此县城周边村子上的姑娘们便有了某种近水楼台的意思,嫁给公家人成为一时的时尚。

当然,不是所有的姑娘都能如愿以偿的。铆足了劲,要嫁一个公家人,看看年龄渐长,过了二十五还没有消息,也就将就嫁一个本村的农民了。嫁了也就嫁了,并没有多大的区别,唯一不同的是,嫁给公家人就不必去生产队的大田里劳动了,而农民嫁农民还得劳动。不去生产队劳动,但仍然在队上吃粮,只不过粮食得自己花钱买,不是用工分抵(挣工分就得劳动)。买粮食的钱自然出自丈夫的工资。如果你嫁了公家人还去生产队劳动，就会很没有面子，嫁公家人的意义也就失去了。所以说，嫁了公家人就不去生产队的大田里劳动，不仅是一个标志，更是风俗和习惯，轻易破坏不得。

朱红军她妈不去生产队劳动，但总不能什么事都不做呀，而要做事，只有干农活。从小干惯了，不干手会痒，还会生病。好在每家都有生产队分的自留地。对他妈来说，嫁给朱崇义就是换了个地方干农活。以前是在生产队的大田里集体劳动，而现在是在自己家的园子默默地孤独地劳作。

朱红军和他的弟弟从来不干农活。他们的户口虽然随母亲，在生产队上吃粮，但生活习惯和纯粹的农村孩子还是有很大不同。朱红军不仅不干农活，也不怎么去村子里转悠，串门走亲戚，他基本上是在共水县大街上长大的。戴着军帽，穿着朱崇义淘汰下来的公安制服，结交的也都是家住县城的子弟，甚至说话的口音和村上的人也有区别。他也帮他妈干活，但只干一种，我们可以称之为"搬运"。这活儿是在朱崇义的授意下进行的。

朱崇义喜欢送别人东西，而朱红军他妈自留地上的出产源源不断，朱红军就拿着这些东西去送人。送给朱崇义的战友、同事和熟人，也送给和朱崇义八竿子打不着的人。从很小的时候起，朱红军就挎着一只大篮子，里面装着蔬菜、瓜果、鸡蛋，有时候还有活鸡活鸭，行走在共水县大街上。篮子很沉，朱红军瘦小，道路漫长，所以说这是一件苦差。

开始的时候，还需要朱红兵当帮手。小哥俩抬着篮子，一个人出一只手，摇摇晃晃地向前走去。年纪稍长以后，朱红军就不用弟弟帮忙了,渐渐地竟也能行走如飞。篮子的分量随着朱红军年龄的增长也越发地沉重。朱红军发育中的身体和逐渐增加的重量较着劲儿,终于占据了上风。只见他左手倒右手,右手再倒左手,频繁换手并不是为了平均体力,而是玩杂耍。朱红军会将装满的篮子高高地抛起,然后用一只手接住,有时候还背过身去接。他一路玩得高兴,路人侧目。年纪较大的县城人都见过他的这手绝活:凌空倒腾篮子。朱红军善于发明无聊的游戏,大概就是从这时候开始的吧。

但无论怎么玩,东西必须送到,对方还不能拒收。如果没有送到,朱红军又把它们运回家的话,朱崇义就会很不高兴。他勃然大怒,把朱红军摁在长板凳上,脱下裤子用皮带猛抽。后者记忆中不多的几次挨打,都是因为这样的事。朱红军其他的事朱崇义则不闻不问,比如去河里游泳或者上学逃课。

后来朱红军就学乖了,东西没有送到,对方不肯接收,他也不再运回家。而是把它们送给自己的同学、朋友,也送给和自己八竿子打不着的人。实在没有地方送,就送给路边要饭的。

当时共水县大街上有一个很出名的乞丐,二十出头的样子,据说五六岁的时候就在这条街上要了,朱红军很喜欢把东西送给他。此人气宇不凡,面目可亲,送东西之余朱红军会邀请对方和自己掰手腕。两人难分高下。那时候朱红军才上小学三年级,所以情有可原。他对要饭的说:"再过几年,你就不是我的对手了!"

要饭的也有理由,他说:"我要是能吃几顿饱饭,你就比不过我了。"

于是朱红军就更愿意把东西送给要饭的了。但愿他能尽快地吃饱养壮，和自己公平地较量。再后来要饭的就在街上消失了，听说县委办公室的张主任收养了他。要饭的更名张新生，不再叫"小要饭的"了。

我和朱红军成了朋友以后，他开始把东西往我们家送。反正住得近，几步路就走到了。朱红军将篮子往我们家厨房的地上兜底一倒，就完成了搬运任务。这些东西我大部分转送给了丁小海，因为他们家里穷，生活很困难。朱红军知道以后很高兴，夸奖我这人很讲义气。就像这些东西本来就是我们家的，本来就是我的。

"送给了你就是你的。"朱红军说。

朱崇义有家规，自留地上出产的东西可以送人，但绝对不可以卖。因此，朱红军他妈没有让朱红军去过自由市场，她本人也从来不去。除自己家食用，所有的出产都得送人，这是唯一可能的出口。实际上，朱红军他妈只管埋头生产，根本不关心产出的去向，只要有去向就好。管它是卖还是送人呢，管它送给什么人，是朱崇义的战友还是朱红军的同学。如果没有去向，就会非常麻烦，朱红军他妈那还不憋屈死了？如今他妈只管生产，朱崇义执意送人，朱红军又是一个从小训练有素的搬运工，这家人配合得真是十分默契。

朱红军他妈经营自留地不是为了自己家所需，她为生产而生产，为劳动而劳动。朱崇义则只有一个念头：送出去，越多越好，越快越好，家里也好落个清净。两口子都不顾家，没有这方面的概念，朱红军就更不用说了。因此他们家的东西，不仅多余的要送人，留着自己吃的也要送人。不仅地里拔的摘的要送人，就是做好的熟食也要送人。吃的要送人，用的也要送人，不仅送东西，还送钱。朱红军他妈和朱崇义结婚十几年，日子是越过越穷，除了结婚时盖的三间大瓦房和两个儿子没有送人，几乎全都送光了。当真是家徒四壁，一无所有，还借了一屁股的债。我去朱红军家约朱红军上学时感到的那种冷清，不仅是人丁不兴旺，还因为他们家里什么都没有。

一次朱崇义和他的一个战友闲聊，对方很羡慕他有两个儿子。那人的情况和朱崇义大体相似，从部队转业后来到共水，和附近村子上的一个姑娘结了婚。十几年下来，老婆一生再生，家里有五个女儿，就是没有一个男孩。难怪他要羡慕朱崇义了，说他有两个儿子真是好福气。尤其是老大，长得虎头虎脑的，将来一定会有出息。战友叮嘱朱崇义，一定要让朱红军当兵。他说："我看你家老大的面相，是个当军官的料，将来至少也是个团级干部。"

朱崇义说："你要是看着喜欢，我把他给你当儿子得了。"

战友说："那哪能啊！"

他一再谦让，朱崇义反倒更固执了，这儿子就非得送出去不可了。朱崇义说："你不答应，就是不给我面子，瞧不起人啊？！"

回家以后，他对朱红军他妈说起这件事，后者立马就昏了过去，用葫芦瓢舀了一瓢凉水才浇醒。她不哭也不闹，也不和朱崇义讲道理，反正只要一提把朱红军送人就昏过去。朱崇义无计可施。再次见到战友时他说："反正你们家人口多，生活也不宽裕，儿子我就先帮你养着吧……"

战友感激不尽，也不知道是真感激还是假感激。

就这样，朱红军虽然生活在自己的家里，但身份已经不同。朱崇义对待他就像对待别人的儿子一样，客气有加，但比较冷淡。

去赵集公社当公安助理的时候，朱崇义带走了朱红兵，对朱红军则懒得过问。当然也不怎么打他了。

这年除夕，下午没事我去朱红军家串门。朱崇义也从赵集赶回来过年了。他正指挥朱红军他妈将准备过年吃的做好的熟菜从一只小碗橱里搬出来，放进一只大篮子里。那小碗橱也太小了，大概放了七八碗菜，没搬几下就搬空了，篮子还没有装满。朱崇义又让重装。篮子下面垫了一层花生，花生里则埋了鸡蛋，再把菜碗放上去。另外朱红军他妈还准备了一只猫叹气（一种口小肚大有盖的篮子，悬挂在房梁上可防猫儿偷食，所以叫作"猫叹气"），里面装上刚蒸好的馒头、花卷、肉包子和糖三角，热气腾腾的。朱崇义这才指示朱红军出门。临走，也没忘记让朱红军捎上两只活鸡。

他对朱红军说："给你爹送过去。"

我陪着朱红军，从旁边搭了一把手。我们抬着大篮子，朱红军的另一只手上提着猫叹气，我空着的手上则拎了两只活鸡。两人沿着共水县大街一路向西而去。朱红军送东西送惯了，丝毫也不觉得累。我就不行了，途中几次要求换手，停下来休息。就这样一路走走停停。我正好有话要问朱红军，他大概也很想说个明白。

我问："你不是父母亲生的？怎么还有一个爸爸啊？"

于是朱红军说起了朱崇义把他送给人家当儿子的事。"我有两个爸爸。"最后朱红军说，似乎非常地自豪。

他告诉我，"第二个爸爸"如今得了癌症，住在县医院里，过年他们家人肯定没有心思弄饭，"第一个爸爸"才让他送吃的东西过去的。

我说："癌症？还有没有救啊？"

朱红军说："没救了，已经是晚期，躺在医院里等死。他一死，我就只有一个爸爸了。"说的时候毫无悲伤的意思，反倒有一点高兴。

就这样，我们穿过除夕之夜空无一人的共水县大街，奔向县医院。快到的时候响起了一片劈劈啪啪的鞭炮声，空旷的大街上不免回声四起。当我们走进医院大门的一瞬间，天就完全地黑了下来。

这年春节一过，朱崇义的战友就去世了。这以后每逢清明扫墓或者冬至鬼节，朱崇义就会提醒朱红军："别忘了给你爹去上坟，多烧一点纸！"

后者于是去供销社里割上一刀草纸，带上火柴，跑到县医院的院子里点燃烧掉。坟地路远，具体的坟头也不容易辨认，所以朱红军每次都就近去了县医院。

那家人也搬出了单位的家属院，在共水湖大堤边上租了几间房子，战友的遗孀经营一家小饭店，以养活众多的女儿。朱红军他妈自留地上的出产更加源源不断地被送到他们家，也算是朱崇义对老战友一家的看顾。然而他本人不便出面，怕引来闲话，送东西都是以朱红军的名义。朱红军可是这家人的儿子。当然外人不太清楚，还以为他是他们家未来的女婿呢。

朱红军送东西的时候经常会带上我。我发现，这家人的大女儿正是初二二班的伍奇芳，应该是同一个人。我不免因此想入非非，觉得有一天朱红军会和伍奇芳结婚的。但到底会不会呢？我不敢问朱红军，因为他从来不谈女人。

螃蟹过堤

我转学到共水县中的时候,朱红军已经很出名了。他的名声是打架方面的,可从初二到高中毕业,我们同学了整整三年,我从来没有见过朱红军打过一架,也没有听说过他和谁打。他倒是经常向人挑战,比如那次向魏东挑战。奇怪的是,从来也没有人应战。大家都觉得朱红军特别能打架,不敢与之交手。于是朱红军会打架的名声便越传越响,越来越是那么回事了。

关于朱红军,有很多的传说,其中最著名的恐怕是他摸电。

这件事发生在很多年以前,朱红军刚上小学不久。那时候的共水县城比后来还要落后,主要是没有电。因此刚通电的时候所有的人都觉得无限惊奇,朱红军就更是如此。那纤弱细长的玩意儿(电线)居然能使灯泡发亮,照得满屋子雪白,小朱红军觉得太不可思议了。况且大人们一再告诫,电那玩意儿力大无穷,碰一下就会半边酸麻,甚至是当场身亡。朱红军不免寻思:并没有人碰过电,既然没有人碰过,又怎么能断定它有如此威力呢?看样子也不像呵!于是有一天他走进了街边的机房,专门去摸电。

朱红军没有在家里摸灯泡,而是去了机粮食的机房,大概是因为在家里会受到朱崇义的阻拦,摸电不太方便。也许还因为机房里的电比家里的更加凶猛,力气也更大。这可是明摆着的。只见马达轰鸣，皮带飞旋，机粮食的人将稻子、小麦倒入漏斗里，只一瞬间的工夫，稻子就变成了大米和稻糠，小麦则变成了面粉和麦麸……朱红军进门就问："电在哪里？"

管机房的人指了指墙上一个黑白相间的玩意儿，告诉他："那是电门，电就是从那儿跑进来的。"

朱红军上去就摸。幸好电闸有一定的高度，而他比较矮小，要跳起来才能够着。据说当时火花一闪，朱红军当即就被击倒在地上。

在他摸电以前，一位前来机稻的老大爷看出了苗头不对，劝他说："小伢子啊，有什么事情想不开？莫寻短见呵，你这一死，爹妈那还不心疼死了？他们可怎么活呵……"

人老啰唆，说出来的话自然没有朱红军的动作快，更没有电快。当朱红军跌坐在地上，撞翻了一只箩筐，老大爷的话还没有说完呢——"都说养儿防老，你这么着，爹妈不是白养你啦……"

这时候朱红军已经站了起来，一只手焦黑。他用那只焦黑的手对着电闸刀的方向抱抱拳说："佩服佩服，你还真有劲，我朱红军甘拜下风！"

七八岁的小孩子居然说出大人话来，莫非是被电糊涂了？在场的人正在疑惑，朱红军已经扬长而去。

朱红军虽然没有和人打过架，但他曾经和电交过手，虽说当时就被击倒在地，但从此再也没有人敢招惹他了。俗话说，狠的怕愣的，愣的怕不要命的，和电交手的人肯定属于不要命的。连电朱红军都不怕，那他还怕什么呢？只有别人怕他了。

上文说过，共水县城里只有一条大街。这条街自东向西，一直通往共水湖大堤。街上除了行人和骑自行车的,很少有汽车经过(从乡下进城的班车除外,那也是刚通不久的)。机动车辆中基本上只有拖拉机,并且以手扶拖拉机居多,高头大马的东方红牌拖拉机则很少。即使是手扶拖拉机也不是每天都有。街上一旦有拖拉机经过,后面必定跟着一群小孩,欢呼雀跃。当然啦,如今这些小孩里面已经看不见朱红军的身影了,他毕竟长大了,是个中学生了。但据说,当年他可是一个扒拖拉机的高手。

那时候我还没有和朱红军同学,不可能约他一起去上学。朱红军独自一人,经常搭乘拖拉机。来到县城中心的十字路口上,在那儿跳下一辆手扶,整理一番书包带子,然后就拐上通往共水县小学的一条岔路。我和朱红军同学以后,他就再也没有扒过手扶了。但如果碰上东方红经过,朱红军还是忍不住要扒。

东方红可比手扶危险多了,完全是一个庞然大物,轰然作响,高大的挂斗在砂礓铺成的路面上狂跳不已,声势非常惊人。东方红也不是人人都能扒的,就算跟着它跑,也不是随便什么人都能追得上的。朱红军却手到擒来,将书包带子一脱,书包往我手上一塞,三步两步地就追上了东方红。他仍然在十字路口那儿下车,站在路边上等着我。

朱崇义去了赵集以后,他们家的那辆破自行车就归朱红军用了。平时朱红军也不怎么骑,专门用这辆车来对付东方红。他在街边定住车,码准了,一旦有东方红经过,就猛踩几脚,屁股翘得都脱离了坐垫。朱红军追将上去,伸出一只手抓住东方红后面的挂斗,就这么一路滑行而去,也不用自己踩自行车了。拖拉机手自然非常恼怒,故意把东方红开得曲曲折折,紧贴着一侧的路边，力图把朱红军甩掉。如此一来，朱红军就更加来劲了。如果拖拉机手不生气，开得很正常，他反而会觉得没意思。面临危险让朱红军兴奋异常，与众不同的身手也因此更加显露无遗。

只见他左躲右闪，在东方红的后面折腾，但无论如何总是搭了一只手，决不撒手。他躲过了路边的围墙、小树、电线杆，连人带车地从一条干沟上飞跃而过。这些障碍物如果撞上去是很要命的。拖拉机手见状，也越开越疯，一门心思地要把这个不知好歹的家伙置于死地。总而言之，朱红军是和东方红干上了，或者说他的破自行车和东方红干上了。别说是我，就是素不相识的路人也看得心惊胆战。无一例外，都是朱红军获胜，也就是说东方红没有把他甩掉。一番鏖战后朱红军气定神闲地站在十字路口上等着我。自行车也安静下来，被锁在路边的电线杆子上，等待放学以后主人把它骑回家。

扒东方红是朱红军发明的游戏，可惜无法推广，因为只有朱红军能玩，只有他敢玩。甚至他也不把扒东方红叫作"扒东方红"，而叫作"推东方红"。那共水县大街自东而西，一路向上，形成了一个很大的斜坡，进城的拖拉机一概来自东面，自然都是上坡。朱红军扒在东方红后面的挂斗上，一路前行，到底是东方红带着他，还是他在推东方红，你还真的不好说。推东方红的游戏危险至极，朱红军却说得那么轻松，他也真的是感到非常轻松。

也只有到了共水湖大堤上，才能够看见真正的汽车，也就是那些解放牌。

那共水湖大堤既做湖堤之用，同时也是公路，并且是南北走向的交通要道，上面车辆来往不绝。朱红军对客车之类的不感兴趣，在他的心目里，只有解放牌大卡车才能算是汽车。当然啦，那年头，运输卡车中也只有解放牌，解放牌大概是运输车辆中唯一的品牌。只有那玩意儿才能把东方红给盖下去，无论速度、马力、装载量以及制造的精良都是更胜一筹的，外观的漂亮就更不用说了。东方红无论如何地威风都还是拖拉机，和解放牌不可同日而语。只是解放牌一般不会从共水湖大堤上拐下来，开进县城里。因此朱红军要想和解放牌亲近，就必须登上共水湖大堤。解放牌本来速度就快，经过大堤时也只是路过，并不减速，所以即使朱红军气喘吁吁地爬上共水湖大堤，想追上解放牌也不是一件容易的事。即便是骑着那辆破自行车也一样。骑车反倒会碍事，比较而言徒步上堤更节省体力。

朱红军站在大堤的边上，看着一辆辆的解放牌飞驰而过，却怎么也追不上，更不用说爬上去玩个痛快了。正因为相逢不易，挽留不住，匆匆而过，解放牌的形象在他的心目中就越发地高大了，样子也更美了。它们总是风驰电掣般地疾驶而过，扬起一阵尘土将渺小的朱红军给覆盖了。它们从哪里来？又开到哪里去？后者不禁想入非非，心驰神往。

有一个办法可以让解放牌停下来，就是站到路中间去拦车。朱红军之所以没有这样做，倒不是因为怕死，而是没有理由。一个驾驶东方红的拖拉机手就已经那么傲慢了，更何况人家开的是解放牌。看见有人拦车并不减速，就这么撞将过去也是可能的。朱红军不是怕这个。毕竟对于解放牌他有着更多的尊敬，让他做不出拦车这样庸俗的事情来。

有一段时间，朱红军没事就跑到共水湖大堤上去。他告诉我说是去共水湖里游泳，后来又说是去抓螃蟹。也许是游泳的同时顺便抓螃蟹吧？反正他没有叫上我，也没有叫其他人。但可以游泳的地方到处都是，朱红军家门口就有一条大寨河，为什么要跑那么远呢？抓螃蟹也一样，有河的地方就有螃蟹，这玩意儿在共水不稀奇。朱红军独自一人，专门去抓它们，而且是跑到共水湖里去抓，似乎犯不着。后来朱红军告诉我，共水湖大堤是用石块垒成的，缝隙很多，螃蟹喜欢在石缝里栖身，所以抓起来很方便，就跟捡似的。我仍然非常怀疑他的动机。朱红军的行为有很多解释不通的地方，莫非他跑到共水湖大堤上是去找伍奇芳？……

一天傍晚，朱红军兴冲冲地跑到我们家来找我，肩膀上背着一个鱼篓。下午的时候他告诉我，要去共水湖里抓螃蟹，可此刻鱼篓里并没有螃蟹，而是装了满满的一篓大苹果。倒在我们家厨房的地上，在灯光下红灿灿地发亮。朱红军的脸色也像苹果，红通通的。他对我说："山东大苹果，山东大苹果，给你们家人吃！"

据朱红军说，他的确抓了一下午的螃蟹，抓了满满的一鱼篓。正好有一辆解放牌卡车路过，车上运的是山东大苹果。司机看见朱红军的螃蟹，自动熄火了停车，掏钱要买螃蟹。朱红军没有忘记朱崇义的家规，因此坚决不卖。但以物易物总是可以的吧？于是朱红军就给了司机一篓螃蟹，司机则给了朱红军一筐苹果。交易过程中，朱红军不免爬上了解放牌，去拖车上面搬苹果。他甚至还坐进了驾驶室里，在司机的允许下按了几下喇叭。然后，朱红军就背着一鱼篓苹果从共水湖大堤上一路下坡地跑到我们家来了。

虽然发生了这样的事，但我仍然认为自己的想法没有错。朱红军去共水湖大堤上并不是为了去湖里游泳，游泳不过是为了抓螃蟹，这仍然不是朱红军的目的。朱红军抓螃蟹是为了换苹果。但如果你以为朱红军是为了吃苹果，似乎也不正确。这些苹果他连尝都没有尝，就全部送到我们家来了。可见朱红军的目的也不是苹果。

我就毫不犹豫地收下了朱红军的苹果，并从中间挑出一个特别大的，在水龙头下洗干净，递给朱红军，对他说："你吃苹果。"似乎那苹果本来就是我们家的。

朱红军接过，咔嚓一口，咬下了小半边。他对我说："好吃，好吃，脆得吓死人！"

这以后朱红军就更加频繁地往共水湖大堤上跑了。他下湖抓螃蟹，然后和司机换苹果。然而事情不可能每次都那么凑巧。有时候解放牌不是从山东方向过来的，有时候从山东方向过来的解放牌上面装的不是苹果。还有的时候，解放牌是从山东过来的，车上运的也是山东大苹果，但司机对朱红军的螃蟹没有兴趣。但只要存在一线希望，朱红军就会努力争取。他坚持去共水湖里摸螃蟹，然后站在马路中间拦解放牌，问人家：要不要螃蟹？不是卖，也不要求换东西，白送行不行？只要能够接近解放牌，他的目的就达到了。

白送是个什么概念呵？听上去和拦路抢劫也差不了太多，难怪人家一踩油门就开过去了。当年常跑这条线的卡车司机恐怕都见过这么一个怪人：浑身上下湿漉漉的，年纪大约十四五，肩膀上背着一个鱼篓，一只手上提溜着一只毛螃蟹。看见有解放牌经过便大声疾呼："要不要螃蟹！"

等你停下车，他既不卖，也不要求换东西，而是坚持白送。那还不溜之大吉吗？怪人怪事怪地方，当真不是久留之地。

共水湖的螃蟹很出名，但这些螃蟹并不是湖内土生土长的。每年一次，都要从外地运来大量的蟹苗，投放在共水湖里。蟹苗慢慢地长大，长成了美味诱人的螃蟹。秋风起的时候，长大的螃蟹便成群结队地翻越共水湖大堤，进入苏北灌溉总渠。那灌溉总渠直通大海，螃蟹们经由那里游回它们的出生地，在近海一带交配繁殖，生出更多的蟹苗。这些蟹苗再被人捞起，通过陆路用解放牌大卡车运送，放养于共水湖中。这是一个周而复始的过程，也是一个生态系统。问题在于，苏北灌溉总渠是五十年代才开挖的，存在也不过二三十年，解放牌自然也是新生事物（和古老的螃蟹相比）。在没有灌溉总渠和解放牌的时代里，螃蟹们又是如何循环和生长的呢？它们究竟是如何知道利用人类最新近的发明的呢？这些问题让我百思不得其解，甚至苦恼至今。我能肯定的只是，螃蟹这玩意儿太聪明了，聪明得竟然知道灌溉总渠可以通向它的故乡大海。而朱红军却觉得螃蟹们太幸福了，幸福到还没有等到长大就已经搭乘了解放牌。

十月份有那么一两天，具体是哪一天就说不准了，往往是月黑风高，晚上十点左右，聪明而幸福的螃蟹开始过堤。共水湖大堤紧临苏北灌溉总渠的一段（一边是浩瀚的共水湖湖面，一边便是灌溉总渠），坝体上密密麻麻地爬满了螃蟹。它们一只接着一只，横行着向灌溉总渠方向移动。有时候连接成一条黑线，队伍中大小螃蟹都有，很有可能它们是一家子，或者是一个家族。这样的家族有很多，互相交错、拥挤，又形成一条很宽的带子。螃蟹铺就的带子从湖边到堤面再到灌溉总渠一侧的岸边,最后没入水中。这条宽约五六米的带子实际上是一条跨越大堤的螃蟹路,螃蟹们行走其上,不说趾高气昂,也堂而皇之。而那些落单的螃蟹却看不出来有多聪明,甚至也很不幸福。脱离了那条必经之路,落在堤边的草丛里,螃蟹就会变得十分盲目。四处乱爬,既找不到灌溉总渠的方向,甚至也无法再回到共水湖里。

因为不知道具体是哪一天,所以在螃蟹有可能过堤的日子里,每天晚上都有人带着鱼篓、麻袋之类的去共水湖湖堤上守候。尤其是住在附近的穷人,更是全家出动,一守就是几个晚上。那些天里,整个共水县中里都洋溢着某种不安而兴奋的气氛,所有的同学都在说螃蟹过堤的事。大家互相约定,晚上去堤上守螃蟹——毕竟学校里穷人家的孩子居多。也有像我这样的学生,家里不愁吃不愁穿,计划去守螃蟹纯粹是为了好玩。第二天来上课的时候有很多同学在课堂上打瞌睡,显然是昨天晚上守螃蟹守的。虽说没有守到,但毕竟熬夜消耗了体力,因此禁不住地犯困。

功夫不负有心人,终于有一天就守到了。大堤上黑压压的全是螃蟹,大伙儿争先恐后地往准备好的鱼篓、麻袋、水桶、篮子里面捡。螃蟹越捡越多,怎么捡都来不及。捡完以后运回家,往水缸里一倒,又换了空的鱼篓、麻袋、水桶、篮子出来。呼朋唤友,拖儿带女,就像是过节一样地热闹。

虽然夜色已深,但大堤上仍然有汽车经过,其中大多是解放牌。解放牌卡车呼啸而过,碾得路面上的螃蟹劈劈啪啪直响。也有的解放牌停了下来,司机下车参加捡螃蟹。车灯照得路面雪亮,螃蟹逃无可逃。就这么在车灯的照耀下,大家捡螃蟹捡得不亦乐乎。

我曾经约过朱红军好几次，晚上一起去大堤上捡螃蟹，但都被他拒绝了。朱红军说他不想凑这个热闹。这我就非常不能理解了。他不是经常一个人去共水湖里抓螃蟹吗？不是喜欢用螃蟹和人家换苹果吗？当然换苹果是假，接近解放牌是真。可现在，那解放牌就停在大堤上，车灯照得雪亮，一停就是一个晚上，有时候还不止一辆，他为什么反倒不愿意去湖堤上了呢？可见朱红军的目的既不是螃蟹，也不是苹果，甚至也不是解放牌。他的目的到底是什么？就像螃蟹坚持翻越共水湖堤一样地令人难以理解。

朱红军的另一些活动就没有那么神秘了，比如他喜欢打猎。打猎不免需要武器，也需要猎物。但像用弹弓打麻雀之类的事朱红军向来不屑一顾，他觉得弹弓不算武器，麻雀就更不是猎物。朱红军理解的猎物大概是豺狼虎豹，这些玩意儿共水县城里根本没有。别说是县城，就是县城以外的乡下也不可能有。当地的野兽不过是野兔子、黄鼠狼之类的，也许还有刺猬、水獾什么的。朱红军觉得它们个头太小，完全不值得一打。他所认为的猎物至少也得像狗一样大。如果连狗都不如，那打起来还有什么劲啊？

共水县城里倒是不缺狗，县城以外的乡下则更是家家养狗。然而这些狗都是有主人的、家养的，野狗同样一只没有。偶尔有一只家养的狗发了疯，成了疯狗，不禁人人喊打，也轮不到朱红军。狗肉味道鲜美，是当地人的最爱——哪怕是一条生前发了疯的狗。退一万步说，就算是有野狗、疯狗，需要朱红军这样的英雄为民除害，他也没有武器啊。所以说，武器还是第一位的。有了猎物但没有打猎的武器那不是很窝囊吗？

说到武器，显然朱红军不认为是棍棒、砖头之类的东西，更不是锄头镰刀铁锨扁担，甚至也不是砍刀、斧头或者匕首。在朱红军看来，所谓的武器只可能是枪，在枪中还不能是气枪、喷沙枪以及猎枪。作为武器的枪只能是步枪，三八大盖或者半自动，要么是手枪或者机关枪。猎枪不能算武器，这多少有点说不过去，难道朱红军需要枪不正是为了打猎吗？可见他对于猎物和武器的思考是分开的，有一定的联系，但实际上并无什么联系。

按照我国法律，私人不得拥有枪支。私人或者家庭可以拥有的最多也只是气枪、猎枪。即使你去商店里买了一支气枪，那也必须去公安部门登记，办理有关的手续。何况气枪的价格太贵，朱红军根本买不起。就算他能够买得起，也不认为那是枪啊。所以说，朱红军梦寐以求的枪只可能借用，而无法真正拥有。

朱崇义在共水县公安局工作，经常有机会接触到枪，他甚至会把枪（装在枪套里面）挎在身上带回家。如此一来，朱红军就有了和枪接近的可能，但他能做的也只是摸一摸，是为摸枪。朱崇义从来没有单独地把枪交到朱红军的手上过。就算是在家里，朱崇义的枪也从不取下，人枪分离的事没有发生过。也就是说，朱红军虽然摸过枪，但并没有放过枪。但就是这摸摸看看，朱红军似乎对枪已经非常了解了。他经常向我唠叨枪的事，一说就是一大通。摸摸看看还有一个后果，就是朱红军对真枪的热爱更强烈了，而对假枪——气枪、喷沙枪之类的更加不屑一顾。

终于有一天，朱红军搞到了一支真枪——一支三八大盖。这种枪已经老掉牙了，其来源想必是和朱崇义有关。公安局里自然已经淘汰不用，但人武部里却多得是（用来装备基干民兵），那人武部和公安局还不是一家子吗？朱红军搞到一支三八大盖，是因为朱崇义工作疏忽,还是老子觉得儿子长大了,可以玩枪了?这我就不知道了。

反正这天中午,朱红军扛着一支小炮似的枪跑到我们家来,拉着我就走,也不做任何解释。我懵懵懂懂地跟着他,来到了一条小河边。四周寂静无人,对面的河岸上立着几棵老树,树身向河面倾去。朱红军站定了,摸出一颗子弹,上膛后,瞄准对岸老树的根部就是一枪。只听轰隆一声,把对面的河岸击出了一个大洞。我被吓了一跳,这才意识到自己不是在做梦。

硝烟还没有散尽,朱红军就把三八大盖往我手上一塞,对我说:"下面是你的。"

我对枪之类的毫无兴趣,甚至还有一点惧怕,但我还是能够感觉到朱红军的好意。枪对于我什么都不是,完全地无所谓,但对于朱红军却是梦寐以求的。他的意思是让我分享自己的快乐,有福同享,我自然推辞不得。于是我也端枪在手(朱红军帮我压了子弹,并在一边殷勤地指点),对着河岸放了一枪。轰隆一声,朱红军打出来的那个洞又扩大了很多,变成了一个真正的大洞。

朱红军夸奖我说:"枪法真准,打在了我的洞里。"

这话不免有点言过其实了。小河不过有八九米宽,没准朱红军都能蹦过去。在这边的岸上倾着身子,再伸出双手,加上三八大盖特长,枪管几乎都要戳到了对面的河岸上,那还有打不准的?我再次体会我和朱红军之间的珍贵友谊。

我问朱红军:"没有子弹了?"

他回答说:"没有了。"

仅有的两颗子弹朱红军既没有用来打猎,也没有留一颗自己下次再打。两颗子弹像两个炮仗似的，朱红军和我一个人来了一响。

然后朱红军告诉我，说他晚上要去乡下打猎。他问我：要不要一起去？我觉得很奇怪，不是没有子弹了吗，那还打什么猎啊。于是我又问了一遍："子弹没有了？"

朱红军说："没有了。"

我又问："就这两颗子弹？"

朱红军说："就两颗子弹。"

"打完了再也没有了？"

"再也没有了。"

我之所以感到奇怪，还不仅是因为子弹的事，也因为猎物。正如前文所述，整个共水县的范围内没有朱红军看得上眼的猎物。既无子弹，又无猎物，只有这一杆破枪，真不知道朱红军要去干吗。当时天色将晚，西北风越刮越紧，朱红军像个老猎人似的，挂着枪杆抬起头来看天。他喃喃地说道："今天晚上有大雪。"

如此一来，我就有理由不跟朱红军去打猎了。关于朱红军打猎的经历我是第二天上学的时候听说的。

天还没有完全黑透，果然飘起了大雪，及至晚饭以后，共水县大街上已经是银白一片了，同时还有无数的雪花从空中降下。朱红军穿着朱崇义的军大衣，竖起海蒲绒的领子，腋下夹着那杆三八大盖，爬上了万年桥。从万年桥向东，就到了农村。朱红军大约走了有一公里，终于看见了远处村庄隐约的灯火。他向着灯火所在的方向一路潜去，来到村头一户人家附近。那家人养有一条肥硕的大黑狗。朱红军发现它的时候，它并没有发现朱红军。于是后者更加地轻手蹑脚，在一个草堆旁边埋伏下来。黑狗趴卧

29

在朱红军的对面，距离只有一二十米。它两眼茫然地瞪视着朱红军所在的方向，被一瞬之间变得雪白一片的世界完全搞糊涂了。朱红军压在他的枪上，三点一线地将黑狗瞄得死死的。后来黑狗钻进狗洞里，再钻出来，在屋檐下找了一块比较干燥的地方卧下，把脑袋搁在两只前爪上面。整个过程中，朱红军的枪口随之而动，一直瞄着它。最后黑狗安静了，朱红军就更是寂然不动。他就这么在雪地上趴了两个多小时，直到大雪把自己完全覆盖了。积雪抹去了朱红军的痕迹，他也几乎忘记了自己的存在。可以说，这是全神贯注以至彻底忘我的两小时，其中的快乐自然也只有朱红军才能够体会和理解。

如果朱红军有一颗子弹，黑狗肯定就死定了。但也有可能，朱红军有子弹也不会扣动扳机开枪的，就这么瞄着就已经非常过瘾了。黑狗毕竟是有主人的，欺负老百姓的事朱红军一般不会干。能欺负而不欺负，能打死黑狗但不打，也许这才是朱红军理解的打猎的最高境界。否则的话，他拖着一条空枪大老远地跑来趴在雪地里干什么呢？所以说，朱红军感兴趣的并不是血淋淋的屠杀，而是雪地、潜行、埋伏、瞄准之类的事情，有了那杆空枪一切就顺理成章了。

后半夜，朱红军撤出了埋伏地点，怀抱着那杆焐得发热的三八大盖，冒着漫天的飞雪走回共水县县城。他就像打死了一头真正猛兽的猎人那么地兴奋，豪情满怀地踏雪而归。

读书无用

当年我们做学生和今天非常不同,其中最重要的区别就是不用学习(课仍然照上),也很少有什么考试。就算是有考试也肯定是开卷。所谓的开卷就是可以抄书、抄笔记,也可以抄别人,大家互相抄。实在抄不出来还可以举手问监考的老师。后者有问必答,不答或者答不出来则是老师的失职。因此每当考试的时候,课堂上不免一片喧哗,翻书翻作业本的声音、问题和念答案的声音此起彼伏,不绝于耳。大家还不好好地在座位上待着,到处乱窜。考试的时候比平时上课还要热闹,学生们也更加地兴奋。

实际上,大可不必这么忙活,因为考试的结果肯定是所有的人都及格,没有不及格的。批卷不分等级,没有具体的分数,原则上只有及格和不及格两种成绩,但在实际操作中则通通及格,从来也没有听说过有谁不及格。当然参加考试的学生也有区别,有的人字写得快,有的人字写得慢。写得慢的就写得少,抄不完全。那也没有关系。哪怕你一个字也没有写,交的是白卷,及格也是不成问题的。那年头,交白卷还挺时髦。有一个交白卷的家伙叫张铁生,我们都曾学习过他勇交白卷的英雄事迹。当然啦,人家是考大学,并不是中学考试。中学里的考试就没必要那么丢人现眼了,况且也不需要——反正都是及格。也就是说,共水县中的学生完全可以交白卷，但实际上并没有人交白卷。

但无论如何，考试只是一个形式。即使你平时认真听讲，用功读书，也不过是一个及格，最多也只是一个及格。就算你根本不来上课，来上课也不听讲，还是一个及格，至少也是一个及格。既然如此，为什么还要考试呢？这个问题我至今也没有想明白。

老师批改试卷也是当着大家的面，坐在讲桌后面，拿着一支蘸水钢笔，刷啦刷啦地批着。就是"及格"也得写上四五十遍。我怀疑，他们根本不读卷子，否则的话，一堂课全部改完又怎么可能呢？说他们不读卷子也不准确，因为改卷子的老师会不时地发表评论，说某某某的字写得不丑，某某某的字写得实在难看。某某的字小得就像蚂蚁爬，某某的字则如何地龙飞凤舞。这是我听到过的对试卷唯一的评判。大概老师们也闲得无聊，或者是积习难改，总得说点什么，判断一番高下。因此后来考试的时候我们就非常注意书法和卷面了，所有的考试都变成了书法考试。

我因为从小喜欢画画，字一向写得不赖（书画一家嘛）。但即使如此我也不敢掉以轻心，特地找来了一本毛主席诗词的硬笔书法，在家里勤学苦练。像我这样埋头苦练书法的学生当时应该不在少数。然而数学老师却不管这一套，也许数学考试是一个例外，老师从来不评论书法，而是说圆。圆画得怎么样？画得圆不圆？是用圆规还是徒手画的？这里面大有文章。当然还有直线、抛物线、三角等等，画起来都是有讲究的，可以分高下的。因此所谓数学好的同学都是在家里苦练画圆、抛物线和三角的同学。从考试成绩上自然反映不出来，大家都是及格。

学生们公认的最好的数学老师也是画圆画得最好的，画得最圆的。比如教我们数学的杨老师。他可以不借助任何工具（圆规、直尺），手上只拿半截粉笔头，以自己的胳膊肘为圆心，左边一道，右边一道，再转过身去，下面再来一道，一个完美无缺的比圆还要圆的圆就在黑板上出现了。大家认为他是最好的数学老师，主要是因为他有这一手。至于杨老师讲课到底如何，我就不知道了，因为这已经超出了我的判断范围。

由于考试非常轻松，怎么样都可以过关，大家压根儿就不听讲。当年课堂上的混乱你是难以想象的。学生们来到学校里，毫无学习上的压力，唯一的任务就是玩，就是换一个地方玩。家长把子女送到学校，也不指望他们学有所成，既然有人带着他们一起玩，自己也就不用再操心了。难办的是老师，他们的权威一向来自传统的考试制度，一旦名存实亡，管理学生、树立威信就变得非常地力不从心。于是便各逞其能，画圆的画圆，说笑话的说笑话，想尽一切办法笼络学生。当年共水县中里最好的老师显然不是讲课讲得最好的，而是有手段对付我们，能和学生玩到一起去的。学生（也就是我们）则得寸进尺，一心一意地要把老师变成玩具。可以说，师生关系中仅有的区别就在于：是老师玩学生，还是学生玩老师。能玩转学生的老师就是好老师，而被学生玩的老师肯定是最差劲的老师。

刘连喜就是一个被学生玩的老师。据说，他也是当兵出身（那年头，当兵的可真多啊），从部队转业来到共水。按道理，大家对当兵出身的人理应充满敬意，但对刘连喜却不是这样。大概因为他身体瘦长，长得比较单薄，从外貌上根本看不出是行伍出身的人。刘连喜说的是当地方言，甚至都不是共水县县城的方言，而是下面某个边远公社的方言。这也是他让人瞧不起的原因之一。他只带政治课。由于缺乏专门的教材，上政治课的时候刘连喜只好念报纸，并且只念两报一刊社论。那两报一刊社论每年至少有两次。一次是元旦，是为两报一刊元旦社论，简称为元旦社论。一次是国庆，是为两报一刊国庆社论，简称国庆社论。刘连喜每学期念一张报纸，一年念两张报纸，这便是他的全部任务。

然而一张报纸也念不了几堂课，而政治课每周有两节，就算刘连喜反复地念，每堂课还是有很多的空余时间。于是他就开班会，对学生训话（他是我们班的班主任），唠唠叨叨地没完没了。直到他再也说不下去，就捡起报纸再念一段。印有社论的那期报纸他收集了好几份，如果只有一份早就被他念烂了。念报纸的时候刘连喜逐字逐句，念了一个学期还结结巴巴的。他从来不做阐释，也没有任何发挥，只是干念。所以后来就有了一种传说，说他的文化水平不过是小学毕业，能把一张报纸念周全就已经很不错了，哪里谈得上理解、分析呢？很多年以后，我对这一问题有了不同的理解。刘连喜之所以只念报纸，照本宣科，也许因为谨小慎微。两报一刊社论那可不是闹着玩的，它代表的是党中央的声音，随意地解释、发挥弄不好是要犯政治错误的。

刘连喜没有文化，水平不高，已经成为一种共识。奇怪的是，那年头大家都不喜欢学习，是不讲究文化水平这一套的，为什么会因为刘连喜没有文化而瞧不起他呢？至今我仍然想不明白。据说刘连喜好不容易才结了婚，老婆是下面公社的农民。像他这样的情况其实非常正常，但发生在刘连喜的身上却显得很不光彩。结婚的头几年，刘连喜没有孩子，这个问题的确有点严重了。大家小瞧他,到底有了一些过得硬的理由。不说不孝有三,无后为大,如果连一个女儿都生不出来,可不就是没有生育能力吗?不就成了一头骡子了吗?那还要结婚干什么?占着茅坑不拉屎!多年以来,刘连喜在县中里抬不起头来归根到底是因为这件事,在学生中间没有威信也是因为这个。可是有一年,刘连喜的老婆突然就生了,并且还是一个儿子,刘连喜当真是扬眉吐气啊!

我转来共水县中的时候,刘连喜的儿子已经两岁了。刘连喜经常把他的儿子抱在手上,走到哪里都带着,就差没有抱着儿子念两报一刊社论了。刘连喜的家在县中里面。有一次我路过学校后面的那排教师宿舍,看见刘连喜带着儿子在门口玩。儿子趴在地上,像一只小狗,刘连喜也趴在地上,像一只大狗,冲他的儿子汪汪叫,把小宝贝儿吓哭了。刘连喜哈哈大笑,连忙上去抱起了儿子。我从来没有见过他笑得如此灿烂,当真是父子情深,令人感动呵!

然而却有一种传说,刘连喜的儿子不是刘连喜亲生的,是借的别人的种。说的人条分缕析,振振有辞。那刘连喜结婚已经有四五年了,为什么早不生晚不生,非要这会儿生?早他干吗去了?要是能生他还不早就生了?即使是响应党的号召,晚生晚育,最多也就拖个一两年了不得了。结婚四年老婆才怀上,你说能不让人起疑吗?最大的疑点还是那儿子,长得一点也不像刘连喜。他是长脸,而儿子是圆脸。刘连喜是小眼睛,儿子却是大眼睛。刘连喜一副苦相,儿子总是笑眯眯的,也不怎么爱哭(除非是被刘连喜吓的)。刘连喜黑得像木炭,他儿子白得像面团。刘连喜笨得连张报纸都念不周全,儿子半岁不到就开口叫他"叔叔"了。

最后一条尤其要命,被自己的儿子叫成叔叔而不是爸爸看来确有其事。虽说后来刘连喜的儿子被训练得能叫刘连喜爸爸了,后者也总是当着众人的面对抱在手上的儿子说:"叫爸爸,叫爸爸……"但曾经被叫成叔叔的事实已经不可更改。大家都说,童言无忌,这孩子真是聪明极了。

所有的人都知道刘连喜的儿子不是亲生的,但并没有谁会当着刘连喜的面谈论这件事,打人不打脸嘛。魏东却是一个例外。一天上政治课,他突然举手,站起来后便对刘连喜说:"刘老师,人家说你的儿子不是你生的,到底是不是啊?"

后者一时语塞,脸涨得像猪肝一样,气得浑身发抖。那抖动一直传递到手上,使得拿着的报纸发出一阵哗啦哗啦的声音。

"你,你,你说什么?"

魏东又重复了一遍,比刚才更加地言简意赅:"你儿子不是你生的!"说完还四下里张望一番,向我们挤眉弄眼的。

刘连喜从讲桌后面走出来,一直走到了魏东和我的课桌前面,与魏东怒目相向。我们都以为刘连喜会动手,痛打魏东一顿。只听后者低吼一声:"你敢!"竟然把刘连喜给镇住了。他垂下眼睛,拿着报纸返回到讲桌后面,一面走一面含糊地说:"别听人家胡说。"

也不知道这话是对魏东说的,还是对班上全体同学说的,或者是对他自己说的。

从此以后,刘连喜在学生中的威信就更是一落千丈了。魏东则更加张狂,专门以作弄老师为乐。面对魏东的放肆无礼,所有的男老师不免沉默是金,女老师则只好以泪洗面。比如教我们语文的叶老师，个子极矮，大概一米五不到。上语文课的时候，讲桌后面的地上必须放上两块砖（由语文课代表负责码放），叶老师就站在砖头上面讲课。

一天叶老师走进教室，发现那两块砖不见了。她当时也不便询问，只好往没有砖头的讲桌后面一站，没想到讲桌却升高了。开始的时候，叶老师还以为是没有站在砖头上的缘故，勉强讲了几句，怎么会觉得这么别扭呢？我们坐在下面往上看，只见林老师在讲桌后面只露出一个脑袋。课堂里窃窃私语，大家已经快活得不行了。都说叶老师矮，没想到这么矮呵，这么矮的老师真是太可笑了！叶老师大概也在想：我虽然比较矮，但也不至于这么矮呀。于是她开始仔细打量讲桌，原来讲桌后面的那两块砖跑到桌腿下面去了，因此站着的地方就降低了，而前面的讲桌则抬高了。这一升一降，差别就大哪里去了。

发现问题的所在后，叶老师不禁释然。她清了清嗓子说："是谁干的？是谁干的谁就给我把砖头搬回原处。"

叶老师大概觉得不会有人承认，这样一来自己也就好下坡了，让课代表或者自己动手把砖头搬回去。没想到魏东立马举手（他早就等着这一刻了），大声地说道："是我，潘冬子！"

当时县城的电影院里正在放《闪闪的红星》，看完电影魏东就自称潘冬子了。但在我看来，这两个人除了名字里都有一个"冬（东）"字，就再没有任何相像的地方了。潘冬子细皮嫩肉，魏东黑得像煤球。人家的一双大眼睛忽闪忽闪的，魏东的两只小眼则贼亮贼亮的，一只眼睛上还有一个疤，乃是疤眼……当时初二一班的学生几乎每个人都有一个外号，任课老师也不例外。这些外号通通非常恶毒，大部分都是魏东起的。他竟然也给自己起了一个，只不过不那么恶毒。岂止不恶毒？简直就是美化。魏东希望所有的人都叫他潘冬子。

他承认砖头是他放的，叶老师反倒不知道该怎么办了。她让魏东把砖头搬回去，后者说："潘冬子只放砖头，不会把它们搬回头！"

叶老师下不了台，不禁被气得哇哇大哭。

叶老师的外号自然叫叶矮子，刘连喜的外号叫刘骡子。教我们数学的杨老师有点龅牙，所以就叫杨大牙。教英语的许老头一次从口袋里掏粉笔在黑板上写单词，咦，怎么没有写出来啊？再一看，原来手上抓的是一个鸡爪子。大概他平时喜欢吃鸡爪子，也有可能那鸡爪子是被作弄他的学生偷偷放进口袋里去的，反正从此以后他就被叫成鸡爪疯了。这些外号都是魏东的发明，并且广为传播。魏东不免十分得意。

给同学起外号，魏东就更是没有忌惮，尤其是给女同学起外号，简直可以说是灵感纷呈。比如坐在我和魏东前排的一个女同学，家里是渔民，住在湖边的渔船上，因为皮肤比较黑，魏东就给她起了一个黑鱼精。黑鱼精的同桌小时候得过小儿麻痹症，走路的时候有一点跛，魏东就给她起了一个骚瘸子。骚瘸子并不姓骚，而姓邵，将邵读成骚属于魏东的神来之笔。如果叫邵瘸子那有什么劲啊？我们班的团支部书记也是一个女的，魏东叫她母猴子，因为她的耳朵上长了一个瘊子。母和骚的意义一样，乃是为了画龙点睛。那母猴子甚至都不姓母或者穆或木，但她总归是个女的吧？是个母的吧？所以说，魏东给女同学起外号还真的有两下子，既非常恶毒，又有那么一点根据，听了以后让人难以忘怀，也比较容易流传。

初二二班的伍奇芳因为嘴巴大，从小就被人叫作大嘴。魏东在这一外号的基础上稍加改动，叫伍奇芳为伍大屄。按他的话说"嘴大屄就大"。实际上，外班有幸被魏东起外号的女生也就伍奇芳一个人。你想啊，每个班级都有十几个女生，全年级、全学校又有多少女生？虽说魏东以给女同学起外号为乐，并且乐此不疲，但每一个外号都得起得那么恶毒和贴切是要花很大的工夫的。一般的外号魏东不屑于起，要起就得起得听见的人永世不忘，被起的人难以抬头做人。魏东之所以花了心思给伍奇芳起外号，八成是想刺激朱红军。当时同学中间都在传，伍奇芳是朱红军的对象，两个人是打小就定的娃娃亲。

魏东一般不给男同学起外号，主要是因为缺少精力——给老师和女同学起外号还来不及呢。他采取了一种极不认真但又不无方便的做法，就是喊男同学爸爸的名字。这当然也是一种侮辱，但不必花费脑筋，既达到了羞辱的目的，又没有用多大的劲。这一做法开始在我们班的男生中间流行，逐渐蔓延到其他班级，以至于整个共水县中。男同学之间都不叫名字了，而是改叫对方爸爸的名字。

开始的时候大家很不习惯，后来也就无所谓了。一喊一答，还挺带劲的。比如朱红军的爸爸叫朱崇义，大家都叫朱红军朱崇义，叫朱崇义就是叫朱红军。我爸爸的名字叫张梅生，叫张梅生就是在叫我，张早反倒没有人叫了。丁小海的爸爸叫丁福海，大家都叫丁小海丁福海。只有魏东的爸爸魏顺堂没有人敢叫。魏东逼着我们叫他潘冬子,大家虽然不情愿,但也没有办法。朱红军除外,见到魏东就叫他魏顺堂。后者自然叫朱红军朱崇义。他俩魏顺堂来朱崇义去的,叫得那么顺溜,显得格外地亲热。

屁风阵阵

我和魏东坐一张课桌。由于朱红军的原因,魏东不敢明目张胆地欺负我,但暗地里的捉弄却是免不了的。我能忍则忍,总不至于动不动就去找朱红军告状吧?

那年头,大家都不喜欢学习,但爱美之心人人皆有,比如竞相练习钢笔字以及画圆。而我在这方面有着得天独厚的优势,从小就喜欢画画,还专门跟人学过。因此每学期发放新书的时候,班上的同学不免对我刮目相看。我会将新书包上书皮,用的是从《解放军画报》或者《人民画报》上裁下来的画报纸,包出来的书花花绿绿的,让人眼花缭乱。我包书的工艺也非同一般,能包出整整齐齐的四个角,以防止边角磨损。书包好以后,再用广告颜料在书皮上写上几个美术字,《语文》就写"语文",《数学》就写"数学"。总而言之,无论是什么课,我拿出来的课本都非常地漂亮,甚至可以说光彩夺目。

这难免要引起魏东的嫉妒。他逼着我把书皮从课本上褪下来,包在他的书上。开始的时候他只包课本。突然有一天魏东灵机一动,用我的书皮包了一本小说。魏东将那本小说打开,竖在课桌上,脑袋埋在后面,这是相当奇怪的。一来他平时根本就不读什么小说,二来,即使他读小说也没有必要如此地小心翼翼呀?魏东只管在课堂上看小说,根本就没有人敢于制止他。

那天上的是英语课,许老头坚持对魏东的反常之举置之不理。后者不禁非常着急,将前面的书越举越高,几乎都要举到头顶上去了。许老头于是不得不过问。他走过来,检查了一番魏东的书,书皮上分明写着"英语"两个字。正当许老头准备撤回讲桌的时候,魏东大声地说:"里面包的是小说!"

许老头说:"太不像话了,怎么可以挂羊头卖狗肉,在英语课上读小说呢!"

魏东不免大呼小叫,连呼冤枉,说是小说是我借给他看的。可不是吗?包小说的书皮上的确写着我的名字。

魏东还继续揭发道,我借给他的小说是手抄本《少女之心》,下流得不得了,说我读了这本书后每天晚上睡觉都要遗一次精,然后爬起来洗裤头。天地良心,当时我根本就不知道什么是遗精,《少女之心》也从来没有读过。不过倒是久闻其名,知道这是一本很黄的黄书。也不知道魏东是怎么弄到手的。读《少女之心》遗精的事看来的确存在,只不过不是发生在我身上。

可见魏东的恶作剧往往含有某种智力成分。也就是说他不仅坏,而且奸,这就不太好玩了。

一次魏东打开他的铅笔盒,从里面拿出一件东西,又细又长,银光闪闪的,我一看,原来是针灸用的那种银针。除了魏东手上的那根银针,铅笔盒里还有一大把。只见魏东取针在手,将针尖刺入前排黑鱼精的棉袄里,然后慢慢地捻动。魏东故意捻得很慢,黑鱼精身上的棉袄又厚,因此两三分钟后针尖才抵达黑鱼精的皮肉。突然之间黑鱼精一惊,本能地挺直了腰杆,回过头来,看看到底发生了什么事。魏东的大牙一龇，厉声骂道："再回头，老子打你个屄养的！"

黑鱼精转过身去，并且从此不敢再回头了。她始终都没有搞清楚到底发生了什么事，为什么后背突然像被针扎了一样。所以说，魏东的游戏之所以能够继续，是以武力作为后盾的。

那根针于是就缀在黑鱼精的黑棉袄上了。魏东再从铅笔盒里取出一根针，继续捻。这一次，他的速度就更慢了。后排同学的注意力完全被吸引过来，集中在那根尾部颤抖不已、寒光闪闪的针上。所有的人都在等待一个结果，就是针尖接触到里面的皮肉。黑鱼精一惊一乍的，不断地挺直脊背，身体前移，肚子都贴着前面的课桌了。直到最后，她的棉袄上面缀满了银针，看上去就像是一只可笑的刺猬。

魏东自然非常得意。你还别说，他可真是一个玩针的高手，谁又能想到针灸用的银针能有如此的妙用呢？当年，有一部纪录片叫作《无影灯下颂银针》，说的是某部队医院大胆创新，将古老的针灸方法用于手术麻醉。一时间针灸在社会上流行起来，有针手针脚针腿肚子的，也有针耳朵的，但从来也没有人想到过，它还可以用来针棉袄。当然玩的时间一长，魏东也厌烦了。

一天，他的铅笔盒里就再无银针，而是换了一把图钉。这玩意儿到处都有，不需要跑到专门的医疗器材商店里去买，文具店或者供销社里的文具柜台上都有卖。

魏东的图钉仍然用来对付前排的女生，只不过这一次黑鱼精幸免于难，因为她的头发不够长。和黑鱼精同桌的骚瘌子就遭殃了，她不仅头发又长又黑，还编成了两条结实的大辫子。转动脑袋的时候，辫梢常常会拂过我和魏东前面的桌面。以前魏东也曾拉着骚瘌子的辫子取乐，但毕竟没有什么智力成分。如今魏东将骚瘌子的大辫子用图钉钉在桌面上，对方一甩头居然能拉动我们的课桌。骚瘌子的辫子也太结实了。她疼得哇哇大叫，魏东还是那句话："再回头，老子打你个屄养的！"

骚瘌子和黑鱼精一样，不敢再回头了。整个上课的过程中，她的两条辫子就被钉在我和魏东的课桌上，绷得直直的，就像两根棍子。骚瘌子也昂首挺胸，高抬下巴，姿势非常地奇怪。

讲桌后面的老师问："你这是怎么啦？"

无论是图钉还是银针都位于骚瘌子或者黑鱼精的身后，从老师的角度是看不见的。因为魏东坐在后面，老师们自然能猜到是他捣的鬼，如此一来他们就更不愿意过来看个究竟了。俗话说，惹不起还躲不起么？老师们大概就是这么想的。

对付男同学魏东另有奇招。有一个同学偶尔发明了一个叫"抓屁"的游戏，就是放屁的时候用一只手托在屁股下面，屁放出来后赶紧接住、抓牢。原来展开的手掌握成了一个拳头，那拳头里便握了一个屁。趁着味道没有完全散去，及时地捂在另一个同学的脸上，是为"接屁"。魏东立马效仿，接过了这项发明，在课堂内外抓屁不止。不长的时间里，这一游戏就在我们班上被发扬光大了，以至于后来追溯抓屁的发明，大家都以为出自魏东。他自然是当仁不让。

我和魏东同桌，不禁首当其冲，成了后者接屁的最方便的对象，也成了第一批接魏东屁的人。为了这种小事，我也不好去找朱红军。抓屁毕竟只是游戏，不至于伤筋动骨的。当然啦，只有我接魏东屁的份儿，从来也不可能是魏东接我的屁。万般无奈之下，我只好找了几个和我体力相当并能平等相待的同学，互相之间又抓又接，倒也玩得不亦乐乎。

一段时间以来，我们班上的男生之间不免抓屁成风。上课的时候抓，下课的时候也抓。上学的路上抓，放学的路上更是抓。抓来抓去就有了讲究。屁乃是食物之气或者是消化之气。一般来说，吃得不好屁便不臭，而吃得好或者吃得混杂屁则奇臭无比。因此同学中的阶级阵线便在抓屁的活动中暴露无遗，穷人家的孩子不免落了下风。他们吃得不好，因此屁不太臭。不过也有弥补的办法，就是多吃豆子。俗话说，一个豆子十个屁，十个豆子一台戏。于是回家后大家都拼命地吃豆子。不仅吃黄豆，同时也吃豌豆、绿豆、蚕豆、豇豆、四季豆以及扁豆。不仅吃豆子，同时也吃豆腐，以及豆腐干、腐乳、豆浆、千张百页。豆制品吃多了，自然放屁就多。但还是存在那个老问题，就是屁不够臭，也就是说质量不行。要得到高质量的屁就得吃洋葱或者韭菜，并且得和猪肉、猪下水一起炒着吃或者炖着吃，届时放出来的屁肯定腥臭无比，臭得伤心。

问题在于，你到底需要的是屁多还是屁臭？而对于屁的需要是因人而异的，目的也各不相同。有人需要屁仅仅是用于自卫，有的人则喜欢主动出击。有的人忙于抓屁，有的人则忙于接屁。于是便有了一项附属性质的发明，叫作"借屁"。就是抓了一个屁，但不亲自掴到对方的脸上，而是通过另一个同学的中转，寻找最佳的接屁对象。魏东就经常向我借屁。我抓住一个屁后握住拳头，魏东伸开一只手来接（借）。我松开拳头，魏东随即握住，这屁就由我的手上转移到了魏东的手上。然后他再寻找最合适的接屁对象,将借到的屁结结实实地捂在那人的脸上。

如果接屁的人提出异议,魏东就会说:"又不是我的屁,是张梅生的屁,要找你就去找张梅生。"

其实他完全没有必要推脱责任的,就是他的屁,对方又能怎么样呢?接了还不就接了?魏东之所以巧言令色,不过是想增加抓屁游戏的趣味性。对方也深知这一点,所以才故意装成很不乐意的样子。

更为恶劣的是,有时候魏东向我借了屁,一抬手就捂在了我的脸上。也就是说,我自己接了自己的屁,自己放屁自己闻,自己的屁自己享用。这当真是奇耻大辱呀!

后来魏东就不怎么自己抓屁了,他到处借屁,借了以后就还给对方(捂在对方的脸上)。他大概觉得这种方式更加地好玩和过瘾。况且,魏东对于屁的需要量在所有的人中也是最大的,光靠自己放的那点自然远远不够。当年的抓屁活动中,唯一只抓屁、借屁而不接屁的人恐怕也只有魏东,因为没有人敢让他接,他当然也不会自己抓屁自己接。另一个人也不接屁,甚至也不抓屁和借屁,彻底地置身于抓屁的游戏之外。不用说,这个人就是朱红军。面对盛极一时的抓屁之风,他的脸上总是挂着轻蔑的笑容,鼻子里哼哼几声,只有出气没有进气。

大约有半年的时间,初二一班的教室里洋溢着一股挥之不去的屁味儿,整个成了一间屁屋。任课的老师走进教室,无不吸着鼻子问道:"什么味道,这么臭?"当然不会有人进一步深究。班上有魏东这样的霸王,万一,这异常的气味和他有关,下面处理起来就非常难办了。

有一个男生叫何兵，小矮个子，脑袋却特别地大，尤其是他的大脑门，看上去就像是年画上的老寿星。何兵长着一双又大又圆的眼睛，永远是水汪汪的。他的志向就是将来能进县文工团当一名演员。何兵经常当着大家的面，表演自己这方面的才能。他说："我想哭马上就能哭，不信你们就看……"说着便目视前方，眨巴着那双睫毛特长的大眼睛。果不其然，几秒钟以后，两行眼泪就顺着他的眼角流了下来。

一次何兵悄悄地告诉班上的另一个同学："其实，抓屁一开始是我玩出来的……"

这话不知道怎么传进了魏东的耳朵，他马上就去找何兵。找到后，向对方借了三四个屁，随即又都还给何兵了。随借随还，每个屁都准确无误地捂在了何兵的脸上，魏东肥厚有力的手掌久久也不愿挪开。何兵差一点没有昏死过去，本来就大的眼睛里不禁泪水盈盈。这一次可不是什么表演，何兵真的哭了。但也有可能不是真哭，不是伤心难过的那种哭，而是被屁熏的。从此以后他再也不敢和魏东争夺抓屁的发明权了，打死也不敢了。

所以说，那些恶劣的游戏并不一定就是魏东发明的，但玩得异峰突起、超出常规却肯定和魏东有关。"捣屁眼"便是继抓屁之后盛行一时的游戏，它的真正发明者已不可寻觅，就是确有其人恐怕也不敢站出来承认吧？那时候，初二一班的屁味稍淡，抓屁之风逐渐转移到了其他班级，恰好来了捣屁眼，其动感十足和惨烈的效果都是抓屁所无法比拟的。

这游戏如何玩法？一个人悄悄地潜入另一个人的身后，然后蹲下，双手相对，合在一起，然后自下而上地猛地一捣，目标是对方的屁眼。捣人的人全身发力，身体跟着站直起来。被捣的人则随着一声惨叫，栽倒在地。捣屁眼游戏进行的现场，只见有人哭爹喊娘，有人满地打滚，也有的既哭爹喊娘又满地打滚。疼，自然是不用说了。那疼的感觉还会沿着肛门向周围一圈圈地扩散，以至于腿脚发麻，浑身酸软，一时半会儿很难从地上爬得起来。

多年以后，当我想起捣屁眼的游戏，不禁觉得非常后怕。那肛门附近神经密布，并且紧挨着尾椎骨，尾骨则直通脊柱。弄不好的话，什么肛裂、脱肛的现象都会发生，甚至会导致全身瘫痪。那时候大家都不知道捣屁眼的严重后果，当真是无知者无畏呵。一时间捣屁眼之风盛行，所有的人都尽量地往别人的身后站，因为那样才可能有捣人的机会。

捣屁眼的游戏上课的时候玩不起来，因为每个人的屁股下面都有一张板凳，把肛门保护得严严实实的。课间休息的时候则是捣屁眼的大好时机，大家都来到了教室外面，并且都非常无聊。只见一个又一个的男生被捣翻在地，当真是此起彼伏。捣人的人正在为自己的得逞欣喜若狂，一不提防，他也被身后的人捣翻了。到后来，大家也就学乖了，知道保护自己最重要。如何保护？其实非常简单，就是不要往别人的前面站，最好站在教室的墙边，身后是教室的砖墙，别人就没有空子可钻了。于是课间休息的时候，大家都尽量靠着墙根站，很少有人敢在空地上走来走去的。当然，如果你待在教室里不出来晒太阳，那是最安全的，但也就没有机会目睹捣屁眼时人仰马翻的场面了。

到了最后，大家都宁愿待在教室里，坐在板凳上，而不去教室外面看热闹了。捣屁眼的游戏有点玩不下去了。幸亏有了魏东，在此紧要关头再次力挽狂澜，修改了游戏规则。他省略了悄悄潜入对方身后采取突袭这一重要的步骤，不管你是站在墙根那儿晒太阳，还是坐在教室的板凳上，硬是把你拉出来。魏东说得也非常坦诚："小屄养的，让老子捣一下玩玩！"

当然没有人愿意，但只要被魏东选中，也就只有引颈受戮的份了。于是无聊的游戏就变成了当众执行。魏东死拉活拽地拎出一个同学，让其出列，命令对方站直了，然后大大方方地走到他的身后，实施捣屁眼。后面发生的事则毫无差别，被捣的人满地乱滚，哭爹喊娘，一只手还捂着屁股。

捣屁眼的游戏中，魏东是唯一不被别人捣的人，只有他捣别人的份。因此他不必紧挨着墙根站，自由自在地拉人捣人，身体活动非常正常。还有一个人的行动也显得毫无拘束，不用说就是朱红军。他根本不参与此项游戏。朱红军既不靠墙根站，也不坐在教室里，而是在魏东的面前晃来晃去的。也许，他倒是很希望魏东过来捣自己，这样一来就有借口教训对方了。可魏东乖巧得很，就像是没有看见朱红军一样。此外，我也没有被魏东捣过，因为捣屁眼不比抓屁，毕竟含有身体伤害的成分。如果魏东捣了我，朱红军不会置之不理的。当然啦，我可没有朱红军那样的气概，敢于在魏东的面前晃来晃去，不被他拉出去当众执行而能在边上看看热闹就已经很不错了。刺激魏东的傻事我不会干。朱红军倒是劝说过我几次："你就走到魏顺堂的前面去，看他敢怎么样。"

一想到那些满地打滚甚至小便失禁的同学，我就心里发毛，说什么也不敢去魏东的前面走上一遭。劝了我几次之后，朱红军也就不再劝了。

一段时间以来，只有魏东和朱红军敢于在教室前面的空地上晃来荡去。但如果仔细观察，你就会发现他们的站位非常微妙。朱红军从来都是站在魏东前面的，而魏东则始终处于对方的身后（两人面对面的时候除外）。所以说，朱红军应该更加地放松和无所顾忌。有时候，魏东为了做给大家看，紧跟在朱红军的身后，做出欲捣屁眼状。他只是做出捣屁眼的样子，但并没有真捣。事后我会提醒朱红军，让他防着魏东一点。

朱红军说："我知道他在后面玩花样，怎么可能让他捣着呢？只要他一动手，我就让他有好看！"

也就是说，魏东的小动作他全看在眼睛里了。可朱红军是背对着魏东站的呀，又怎么可能看在了眼睛里？难道，朱红军是用屁眼看的吗？就是用屁眼看，那也隔了好几层裤子呵。

欲捣屁眼而不真捣，后来也被魏东发展成了一项独立的游戏。玩这游戏的只有魏东一个人，其他的人只是观众。从教室前面经过的老师，无论男女，魏东都喜欢尾随其后，伺机做出捣屁眼的动作。在想象中，这些为人师表的家伙不禁被捣翻在地，满地打滚，当真是大快人心啊。魏东还经常跟在女生的后面，玩欲捣而不捣的游戏，这自然包含了明显的猥亵成分，看得大家更是心花怒放。欲捣而不捣的游戏是以真捣作为前提的，如果没有真捣的事情发生，它就没有任何意义了。多年以后，回想起这荒唐的游戏我又有了新的认识，魏东不辞辛苦地大玩特玩欲捣不捣也许只是为了掩饰。如果这游戏仅仅针对朱红军，难免会暴露魏东的胆怯，如果针对很多人，则成了一种可以普及的玩法。魏东的心机很深，在当时并不是所有的人都能明白的。

农村分校

共水县中在离学校三四里路远的地方建立了一个农村分校,供学生学农之用。去农村分校的时候就像过节,虽然需要劳动、干农活,但不必上课了。在县中的时候学生也不学习,但课还是要上的,得做做样子。农村分校里则根本没有教室,有的只是农田。有一排当地农民住的那种泥墙草顶的房子,其中的一间做了食堂,一间归老师住宿兼办公,剩下的房子则都是学生宿舍。县中的学生按班级轮换,一次去一到两个班,住上一到两个月。虽说分校离县城非常近,但学生是不允许回家过夜的。这是真正的集体生活,大家一起吃一起住,一起劳动和干活。干活是真干,因为有很大的一片田地需要伺候。并且去的时候是什么农时就得干什么农活,挑拣不得的。

我们班进驻农村分校的时候正逢春夏之交,农田里灌满了水,准备插秧种水稻。刚到那里就卷起裤腿下到水田里耙田。农村分校毕竟不是生产队,没有养牛或者其他牲畜,于是人就当牛用。一伙男生背着绳子,后面拖着木耙,在水田里来来回回地走。木耙上面还站着一个人,为的是将木耙压进水田里,免得因为分量轻它被拉得腾空起来,那样的话就起不到耙田的作用了。当然站在木耙上的人手里并没有鞭子,但却具有手握鞭子的威风,就好像他真的在驱赶几头牛一样。站在木耙上的人必须是个大块头，分量重，才能够压得住木耙。魏东自然是第一人选。实际上，像他这样条件的家伙我们班上还有几个，比如汪伟，体重就一点不亚于魏东。然而这样的好事是轮不到他的，除非魏东站木耙站得不耐烦了。

　　魏东站在木耙上，手里虽然没有鞭子，嘴巴却在不停地吆喝，就和吆喝牲口一样。前面拉木耙的人也觉得自己很像牲口，然而敢怒不敢言。魏东还真的折了一根树枝，当作鞭子用。他左边右边地乱挥，有时候则直直地打过去，落在弯腰曲背拉着绳子的同学的后背上。后者护疼，本能地往前面一挣，那木耙果然拉得更快了。可见人和牲口原来是一样的。当然啦，拉绳子的这伙人中并没有朱红军，如果有他在，魏东的树枝就不敢乱挥了。就算他不挥舞树枝，木耙也拉得很快，并且毫无规律可言。我们在朱红军的指挥下，猛地一齐发力，把木耙拉得飞跳起来。魏东站立不稳，一跤摔在了水田里，弄得满身都是泥水，样子十分狼狈。

　　后来魏东也学乖了，只要拉绳子的人中有朱红军，他就拒绝站木耙，而让汪伟替他站。我们于是更加地肆无忌惮，变着花样拉木耙，一心一意地要把汪伟拉得摔下来，以发泄原本是针对魏东的愤怒。如此一来，拉木耙耙田也成了一种游戏，拉的人拼命地要把站的人拉下来，而站的人则竭力稳住自己。只要他稳住了自己没有摔下来，就有了驾驭牲口的良好感觉，否则的话就是大家的玩具。较量中各有胜负，关键还得看拉的人中有谁，站的人又是谁。

　　水田终于被耙平了，水面上没有任何泥块凸起，甚至连一根竖着的草都没有，平平整整的，就像是镜子一样，映照着天上的云朵。看着自己的劳动成果，无论是拉绳子的人还是站在木耙上的人都非常地高兴。

下面轮到了施底肥，人粪、畜粪都往水田里倒。分校里有一个专门的积肥坑，和厕所是连在一起的，所有人的大小便都集中到积肥坑里，但这远远不够。学生中间开展了捡粪活动。分校的田间地头，包括附近生产队的路边园子里，所有能够被发现的牛粪、猪粪、狗屎、羊屎甚至鸡粪都被搜罗一处，运到分校里来。其后又展开了规模更大的割草运动，每人定额四十斤青草，必须按时交付。

家住农村的同学没有任何问题，家里有现成的镰刀、箩筐，家门口和生产队的河岸上到处都是草。只需要回家一趟，再来的时候挑着一副担子，任务也就完成了。甚至青草担子也不用自己挑，由父母或者哥哥、姐姐挑着。那些草想必也不是他们亲自割的，同样由家里人代劳。可像我们这样家住县城的同学就难办了，一时间我真有点儿一筹莫展。朱红军对我说，这事他来解决。几天后他联络了另外几个割草有困难的同学，弄来了镰刀、草绳和一架板车，然后我们就出发了。

我们一行是四个人，我、朱红军、汪伟和丁小海。丁小海的家住在农村，按理说割草是可以自己解决的，但我还是拉上了他。他们家也是从南京下放的，在我的概念中他是一个南京人，并非是土生土长的农村人，更何况我们是非常要好的朋友。再说丁小海也从来没干过割草这样的活儿，家里面也没有哥哥、姐姐。丁福海有病，丁小海他妈一个人挣工分根本忙不过来，哪有工夫帮丁小海割草呢？

四个人，三个坐车，一个拉车（互相轮换），一路说笑着，穿过共水县城向共水县湖大堤而去。到了湖堤上，我们又走了一截，然后拐上了一条小路，最后来到了湖边的一个小渔村里。顾四的家就住那里，他早就提前从农村分校回家等着了。我们放下板车，上了顾四准备的一条小船。顾四摇橹，小船载着我们向湖心进发。经过共水县船闸和进水闸，最后抵达了一处草滩。

所谓的草滩不过是一棵棵的草伫立在水面上，看不见下面的泥地。并且每棵草都长得十分茁壮，像一棵小树苗似的。我们都不认识这种草，顾四说了一下，大家也没有听明白。实际上也不需要明白，只要是草，砍下来能作为绿肥交差就可以了。何况这种草一棵就有好几两，有的甚至有一两斤，割起来非常方便，也占分量。于是我们从船上下到湖水里，挥舞镰刀、菜刀就割开了。水只齐到膝盖那么深，最深的地方也不过到大腿根，脚下的泥地十分地细腻平滑。我们每割几棵草，就用胳膊夹着，蹚着水走回船边，将草扔进船舱里。我举目一望，四周白茫茫的一片，都是湖水，看不见岸边。唯独这个地方长满了这种草，并且只有这种草，品种非常单调。甚至，每棵草站在水里面的姿势也都差不多，就这么蔓延开来，好大的一片。这真是一个奇怪的地方啊！奇怪的感觉还在于，我根本就不会游泳，现在却置身于一望无际的共水湖里了。倒也风平浪静，只是平静得有些过分，简直就像一个梦一样。

割草不需要费多大的力气，我们大部分的时间都在打闹。互相把对方摁在浑浊的湖水里，或者用那种又长又大的草抽来抽去。

反正这个地方就这么一点点深，怎么折腾也不会淹死人的。感觉上整个共水湖都属于我们所有。这地方也的确比小河小沟好玩多了，宽敞异常，又像水池子那样地脚踏实地。

边打闹边割草，耽误了时间，我们收工的时候天已经快黑了。好在这是在湖上，水面很亮，如果是在岸上可能已经看不见对面的人了。我们赶紧上了船，坐在刚刚割的那堆草上，顾四开始往回摇。离开草滩之后，四周更加寂静了。不说话的时候，只能听见顾四摇橹时发出的刮啦刮啦的声音，草秆断裂处散发出的特别的腥气直冲鼻子。湖面上偶尔有水波闪动，更远的地方已经是黑乎乎的一片了。

后来，我们看见了灯光，听见了岸上隐约的人声。这时水声更大了，并且响得十分蹊跷。等我们反应过来的时候，船已经到了进水闸的前面。进水闸黑压压的身影伴随着水声的轰隆巨响压了过来，如果船被卷进闸孔里去那就全完了。不仅草白割了，船毁人亡的事也将发生。顾四大呼小叫，他已经控制不了船的方向了，船身正随着湍急的水流像被拉动似的向后面猛退。我不禁吓坏了。这时只听见扑通扑通扑通扑通几声，船上的人一瞬间都跳下水去不见了。

我听得清清楚楚，一共是四声扑通（事后我十分惊讶自己还能数数，并且数得非常正确）。我们来的时候是四个人，也就是说四个人全都跳下去了。但好像不对，我忘记了顾四，实际上船上应该有五个人。五个人只响了四响，还有一个人待在船上。我突然想到，这个人就是我，当时真是吓得肝胆俱裂。在我的想象中四个跳船的人正拼命地向岸边游去。一时间我十分犹豫，是像他们一样跳下去逃命,还是就这么待在船上?

二者其实区别不大。我不会游泳,跳下去也得被湖水呛死。但无论如何,总得做点努力吧?正当我摇摇晃晃地站起来,闭上眼睛准备纵身一跳的时候,突然听见有人对我说:"别乱动,坐好了!"

是朱红军的声音,他已经游了回来,扒着船帮,正在推船。

事后我们才知道,他跳下去并不是为了逃命,而是为了推船。朱红军是第一个跳下去的,没想到此举被其他人误会了,以为他想逃命。朱红军的那声扑通就像是逃生信号一样,紧接着就扑通扑通扑通地响了三下。我错怪了我的朋友。在此紧要关头我尚能清醒地数数,却不了解人情世故了。朱红军可是朱红军呵,又怎么可能独自逃生,选择当一个逃兵呢?

就这样,我坐在船上没有动窝,朱红军推着船到了岸上。不仅我的性命保住了,我们割的一船草也没有损失。朱红军救了我一命,却不愿意再提起。他说的是,他推船是为了船上的草,否则的话,交绿肥的任务就完成不了了。至于汪伟、丁小海、顾四弃船逃命的行为,朱红军也有说法。他说他们跳得好,跳下去以后船就变轻了,推起来才比较容易。如果他们都待在上面不往水里跳,说不定他还推不动那条船呢。

我们将草搬到岸上,再装上拉来的那辆板车上,连夜赶回了农村分校。

第二天一大早,五个人簇拥着板车去称草。积肥坑旁边放着一架磅秤,刘连喜亲自装砝码、过秤,同时他的手上还捧着一个大本子,记录每个人交草的斤两。过完秤,学生就把草倒进积肥坑里去了。朱红军把板车拉到磅秤上，称下来扣除了板车的重量还有两百多斤，足够五个人的定额了。朱红军将板车拉下磅秤，但并没有把草倒进积肥坑里，而是拉着它绕积肥坑转了一圈。碰见没交草的同学，他就说："拉过去称称，没得事的。"

于是这架板车连同上面的草被称了三四次。说来也奇怪，光天化日的，并且积肥坑旁边也只有我们这一架板车（其他的同学都是手提肩挑或者背着草来的），刘连喜居然没有发现。也许他的注意力太集中了，也许他是故意这样做的。班上的学生如果不能按时按量地完成任务，作为班主任是有责任的。总之刘连喜睁一只眼闭一只眼。结果还是因为魏东的揭发，这车草才没有能够继续称下去。

魏东本人并没有去割草，他站在磅秤边上，手里面拿了一把三股叉，谁来称草他就把叉子伸进去拨弄。还真的让他发现了几块土坯以及一些碎砖砂礓之类的东西。刨去这些充数的玩意儿再称，分量自然轻多了。魏东干这活儿的时候非常卖力，一旦检查出土坯之类的就兴奋地大叫。他让刘连喜把刨去的重量记在自己的名下，算是他交的草。魏东说："要不是被我潘冬子检查出来，不就是算他们割的草了？"

刘连喜无言以对。

事后我想，土坯砖头之类的东西的确不是草，但重量写在魏东的名下，还不是被当成草了吗？只不过便宜没有让别人占，而是让魏东占了，他占了我们大家的便宜。结果魏东交的草最多，一个人足足交了一百三十多斤，大大地超额完成了任务。魏东因此受到了刘连喜的表扬，并被学校里评为当年的三好学生。

磅秤不称草的时候,大家纷纷站上去称体重。我们班共有二十七名男生,其中要数魏东和汪伟最重,都是一百四十多斤。我和何兵最轻,一百斤还不到。可别小瞧了这几十斤重的差别,它异常明确地标志出了大家之间的强弱。体重大的自然力气大,而力气大就可以称王称霸。以前我们都知道魏东是魏书记的儿子,仗势欺人,没想到他的体重也是最重的。也就是说,即使没有他老子魏顺堂,仅凭身体方面的优势,魏东照样可以横行霸道。

"都看清楚了,老子最重!"魏东得意洋洋地说。

汪伟自然不会被他放在眼里,哪怕对方有两百斤呢。趁着这股得意劲,魏东又对朱红军说:"朱崇义你也上来称称。"

这时候大家才发现,朱红军还没有称过呢。只听他回答说:"魏顺堂,我要称也不用磅秤称,这玩意儿是称草称猪的。"

他让汪伟从食堂里拿来了那杆平时称菜的大杆秤,用一条扁担穿过秤毫,让汪伟和丁小海抬着。朱红军双手扒在秤钩上,一用劲两只脚就离地了。朱红军整个人都随着秤钩转了起来,转了两圈才定住。秤砣一直压到了秤杆的末梢。朱红军的体重一百二十五斤,考虑到他的身高一米七〇,应该说是非常标准的体重。作为一个十五岁的少年,甚至可以说相当地壮实。然而一百二十五比一百四十五,还是差了二十斤。但这是用杆秤而不是用磅秤称出来的,就好像这有什么不同似的,反正当时朱红军给我们造成的是这种感觉。

他对魏东说:"不服气的话,你也用杆秤称一下,我来抬秤!"说着他就接替了丁小海,将抬着大杆秤的扁担放在了自己的肩上。

秤钩寒光闪闪的，并且还在慢慢转动，看上去就像是一个陷阱。魏东胆怯了，死活也不敢去碰那杆杆秤。

朱红军说："你不敢称啦？"

魏东说："你也不敢上磅秤称！"嘴上虽然很硬，但他从此再也不提称体重的事了。

直到今天我也没有弄明白朱红军是如何在称体重的事情上制服魏东的。他为什么要用杆秤称？为什么那样一来魏东就害怕了？一百二十五斤是怎么让一百四十五斤胆怯的？

魏东也割过一次草，但他是别有用心，有选择地专门拣带刺戳人的草割。魏东甚至折了一堆刺槐的小树枝放在他割的草里面。将这些草倒入积肥坑里去的时候刘连喜也没有制止。所有的草沤熟后变成了绿肥，然后被均匀地铺撒在水田里，学生不分男女一概脱了鞋子下到水田里踩踏，把绿肥踩入下面被水泡软了的土壤里。如此一来，就不免会踩着魏东割的带刺的草或者刺槐的枝条，脚底板疼得钻心，甚至于鲜血淋漓。

当然，水田的面积很大，魏东割的草又非常有限，并不是每个人都能踩着带刺的草和刺槐的。踩着踩不着纯属偶然，这就更有意思了，比一定踩着还要有意思。踩着刺槐的人负伤流血，一副痛苦不堪的样子。就算你踩了一天的草也没有踩着刺槐，也一样地提心吊胆。总之踩草的时候人人自危，手心里都捏了一把汗。

魏东本人并没有踩草，他被安排到食堂里去做饭。这就更让人不放心啦。如果他要搞什么鬼，把什么脏东西混进饭菜里去，也是可能的。好在魏东也得在食堂里吃饭，不比踩草，他可以不踩。因此比较而言，还是稍微让人放心一点。

由于朱红军的强烈的要求，刘连喜不得已找魏东商量，让他也下水田去踩草。后者居然没有拒绝。只见魏东穿了一双高筒雨靴，大踏步地来到水田里，来来回回地一走，雨靴便夸嗒夸嗒地直响。他到处走走看看，也不踩什么草，一心指望有什么人踩草的时候扎了脚。要是他整天待在食堂里，就是有人踩草负伤，自己也看不见呵。所以魏东非常愿意下水田。如果踩了一天的草都没有人负伤，魏东就会非常地失望，觉得这一天算是白过了。

晚上睡觉的时候我们在一个大房子里，十几张上下铺的床，床和床之间的间隔很小，有的床甚至紧挨在一起，连成了一张大床。魏东喜欢在床上打滚，从他的床上滚到别人的床上。何兵的床是和魏东的床靠在一起的，魏东经常会压在何兵的身上，把他当马骑。骑着骑着魏东就做出了一些猥亵的动作，屁股连撅是撅的。他对何兵说："你爸日你妈就是这样的，把你妈压在下面。"

何兵的一双大眼睛本来就眼泪汪汪的，一瞬间在油灯的映照下更是晶莹闪烁，简直就像女孩儿一样。开始的时候魏东还是人来疯，表演给大家看的，但后来就有点不对劲了。他快活得龇牙咧嘴，五官扭曲得变了形。白天晾被子的时候，魏东的被子上出现了几块浅褐色的斑迹。朱红军问魏东那是什么东西，后者竟然脸红了。他底气不足地说："是酱油斑，我吃饭的时候不小心把酱油弄上去了。"

这以后只要朱红军一问晾被子和酱油的事，魏东马上就蔫了。这时候就有了一种传说，说是魏东每天晚上都要日何兵。

如果不是有日何兵这样的丑闻让魏东有点抬不起头来，他还会更加地嚣张。也就是说，牺牲了何兵一个人，但却保全了大家。当然啦，朱红军也在宿舍里面住，肯定也是魏东有所收敛的一大原因。假如没有朱红军，魏东尝到甜头后，那还不大干特干？还不把宿舍里所有的上下床都爬遍了？当然也会爬到我的床上来的。幸亏有了朱红军，不仅是我，除了何兵以外的所有人都得以免遭魏东的玷污。所以说，到底是朱红军还是何兵保护了大家，到底应该归功于谁，这个问题直到今天我也没有想清楚呵。

虽然可以免遭玷污，然而皮肉之苦却不可避免。魏东在宿舍里欺负同学，就像他在课堂上干的一样，什么抓屁接屁、捣屁眼、做飞机、拳打脚踢，只要是他想得起来的招数全都用上了。宿舍不比课堂，农村分校也不是共水县中，大家一天二十四小时都待在一起，况且有一个漫长黑暗、油灯映照的晚上。直到魏东鼾声如雷，我们这才把一颗心放下了。虽说魏东的鼾声太响，吵得别人无法入睡，但他的鼾声同时也报告着平安。

也许我有点言过其实了，那也是因为当时过于紧张造成的。其实因为朱红军的存在，魏东是不敢很过分的。他不仅不敢对朱红军过分，对朱红军的朋友以及和朱红军比较接近的同学也都比较收敛。这家伙粗中有细，精明得很。其次，自从上次称体重以后，魏东的矛头主要是指向汪伟的，欺负其他人不过是小打小闹，顺便玩玩的。而对付汪伟，魏东的确是费了一番心机。他倒不是怕对方的体重和自己相差无几。那汪伟虽然不是朱红军最要好的朋友，但和我的关系不错，而我，朱红军早就对魏东有言在先："你要打他，先过我这关。"由于汪伟和我的关系以及我和朱红军的关系，汪伟和朱红军也算是走得很近了。挑战汪伟，很难说朱红军会不会出头，因此明目张胆地拳脚相加似乎不太合适。

一天早上汪伟起来洗脸，一抓毛巾，怎么臭烘烘的呀？再凑近窗户一看，上面黄黄的一坨那不是屎吗？并且肯定是人屎，只有人屎才会有那样的黄色和稀湿程度。我们捡了一个星期的粪，没捡多少，但对于粪便的鉴别能力却大大地提高了。猪屎、牛屎、狗屎、羊屎、鸡屎全都不一样，全都和人屎不一样，就是说法也很不相同。牛屎叫牛屎墩子，狗屎叫狗屎橛子，羊屎叫羊屎蛋子，鸡屎叫一摊鸡屎，人屎则叫地雷。

汪伟鉴别完毕不禁产生了第二个问题：这毛巾上的人屎到底是谁拉的呢？不用说，肯定是魏东拉的，是他的屎，除他之外不会再有第二个人了。那天夜里有人看见魏东起来上厕所，想必他故意抓了汪伟的毛巾去擦屁股，擦完之后又晾在了原来的地方。

知道是魏东干的，汪伟就不敢再声张了，一个人拎着那条带屎的毛巾默默地去了小河边。汪伟用肥皂洗了一遍又一遍，直到他认为把毛巾洗干净了，然后就着清凉的河水洗了一把脸。洗脸的时候他发现毛巾上还是有一股难闻的屎味儿，然后他又洗毛巾，打了肥皂拼命地搓，几乎把那条新毛巾都搓成破布了。这才将毛巾挂到宿舍门口的铁丝上晾晒。铁丝上面晒满了被子，其中就有魏东的那条印了酱油斑的被子。

朱红军问汪伟："这毛巾你还要？"

汪伟说："还要，我已经洗干净了。"

朱红军说："要是我就把它扔掉了。"

汪伟说："这是新毛巾，临来的时候我妈特地给我买的，扔掉了我拿什么洗脸啊？"

听他这么说，朱红军就走开了，并且从此以后再也不过问汪伟的事了。

魏东试探成功，不免变得更加肆无忌惮。他再也没有在汪伟的毛巾上面做文章，因为自从那天以后，汪伟临睡以前都要把他的毛巾宝贝似的折叠起来，压在枕头下面。魏东没有机会下手。但大家吃饭的碗沿着墙根放了一溜，其中也包括汪伟的碗。于是一天早上起来，洗完脸准备拿碗去食堂里打早饭，汪伟发现他的碗没有了。他到处找碗，最后在窗台上发现了那只搪瓷蓝边的大碗，里面盛满了黄灿灿的液体。一闻就知道是尿，并且是人尿，一股臊味儿扑鼻。

那碗黄灿灿的尿和一盆花草（女同学采摘的野花，刘连喜用一只花盆盛了，放在窗台上用以美化环境）并列在一起，在早晨特有的阳光映照下显得异常美丽。当然，这美丽只是我的个人感受，因为我喜欢画画，在审美方面比其他同学敏感。当时我就在想，要是没有那碗尿，仅仅只是一盆花，就没有这么美了。如果那只碗只是一只空碗，放在花盆的旁边，也不会有这么美。如果那只碗里面盛的是清水，也不会有这么美。正是这一大碗晶莹透亮浅黄的尿，被朝阳照耀着，配上那盆有红有白的野花，看上去才会美得如此地非同寻常。可惜我的感受无法和任何人交流。

这一次魏东公开宣布尿是他撒的（不像上次他用汪伟的毛巾擦屁股）。他的说法是，半夜里突然尿急，又不愿意去外面上厕所，于是就顺手从地上拿了一只碗。撒完后就把碗蹾在窗台上了（他和何兵的床紧靠窗户）。魏东不承认此举是针对汪伟的，自然不是因为害怕汪伟，撒都撒了。顺手拿了一只碗，魏东的意思是说，不管是谁的碗都有可能被他拿到，而拿到了他就敢在里面撒尿。

朱红军的碗也放在地上，自然也有可能被拿到。魏东的意思是他不怕朱红军。这小子的心思也太复杂了！

汪伟仍然去了小河边，去洗他的那只碗。用河边的青草擦，再用河泥擦，洗了一遍又一遍。然后端着那只洗干净的碗，去食堂里打早饭。晚上睡觉的时候他把碗也收了起来，放在脚下，倒扣着，一只脚放在上面。不仅汪伟，除魏东、朱红军以外的所有人都把碗收了起来，睡觉的时候带在身边。有的放在脚下，有的搂在怀里，有的干脆用硬邦邦的碗当枕头。最后，只剩下魏东和朱红军两个人的碗还放在老地方，互相对峙着，就像它们的主人一样。

一天夜里，丁小海突然在梦中大叫："妈，妈，吃啊！你吃啊！"把我给吵醒了，其他的人也被吵醒了。

丁小海说完之后翻了一个身，不知道怎么弄的，竟然从上铺上掉了下来。大家看见他在地上摸索了半天，大概是在找吃的东西，然后又爬上上铺去睡了。第二天早上起来，丁小海完全不记得夜里发生的事了。

朱红军感叹说："丁小海真是一个孝子！"很是佩服的样子。我自然也很感慨：丁小海家里穷，没有吃的，在农村分校的食堂里吃了几顿饱饭，连夜里做梦都还在吃。不仅他一个人吃，还招呼他妈吃。魏东在这件事情中也有收获，从此他再也不叫丁小海"丁福海"了，而是叫他"妈吃啊"。见到丁小海他就叫"妈吃啊，妈吃啊……"。

在农村分校里还有一些事是无法与别人交流的，哪怕是和朱红军、丁小海这样的朋友。

比如，每天的劳动结束以后，女生们都要到小河边去洗脚，男生们是去河里面洗澡或者游泳（这是一回事）。他们洗澡的时候，女生们就坐在河岸上洗脚。和初二一班一起来农村分校的还有初二二班，伍奇芳就是初二二班的。每天她都夹在洗脚的女生中间，一洗就是老半天。其他的女生都洗好回宿舍了，她还坐在那里洗。男生们也都洗完上岸了，她还坐在那里洗。绿草丛生的河岸上，伍奇芳抱着她的一只又白又弯的脚，脚掌朝上，低着头，一面洗一面用镰刀刮着脚底上的老茧。此时夕阳西下，满天的晚霞就在她的身后，画面真是美不胜收呵。除了美还有另外一种莫名的东西，让我有点魂不守舍，不住地拿眼睛向河边瞟。我很后悔自己没有学会游泳，否则的话就可以像其他男生一样，跳到河里面去，游得离那只脚更近一些。

我在河边转悠的时候发现，像我这样在附近转来转去的男生还有很多。有的游完泳上岸了还不肯回宿舍，有的在河边斗鸡，或者互相追逐，要捣对方的肛门。总之大家都有点人来疯，有点不正常。在一片喧闹声中，伍奇芳坐在那里，专心致志地摆弄着她的脚，显得异常沉静。还是魏东一语道破了天机，他冲伍奇芳大喊道："伍大屎，他们在偷看你洗脚！"

后者茫然地抬起头来，看了一眼，就又低下头去了。魏东于是捡了一大块砂礓，扔进河里。扑通一声，溅起的水花虽然很大，但水并没有溅到伍奇芳的身上。魏东的手上很有数，他非常清楚伍奇芳和朱红军之间的关系。

有时候我很怀疑，如果伍奇芳和朱红军没有任何特别的关系，魏东是否就会攻击伍奇芳？伍奇芳和朱红军的关系毕竟是一种传说，朱红军从来也没有宣布过，或者将对方置于自己的保护下。魏东没有真的攻击伍奇芳，也许是因为她长得太漂亮了吧？把魏东给镇住了。至少他对伍奇芳不是漠不关心的，否则也不会给她起外号和扔砂礓了。

伍奇芳的确不是一般的女孩，十四五岁的年纪，发育得就像是十八九岁的大姑娘。身材高挑，大概有一米七〇。这样的身高如果是在男生里面倒也正常，但放在女生中间就有点鹤立鸡群了。伍奇芳也不完全是往高里长，身上还有肉，蜂腰肥臀，该细的地方细，该粗的地方粗。尤其是她的那张脸，线条分明，颧骨突出，并且五官奇大。总之，她是完全长开了，和那些灰溜溜的豆芽菜或矮脚黄（一种当地的青菜，因为叶子发黄，长不太高，所以叫作"矮脚黄"）似的女生不可同日而语。

她是学校篮球队的成员。在共水县中上课的时候，一到下午活动课，伍奇芳她们就在篮球场上训练。届时围观的人很多，篮球场旁边的那条小路上也繁忙起来，人来人往的。我相信，大家都是去看伍奇芳的。训练的内容无非是投篮、带球跑，没有球的时候她们就进行蛙跳或者高抬腿练习。无论有球没球她们都只穿短裤。于是大家就看见了伍奇芳的两条光溜溜的大腿，在所有的大腿中只看见了她的大腿。

想当年，伍奇芳在共水县中的篮球场上跑来跑去，两条雪白的大腿翻飞。或者她拼命地做着高抬腿，以掌心轮番击打着腿面，发出了劈劈啪啪的声音。那声音如此地震撼人心，使我觉得，她的双手不是打在自己的大腿上，而是在猛抽我的耳光。本人不禁血脉贲张、满脸绯红……

这种隐秘的经验自然不可能与别人交流，就像在农村分校的时候看伍奇芳在河边洗脚。她是那么地安静和专注，一丝不苟。河水静静流淌，和篮球场上那充满了动感的场面截然不同，但却同样地刺激和撩拨人心。因此我相信，即使没有朱红军的因素，魏东也是不敢对伍奇芳怎么样的。他也属于被伍奇芳镇住的男生之一。

　　只有朱红军，从来不提伍奇芳，也不去篮球场旁边看她打篮球。即使是在农村分校期间，每天劳动结束以后，朱红军也不下河去洗澡。他甚至不在河边逗留。朱红军只是一如既往地往伍奇芳家里送东西，去的时候伍奇芳往往不在家。即使她在家，他们也不说话，接收东西的是伍奇芳她妈。如果说有什么人对伍奇芳完全不感兴趣，在我看来就只有朱红军了。

狠人迭出

当年共水县城里流行一个词，叫作"狠人"。狠人就是指那些体力超群、个性凶悍的家伙，也就是说，没有人敢惹他们，只有他们欺负别人的份。

朱红军和魏东就是初二一班里的两个狠人，就是在整个学校的范围内他们的名气也是很大的。然而共水县中学并不止初二一班一个班，狠人还是有几个的。我转学来县中一个多学期以后，对狠人的情况和分布有了更全面的了解。比如初二二班的金彪华，就是一个像朱红军和魏东那样的狠人。不是说他们都是狠人，而是他们狠人的等级相同，都是一个数量级的。金彪华和朱红军、魏东一样，都是最狠的那种狠人。

金彪华有他自己的特点，既不像魏东那样是干部子弟，也不同于朱红军以不要命著称。金彪华的优势是有哥们。他的那些哥们可不是共水县中里的狠人，而是共水县大街上的狠人。其中有一个叫段大头，另一个叫作张三子，县城里的人没有不知道的，对我们这样的学生而言则更是如雷贯耳，闻之色变。金彪华反复念叨着他们的名字，就像是念咒一样，自己顿时也变得不可一世，面目十分地狰狞了。后来段大头和张三子因为打架出了人命，被捕入狱，被判了徒刑，金彪华的气焰并没有因此遭受任何打击，反倒是更加地嚣张了。

那次打架，金彪华也参加了。据说是一伙人追打一个人，把对方逼进了共水县酒厂所在的那条小巷子里。那家伙无路可逃，只好跪下来求饶。段大头他们把他拉起来，抵在酒厂的铁门上面，然后劈头盖脸一阵棍棒砖头，活活地就把那家伙给打死了。金彪华于是和段大头、张三子一道，被抓进了共水县公安局。他享受了和段大头他们同样的荣耀，却避免了相应的惩罚。因为那年金彪华刚满十五岁，还不到负刑事责任的年龄。也许还因为是集体斗殴，段大头等人领的头，责任分摊到金彪华这里已经很少了。当年共水县里也没有少年教养所这样的地方，所以金彪华就被无罪释放了。

金彪华回到共水县中，自然是载誉而归。关于那次打架出人命的事，也只能听他一个人说。金彪华还特别地喜欢说，手舞足蹈、唾沫横飞的。段大头、张三子已经被关进了监狱，说不定还要被枪毙，因此也就死无对证了。

据金彪华说，那人其实是被他打死的。段大头、张三子一个人一边架着那家伙的胳膊，他（金彪华）从地上捡起一块砖头，上去就往对方的脑袋上一拍，顿时红的白的都出来了。那家伙的头弹在酒厂的铁门上还发出了铛铛的声音。说得让人毛骨悚然，大家对金彪华不免要刮目相看。在他的叙述中，大名鼎鼎的段大头和张三子就像是他的陪衬，是他手下的两个兵或者两个小喽啰。他们一边一个夹着被打的人，而由金彪华上前处置。

所以说，金彪华不仅是学校外面有人，和段大头之类的是哥们，而且，对方还得听他的调遣。他不仅参加了街上的流氓团伙，并且还亲手打死过人。如此一来谁还敢和他作对呢？狠人的地位便可以确保无虞。不要说是普通的同学，就是老师和学校领导看见金彪华都不免要畏惧三分，往往绕道而行。每次金彪华说完他的故事，总是会真诚地总结说："我因为年纪不到，所以打死人不用偿命，十八岁以后就不行了。我离十八岁还有三年，哪个不要命的就来试试……"

自然没有人敢试，大家唯恐避之不及。

如果你认为金彪华只不过是自我吹嘘，浑水摸鱼，并没有真正的实力，那就错了。这家伙和魏东一样，长得人高马大的，皮肤黝黑，上面闪烁着一层游移的光泽。并且他还很勤奋，成天在家里练哑铃、石锁、吊环、拉力器什么的，身上的肌肉一块一块的，就像是披了一身肉做的铠甲。以前，没出酒厂的那条人命以前，金彪华也喜欢吹牛，当然不是吹打死过人，而是吹他身上的肌肉。他会指给听他吹牛的人看："这是二头肌，这是三头肌，这是三角肌，这是胸大肌，这是背阔肌……"如数家珍。

金彪华弯起胳膊，大臂上的二头肌活像一只肥老鼠似的，在皮肤下面移来移去。他说："你们膀子上面有老鼠吗？能让老鼠在里面跑来跑去吗？"除他之外的所有人都没有这一手，于是大家不禁很是佩服。

金彪华的胸大肌还能够跳动，一抖一抖的，想让它抖就可以抖。金彪华说："你们的奶子能跳舞吗？想让哪边跳就能哪边跳，想让它跳几下子就能跳几下子。"自然没有人可以办到。

那时候的金彪华有一点可爱，他喜欢取悦大家，就像是街头卖膏药玩杂耍的，每天吸引了很多人。展示他的那身肌肉大概也是为了防卫，使别人轻易不敢欺负他。一身铠甲似的肌肉不免名副其实，的确是起到了铠甲的作用。

后来有一个星期金彪华没有来上学，再来的时候他的一只眼睛就斜了，变得面目可憎，非常吓人。原来金彪华在家里练习拉力器，不小心眼珠让弹簧给夹住了。当时流了很多血，马上被家里人送到了县医院里。还算侥幸，金彪华没有因此失明。但那只被夹过的眼睛从此变得不太灵活，也不在原来的位置上了，一看就知道是被夹过的。

后来，我也曾练了几天拉力器，每次拉拉力器的时候都会想到金彪华的斜眼。当我奋力展开双臂，凉凉的弹簧拂过赤裸的胸脯，总是很担心。如果我稍一松劲，被拉开的弹簧势必会猛地收回去，夹住自己的眼珠是完全有可能的。那次金彪华一定是上满了弹簧，用了吃奶的力气去拉拉力器……我不免对金彪华的遭遇深感同情，然而似乎并没有这个必要。

金彪华自从斜了一只眼睛，性情也随之大变。他再也不唠叨自己的那身肌肉了，也不唠叨最近才斜的那只眼睛，而是直接用斜眼盯着你，盯完之后抬手就打。就好像你让他看着不顺眼一样。实际上，是他的斜眼看什么都不顺。要是能让他的斜眼看顺眼，那倒是有点奇怪了。这真是一件蹊跷的事，当一个人的面目变得凶恶起来，整个人也就变得凶狠了。如今的金彪华已经不再被动防卫，主动攻击越来越成为他的习惯。难道说，那只斜眼是一件先进的武器吗？至少金彪华是拿它当武器用的。一道斜视的怪异而凶狠的目光盯着你，让你不得不先胆怯了，随之而来的是那身训练有素的肌肉，你岂有不败之理呢。金彪华因祸得福，对自己的斜眼很是倚重。

据说金彪华练肌有些年头了，甚至可以追溯到他的幼儿园时代。那时候，他是一个十分瘦弱的小孩，一点也看不出后来称王称霸的苗头。不仅没有称王称霸的苗头，金彪华还经常被人欺负。最喜欢欺负他的人听说是汪伟，他们是一个幼儿园的。汪伟小时候是一个肥胖儿童，体重超常，他经常压在金彪华的身上，欺负得对方只有哭鼻子的份。也就是说，金彪华的童年始终处于汪伟的阴影下，或者处于汪伟实实在在的庞大的肉体的压迫下。具体情形和细节已经不可追溯了，毕竟已经年代久远。汪伟当然是早就忘记了这些事。实际上，当年被汪伟压在身体下面欺负的小朋友还有很多，他们同样也不记得被欺负的事情了。

只有金彪华除外。他不仅记住了小时候的耻辱，并且以此作为动力和出发点，开始锻炼自己。练习哑铃、拉力器等自然是题中应有之意。金彪华还拜过师傅，和共水县大街上的流氓们混迹在一起……

一晃就是十年，汪伟也从一个儿童成长为一个少年。目前他的体重大概有一百四五十斤，在同龄人应该算是很重的了，但那不过是儿童肥胖症的后遗症，并不是刻苦锻炼的结果。也就是说，汪伟的那身肉既松又泡，只不过是一身肥肉，而不像金彪华或者魏东他们那样是一身肌肉。这三个家伙的体重相差无几，但肉质却截然不同。骨骼生长的情况也比较类似，都是一米七五左右的个子，性情竟有天壤之别。金彪华他们称王称霸、欺负弱小，属于共水县中里最著名的狠人。汪伟则相当地温顺，走到哪里都带着他的那身肥肉，一颤一颤的，不仅不会让人感到威胁，反倒令人觉得安心。那身肥肉是和平、吉祥的象征，那么白，那么软，谁见了都想上去捏一把。汪伟总是嘻嘻地笑着，往后面直躲，他怕痒。这么一个见人总是带着三分笑的家伙，小时候怎么会欺负别的小朋友呢？别说我不相信，就是汪伟本人也不敢相信。

本来，汪伟凭借这身肥肉是完全可以保证自己的安全的，成为像朱红军那样的不欺负别人，别人也不敢欺负的家伙。然而由于生性懦弱，却屡屡遭到来自魏东的挑衅，什么接屁、捣肛门，汪伟总是首当其冲。欺负的结果，汪伟总是满脸赔笑，就像他应该被魏东欺负一样，被欺负了还觉得对不住魏东。在农村分校的时候，魏东用汪伟的毛巾擦屁股，用他的搪瓷蓝边大碗撒尿，汪伟也没有吭一声。也是他祸不单行，从农村分校回县中后不久，一天金彪华找到我们班上来，通知汪伟说，他要报十年前的一箭之仇，约汪伟第二天下午放学以后去县体育场里面单挑。

在农村分校的时候除了初二一班还有初二二班，初二二班上除了伍奇芳还有金彪华。所以说，我们班上发生的事金彪华全都看见了，尤其是发生在汪伟身上的事。想必十年来他一直盯着这家伙。金彪华大概是这么想的：自己和魏东的个头差不多，论肌肉甚至更胜一筹；面对魏东的肆意凌辱汪伟始终默默地承受，看来他的胆怯和软弱并不是假装的，有仇不报又更待何时呢？

实际上，单凭金彪华的实力，早就可以和汪伟较量一番了，对方十有八九不是他的对手。可毕竟小时候被汪伟压在身子下面欺负过，落下了心理创伤。要是换了一个人，汪伟不是汪伟，金彪华肯定早就动手了。但对付汪伟却不完全是一个体魄和劲大的问题，还得克服心理障碍。俗话说，一朝被蛇咬十年怕草绳。经过十年的努力，金彪华终于把自己锻炼成了一条毒蛇，但面对汪伟这样的草绳他还是心有余悸的。十年来，金彪华孜孜以求，锻炼身体、拜师学艺，在其他的方面也机关算尽。比如对杀人不偿命的渲染，对偶尔所得的那只斜眼的运用。就算是金彪华的眼睛斜了，那道斜视的目光也须臾不离地盯着汪伟呢。这一切后者并不知情。

汪伟琢磨了一个晚上，仍然没有头绪。虽然有金彪华的提示，找他单挑是因为十年前的一桩往事，然而十年以前，自己什么地方得罪过对方呢？汪伟甚至不记得他曾经和金彪华上过一个幼儿园，更不用说把后者压在身子下面欺负的事了。在万般无奈的情况下，汪伟来了我家，求助于我。我一个多学期以前才转学来到共水县中，按理说是不会很清楚他们之间的过节的。求助于我，说明汪伟已经走投无路了。

好在我一向关注县中里面的狠人，听说过有关金彪华和汪伟的传说。我告诉汪伟，上幼儿园的时候，他经常把金彪华压在身子下面欺负。听闻此事，汪伟不禁如梦初醒，继而兴奋起来。

他说："我竟然把金彪华压在身子下面？欺负他？扇他的巴掌？请他吃毛栗子？请他吃萝卜皮？（以手指弹射对方的脑门，是为'吃毛栗子'。以手掌横扫对方的头皮，是为'吃萝卜皮'）我竟然把金彪华压在身子下面？"他不敢相信自己竟然有这么伟大。

"是他把我压在身子下面，欺负我吧？"汪伟说。

我说："不是不是，是你把他压在身子下面，欺负他，要不然的话，他为什么要找你单挑呢？"

"嗯，你说得有道理。"

于是汪伟变得非常激动，开始念念叨叨："我把金彪华压在身子下面欺负，我把金彪华压在身子下面欺负，我把金彪华压在身子下面欺负……"就像在唱一支歌一样。

唱了一会儿，汪伟的情绪突然急转直下，他对我说："明天怎么办呢？"显然他已经回到了现实中。

金彪华找汪伟单挑不比魏东的欺负，后者纯粹是魏东手痒，无缘无故地找碴。金彪华却是报仇，蓄谋已久的。何况他还打死过人，并且据说十八岁以前打死人都不用偿命。明天的遭遇凶多吉少，看来汪伟的小命保不住了。想到这里汪伟不禁哇哇地哭了起来，当着我的面哭得稀里哗啦的，就像在哀悼自己。我也陪着流了几滴眼泪。你说一个好朋友死了，我能不流泪吗？

我连夜去找了朱红军，后者说得非常清楚："看汪伟那熊样，他的事我本来不想管，但你的朋友就是我的朋友，这件事我管定了。"

于是第二天下午放学以后，金彪华在共水县体育场的荒草丛中等来的不是汪伟，而是朱红军。朱红军对他说："你要打汪伟，先过我这关！"

金彪华的斜眼里射出一道恶狠狠的光芒，盯了朱红军很久。突然他嫣然一笑，说道："我们谁跟谁啊，你不让打，我就不打，不就没事了？干吗要伤兄弟的和气。"

朱红军说："我跟你不是兄弟。"

金彪华说："那我也不能不买你的面子啊，你是谁？我又是谁？"谁啊谁地绕了半天。

朱红军说:"你块头那么大,我块头比你小,你又不吃亏,还是打一打吧。"

金彪华说:"瘦归瘦,筋骨肉。"

朱红军说:"不打怎么知道呢?你打死过人,我又没有打死过人。"

其实朱红军说得很真诚,但金彪华听上去怎么都像是讽刺。他回敬说:"你敢和电打,我不敢,还是你狠。"

最后两个人竟然你一句我一句地互相恭维起来了。朱红军有点不耐烦了,他说:"说那么多干吗呢?打一打不就知道了。"

金彪华说:"不打不打,反正我不打,就是你打我也不打,算你赢了行不行?"

话说到这个份上,朱红军就毫无办法了。他从来不打不还手的人,甚至也从来不打第一拳。如此一来,不免辜负了县体育场这样的大好场所,荒草没膝,渺无一人,除了这两个面对面地站着捏紧了拳头的少年。当然也辜负了美好的时光,当时夕阳西下,天地间自有一种苍茫雄浑的韵味……

金彪华开始悄悄地向体育场大门的方向撤退。朱红军一方面觉得窝囊,一方面也觉得有些对不起金彪华。他说:"这样吧,小时候汪伟欺负你也不对,我让他明天上饭店请客,向你赔罪。要是他不肯请客,这件事我就不管了。"

汪伟自然愿意请客,花钱消灾嘛。他从家里偷了几块钱,在中华饭店里摆了一桌酒席,宴请金彪华。朱红军作为中间人当然也到场了——如果他不去,汪伟是绝对不敢单独请金彪华的。朱红军还拉上了我作陪。这件事也和我有关,汪伟一开始找的就是我，通过我才找到了朱红军。如果不是看在我的面子上，朱红军才不会去管这件事呢。所以说，我前去赴宴名正言顺。平生第一次我被别人宴请，不用说感到多么地自豪了。因此尽管中华饭店里光线昏暗，苍蝇到处乱飞，桌子油腻得粘住了胳膊，发出吱啦吱啦的声音，但在我看来却有如神圣的殿堂。至于到底上了些什么菜就根本不重要了。

这次宴请，还使我能够近距离地观察金彪华。虽说他不敢和朱红军交手，但毕竟是共水县中里的狠人之一。朱红军就更不用说了。汪伟也是一个大块头。置身于他们中间，和他们平起平坐，我仿佛觉得自己也不止九十六斤，平添了不少分量。我们端起吃饭的大碗来碰杯，喝的是当地出产的山芋干酒。汪伟还发了香烟。金彪华始终满脸堆笑，表情十分谦和。只是，他的那只斜眼不受控制。金彪华笑的时候，那只眼睛里面毫无笑意，就像是死鱼的眼睛，并射出了一道死鱼般的目光。那目光完全是自动地落在了朱红军的身上。后者大大咧咧的，把杯换盏，忙于调节气氛，因此没有太注意。我在旁边却看得不寒而栗。

显然，那是一道仇恨之光，金彪华肯定是瞄上朱红军了。为了报复汪伟，他可以卧薪尝胆，从遥远的幼儿园时代一直到上了中学。因为朱红军的出现，使金彪华的计划受阻，如果想要报复汪伟，他首先得过朱红军这一关。看来回去以后金彪华又得重新开始了，拜师学武、加强锻炼，可望有朝一日能够制服朱红军。这一次又需要多少年呢？计划收拾汪伟金彪华用了整整十年，这一次少说也得三五年吧？朱红军不断地端起大碗，对金彪华说："来来来，多喝一点啊！"就像是预祝对方成功一样。

每次，金彪华喝酒的时候都很被动，但他到底还是喝了。仰着比头还要粗的脖子，喝得滴酒不剩，然后将碗底朝天，展示给大家看。我觉得，如果朱红军让他喝的是一碗毒药，金彪华也会毫不含糊地灌下去的。一滴不剩，也一声不吭。

天然浑成

当年共水县中里还有一个狠人,叫作李洪亮,和我们不是一个年级的。我们上初二的时候,李洪亮已经读到了高二,比我们整整要高了两个年级。并且这家伙上学晚,据说还留过级,当时李洪亮差不多有十八九岁,看模样可能还不止。他既不是什么干部子弟,也没有锻炼肌肉,更无勇敢的名声,只不过是年纪大,发育早,当我们还是一帮柔弱少年的时候,李洪亮已经是一个名副其实的小伙子了。加上他身材高大,有一米八多,看上去简直就像是一个巨人。李洪亮从小干农活,不免膀大腰圆的,一双大手就像蒲扇一般。寒暑假以及忙假里回生产队上劳动,李洪亮和最强壮的劳动力一样,可以挣十分工。他挑的担子有三百多斤重。这是一个天然浑成、不事雕琢的狠人,和县中里其他的狠人基本上没有什么可比性。

在学校里自然没有人敢欺负李洪亮,李洪亮一般也不欺负别人。说到底是大家和他玩不到一起去,所有的人都觉得他是一个大人,和自己不是一伙的。然而李洪亮却有一个毛病,就是喜欢和女生搭讪。这大概也是因为年龄的关系,李洪亮已经完全发育成熟,气血方刚,满脸都是青春疙瘩痘。按照魏东的话说,就是李洪亮骚得慌。

当年在共水县中学里,男女同学之间是不说话的——互相谩骂不算。比如说魏东,也只是骂女生,给她们起外号,男同学和女同学正常的交谈完全没有。李洪亮却不管这一套,他一贯我行我素,没事的时候就往女生堆里钻,找人家说话。开始的时候犹如猛虎进羊群,后者不免一哄而散。李洪亮于是伸出他那蒲扇一般的大手,随便捞住一个,不让对方走。就这么捏着一条瘦骨嶙峋的细胳膊,居高临下地说个没完没了,唾沫星子喷得人家一头一脸的。为了这种事,女生不止一次地告到班主任那里去,甚至还惊动了学校领导。

李洪亮为自己辩护说:"我不过是找她们说个话,又没有规定,男同学不能跟女同学说话。"

学校领导说:"说话也要看人家愿意不愿意,不能采取强迫的方式,抓住人家不让走,性质就改变了。"

李洪亮说:"我又没打她,她打我我还没有还手呢!"

说着便亮出了小腿粗细的一条黑胳膊,那上面明显地留下了女生挣扎时用指甲掐出的几条血痕。一时,领导也无话可说。

贵在坚持。渐渐地,女生们也不怎么躲避李洪亮了。这样一来,说话的时候他就可以不抓着对方的胳膊了,不禁自然多了。李洪亮满怀热情地说着,女生一般来说不答腔,只是听他说。又过了一阵子,个别的女生也开始接李洪亮的话茬了,只不过说话的时候脸不看着他。如果你离得比较远,还真的看不出来他们是在交谈,还以为仍然是李洪亮在自说自话呢。再后来,和李洪亮说话的女生的脸转向了李洪亮。开始的时候还不断回顾,看看有没有被别人看见,直到最后,整个身体都转到了李洪亮所在的方向。

小脸儿仰着，目不转睛地盯着眼前的这个大块头。面对此情此景，大家也都习以为常了。

和李洪亮说话的女生，或者站下来听李洪亮说话而不走的女生，一般来说没有男生敢欺负。即使是魏东、金彪华这样的狠人，心里也很有数，知道她们是置于李洪亮的保护下的。女生们最终接受了李洪亮，是否也是出于对自己人身安全的考虑（陪李洪亮说话就可以不被人欺负）？这我就不知道了。

同时我还发现，喜欢和李洪亮说话的女生一般来自农村，穿得比较破旧，人也没有条件打扮，是女生中间最容易被男生欺负的。比如我们班上的黑鱼精。我们班的教室和李洪亮他们班的教室隔了好几排房子，可每次课间休息的时候，黑鱼精都会跑到李洪亮他们班的门口，听李洪亮说话。像她这样从外班跑过去的女生还不止一个，甚至有很多。一时间李洪亮的听众大增，总是有一群来自全校各个班级的女生围绕着他。李洪亮站在中间，指手划脚，唾沫星子横飞，兴奋得不能自已。再后来他甚至都不必说话了，只要往那儿一站，肯定会有女生靠过来，层层叠叠地将其围住。李洪亮说累了，就傻笑，龇出两颗硕大的虎牙，呵呵地乐开了。总之他对女生们很和善，看见她们就高兴，就合不拢嘴巴了。所以就有人说了，李洪亮是一个地地道道的花痴。

实际上，李洪亮也不是没有选择的，特别是在今非昔比听众大增的情况下。一般来说，他喜欢来自农村的女生，而在她们中间则喜欢年纪或者个头比较大的，这样的女生往往胸脯也比较大。也就是说，李洪亮不仅喜欢农村姑娘，更喜欢像农妇一样有着大乳房的姑娘，他喜欢农妇一样的大乳房。这类女生（有着大乳房

81

的农村姑娘）在学校里是最受歧视的。本来就男女有别、授受不亲，男生拒绝和女生说话就是因为对方是女的。如果这女的女性特征还特别地明显，那简直就是妖魔了，男生们唯恐避之不及。李洪亮却不信这个邪，他一贯特立独行，冲着那些有着农妇般大乳房的女生或者她们的大乳房而去，表现得十分坦然和光明正大。李洪亮不愧是李洪亮，当真有他的过人之处呵！

渐渐地，李洪亮的听众就变少了，因为他锁定了几个大乳房的农村女生。说话的时候脸冲着她们，目光则游移不定，在这几个女生的脸上飘来飘去。也只有这几个女生才会为李洪亮争风吃醋，或者说才有资格为他争风吃醋。由于她们都是高中的学生，我不是很清楚具体的名字，后来总算知道了其中的一个叫作"大水缸"。准确地说那也只是一个外号，而并非真正的学名。

大水缸为什么叫作大水缸呢？据说，一天中午她和李洪亮脱得赤条条地躲在学校食堂后面的一只大水缸里搞腐化，被别人看见了，从此以后就被人叫成大水缸了。这件事真伪难辨。反正，自从有了这一传闻以后，站在那儿和李洪亮说话的女生就只有大水缸一个人了。其他的几个大乳房的女生挟愤而去，听说其中的一个甚至再也不来上学了。大水缸终于胜出，并且以大水缸而闻名于全校。如今李洪亮和大水缸几乎是形影不离，无论是在课堂上还是课间休息的时候，两个人都黏在一块儿，唧唧咕咕地说得没完没了。

学校里的人不免议论纷纷，关于大水缸以及大水缸，李洪亮身边的大水缸和学校食堂后面的那口大水缸。食堂后面的那口大水缸有半人多高，的确非常大，是食堂用来腌咸菜的。即使如此，考虑到李洪亮庞大的身躯，钻进去也不容易呀。况且还不是一个人，还有一个大水缸。后者在女生中间也是一个大块头，尤其是乳房很大，这就更加放大了她的形象。两个大块头躲在里面，还要搞腐化，你说，这水缸该要多大啊？就是他们把衣服全部脱光了，一丝不挂，鞋子、书包什么的都扔出来，地方仍嫌不够。大水缸的口上冒出了大水缸的两只脚、李洪亮的一条大毛腿完全是可能的，不被别人发现那才叫奇怪呢！

后来我还特地约了朱红军和丁小海去食堂后面看大水缸，不免非常失望。不就是一口大水缸吗？和别的水缸也没有什么两样，灰不啦叽的，边沿上还缺了一个口子，缸壁上面斑斑点点，粘着几块晒干的泥巴。水缸里面空空洞洞，有一股腌咸菜的酸味儿。在阳光的直晒下，水缸下面有一圈深黑色的投影。这水缸太普通了，真的难以想象两个大块头的裸体男女厮混其间，那可是两大块鲜活耀眼的白肉呵。

不在于容积的大小，只是因为这水缸过于普通了，我开始对有关的传闻产生了怀疑。当然啦，容积也是一个不可忽略的问题。于是我试着爬了进去，并招呼朱红军、丁小海他们也爬进来。朱红军不屑于如此，最后还是丁小海爬了进来。我们两个人站在水缸里面，甚至连蹲都蹲不下去。看来这大水缸不过是浪得虚名——无论是李洪亮的大水缸还是食堂后面的大水缸。食堂后面的大水缸不够大，而李洪亮的大水缸也不可能和李洪亮在里面搞腐化。这便是我经过调查研究之后得出的结论。

但无论如何，大水缸的名声还是传播开了。大水缸，大水缸，大家都这么叫，指的就是李洪亮身边的那个大水缸。这个外号并不是魏东起的,是谁最先叫的那就不知道了。反正效果很好,一叫就流行开了。惯于给别人起外号的魏东不免有点失落,他灵机一动,略微做了一点修改。不叫大水缸大水缸,而叫她母水缸,李洪亮则被魏东叫成了公水缸。从道理上说,这两个人理应分享水缸带来的荣誉和名声,本来没有错。可大水缸已经叫得很习惯了,一时间大家很难改口。叫大水缸为母水缸,而叫李洪亮为公水缸,你说有多么麻烦呢?于是魏东就按下一头,先不管母水缸的事,竭力地推销公水缸。公水缸这公水缸那的,反正只要一提到李洪亮他就必称公水缸。贵在坚持。渐渐地,也有人开始叫李洪亮为公水缸了,当然啦,没有人敢当他的面这么叫。不仅不敢当着李洪亮的面叫他公水缸,就是母水缸或者大水缸也没有敢在他的面前叫。这让魏东觉得很不服气。

想来想去,只有自己先做个榜样,当着李洪亮的面叫他公水缸。开始的时候,魏东远远地叫:"公水缸,公水缸……"对方根本听不见。

后来距离近了一点,比如在共水县中里的林荫路上面对面地错过,魏东就叫:"公水缸!公水缸!"

李洪亮左右看了看,并不知道是在叫他,因为他不知道自己叫公水缸。但李洪亮总算是听见了。

直到有一天,课间操的时候,魏东特地跑到李洪亮他们班级的门口。后者正拉着大水缸在小河边上说话呢。魏东走过去,站定了,冲着李洪亮大叫一声:"公水缸!"

毫无疑问,这是在叫李洪亮,因为旁边没有别人。要不然就是在叫大水缸——这也不太可能,因为学校里的男女同学之间是不说话的。李洪亮虽然自己百无禁忌，但这个规矩他还是知道的。

"你叫我？"他问魏东，脸上还保留着花痴般的笑容，尚未从和大水缸说话的状态转换过来。

魏东信心猛增，大声地说道（好让所有的人都听见）："公水缸！公水缸！公水缸叫的就是你！你的外号就叫公水缸！"然后他突然一指大水缸，"她叫母水缸！你知道为什么你叫公水缸，她叫母水缸吗？因为你们躲在水缸里面搞腐化……"

魏东还没有说完，李洪亮的脸色已经变了。他大手一捞，几乎把魏东给提了起来。也是魏东不知道深浅，把李洪亮当成了刘连喜，以为这样一来就可以杀鸡给猴看，称雄整个共水县中了。如果李洪亮的大手不捞他，允许他把话说完，并且不吭一声，那魏东不就得逞了？连李洪亮他都敢得罪，其他的狠人就更不在话下了。

然而李洪亮毕竟不是刘连喜，顺手一带就把魏东掀进了旁边的小河里。只听扑通一声，水花四溅，将站在河边的大水缸的裤子都溅湿了。大水缸不禁一声尖叫，吓坏了一边的李洪亮。后者看见魏东浑身精湿地从河里爬上来，挥拳便打，那意思是怪他弄湿了大水缸的裤子。这一次魏东不免吃了大亏，面子也丢光了，血水混合泥水，弄得不像个人样子。再次从地上爬起来的时候，魏东发出了一声极其可怕的叫声，然后撒腿就跑。他的方向不是冲着李洪亮或者大水缸的，而是相反，跑得离他们越来越远。魏东跑过了李洪亮他们班所在的教室，跑过了我们班的教室，跑出了学校的大门。

如果你以为魏东是落荒而逃，那肯定错了，看他的气势也不像呀。魏东呼哧呼哧地跑着，一面还不断地喷着水，就像是一头野猪，或者是一只水怪，一路都留下了湿漉漉的痕迹。他跑得十分疯狂，吼叫连连，怪异无比，就像是疯掉了一样。但如果你以为魏东真的疯掉了，那也不太像，因为他跑得十分具有方向性，甚至可以说目标明确。出了学校的大门魏东就向左拐了，而没有一直冲进大寨河里去。

当魏东跑过县中里的那条林荫路的时候，所有的人都看见了。这时候，几乎全校的师生都聚集到了一起，拥向事发地点，也就是李洪亮他们班级的门口。教室前面直到小河边上都站满了人，大家议论纷纷。所有的人都觉得这件事没有完，魏东虽然离开了现场，但看样子还要卷土重来。李洪亮愣在那儿，有一点发蒙，大概是被魏东奔跑的气势镇住了。大水缸在他的旁边，坐在地上，伸着一条腿在晾裤子。树杈上的高音喇叭正在播放广播体操的乐曲和口令，但没有一个班级列队去做广播体操的。老师们也不闻不问。

后来，学校大门的方向终于传来了消息，魏东又出现了。他依然呼哧呼哧地跑着，疯劲十足，甚至身上的水还在乱溅（也许是汗吧？）。这次，肯定不会有人认为他是在逃跑了。和跑过去的时候相比，魏东的手上多了一件事物，乃是一把手枪。这个消息传得更快，比魏东跑得要快，比手枪里面射出的子弹还要快。一瞬间的工夫，等着看热闹的人就全都散开了，消失得无影无踪。不仅李洪亮所在的班级门口，就是那条贯穿县中的林荫路上也没有了一个人影。

因此，当魏东返回共水县中的时候，校园里面寂静一片。喇叭里仍在播放广播体操的乐曲,呼应着风吹树顶的哗哗声响。这树叶相错的声音共水县中的师生们什么时候听见过?或者说什么时候听得那么仔细?再就是魏东奔跑时发出的咚咚声,以及一颗复仇之心正狂跳不已(当然啦,这也只有魏东自己能听见)。

说此刻的林荫路上只有魏东一个人也不完全正确。实际上还有一个人,始终位于魏东的身后。魏东跑的时候他也跑,魏东停下来他也停,并且那人还在渐渐趋近。最后两人的距离已经非常近了,简直伸手可及,那人几乎是贴在魏东的后背上。不用说,这个人就是朱红军。他的身手非常敏捷,步伐尤其轻盈,神不知鬼不觉地就摸了上来。魏东则毫无察觉,只是有一点点的疑惑,所以他总是不时地停下来,竖着耳朵在听。魏东总觉得有什么地方不对劲,他会猛地转过头去查看。当然朱红军已经预先料到这一着,转到对方的另一边去了。朱红军始终使自己位于魏东的视线以外,挪腾跳跃,落下去的时候脚步轻飘无声。就这样,他一直尾随魏东到了李洪亮他们班级的门口。

本来朱红军是完全可以扑上去的,将魏东撂倒在地,压在他的身上,缴下那支五四式手枪。那样一来,朱红军可不就立大功了?不说是为民除害,至少也帮学校领导解决了一个棘手的问题。可朱红军就是朱红军,不喜欢立功,只喜欢打猎和游戏。而打猎的乐趣在朱红军看来,就是显示一种力量和可能,而不需要真的射杀什么猎物。

我这并不是没有根据地乱吹,实际上朱红军一直都是这么干的。还记得那次他下乡去打猎吗?攥着一条空枪,在雪地里埋伏了大半夜,只不过是瞄了一夜农民家的一条瘦狗。此时此地,他面对魏东这头野猪，也是这么个玩法。能够扑上去但他不扑，能够缴下对方的枪但不缴，仅仅是能够这样做就已经可以了。因此，当魏东在空无一人的小河边上站定，朱红军就已经完成了任务。他悄无声息地离开了，就像来的时候一样，不露任何痕迹。仿佛他的目的就是把魏东平安地护送到河边上，然后拍屁股走人。

魏东自然没有发现朱红军一直跟着他，直到朱红军撤离。如果魏东发现了朱红军的话，很可能会拿他撒气，转过身去给对方一枪。要是那样的话，朱红军可不就是吃不了兜着走了？所以说朱红军跟踪魏东实在是危险至极的。不仅是我，所有躲在教室里扒着窗户和门缝向外看的人都为朱红军捏了一把汗。

如果朱红军被魏东发现，吃后者一枪也是天经地义的。他们本来就是对头，况且此刻魏东已经急红了眼，处于半疯癫的状态，李洪亮又不知去向。最关键的还是，平时魏东的手里没有枪，而现在手上恰好有一把枪，不打朱红军又打谁呢？所以说，看见朱红军悄悄地离开，我还是很高兴的，虽然没有他缴了魏东的枪那么高兴。当然啦，朱红军能缴魏东的枪但没有缴，这样的风度和做派大家也都看见了。

魏东在河边转了几圈，大家都以为他会走到教室里面来搜查，于是开了教室的后窗，纷纷跳窗逃命。魏东站在河边上，隔着那条他落水的小河对着前面的广大农田开始大骂："日你妈的李洪亮，你给老子出来！老子一枪崩了你！日你妈的李洪亮！日你妈的大水缸！……"

我们隔着整栋教室的房子都能听见魏东的鬼叫鬼喊。我还注意到，他没有叫李洪亮公水缸，也没有叫大水缸母水缸。看来是情急之下顾不了那么多了，或者生怕李洪亮他们以为叫的不是自己。总之魏东给李洪亮、大水缸起外号的行动是彻底地失败了。

接着，我们听见了砰砰砰三声枪响。这家伙的枪里居然有子弹！虽然大家早就料到了，但还是吃了一惊。看来魏东不是闹着玩的，他手上的枪也是真枪。那枪自然是魏顺堂的。以前我们就听魏东吹嘘过，他爸爸的枪放在他爸和他妈床上的枕头下面，自己随时都可以拿到。看来魏东没有说假话。

三声枪响以后，校园里面更加安静。魏东也不再骂了，不再喊李洪亮出来。一度大家怀疑：魏东是不是开枪自杀了？但如果他开枪自杀，也不可能是三枪啊？一枪打中以后就再也没有能力开第二枪了，何况是三枪，逻辑上也不成立。但我还是希望魏东已经开枪自杀了，那就一了百了，为民除害了。魏东自己把自己除掉，也的确是够令人佩服的……正当我胡思乱想的时候，魏东的叫骂声又响了起来。原来，他还好好地活在世上，不免让像我这样的弱小同学非常失望。

这时候大家才想起李洪亮来，他没有躲在教室的后墙下面，当然也不在魏东开枪泄愤的地方——否则的话不就已经横尸小河边上了？后来我们才知道，李洪亮早已闻讯而逃，魏东还在学校大门口的时候他已经消失不见了。李洪亮跳进小河，游上对岸，在庄稼起伏的农田里狂奔而去，一直跑到了他们家所在的生产队上，并且从此再也没有踏进共水县中学一步。也就是说，李洪亮就此退了学，再也没有来学校上过课。

这样也好，否则的话学校领导还真的不知道该如何处理这件事。魏东持枪进入校园，但毕竟李洪亮揍他在先，追究起来还会牵扯到男女学生早恋或者搞腐化的事，不免伤风败俗，有损共水县中的形象。况且如果李洪亮仍然待在学校里，就算逃过这一劫，没有被魏东的子弹追踪到，那魏东也不会善罢甘休的。李洪亮这一走，当真就万事大吉了，对魏顺堂书记也好有个交代。只是可惜了李洪亮，年纪老大不小的，还一而再再而三地留级，好容易快熬到高中毕业了，却没有拿到毕业证书，就这么的以一个初中毕业生的学历回家去务农了。

没过多久，大水缸也不来学校上课了。她追随李洪亮，到了对方家所在的庄子上。后来我们又听说，李洪亮和大水缸在共水湖大堤的旁边盖了一栋草房，开垦了几亩荒地。小夫妻两个早出晚归，辛苦干活。大概在我们上高二的时候，大水缸给李洪亮生了一个胖大儿子。两口子虽然日子过得艰苦，却也有滋有味，享受着天伦之乐。只是每年庄稼成熟的时候，魏东会来捣乱。他手里拿着魏顺堂的那把手枪，在庄稼地里来往奔突，不知道踩断了多少稻秆麦秸，摘取了无数的嫩棒头。总之，所到之处一片狼藉。农家小夫妻苦不堪言，只有躲在破草房里发抖的份儿。李洪亮的那只大手紧紧地捂住儿子的小嘴，生怕他哭出声来。差一点李洪亮没有把儿子捂得背过气去。

验明正身

一九七六年，我们初中快毕业的时候，共水县城里发生了一桩特大杀人案，杀人者叫张新生。

前文说过，朱红军还是一个小学生的时候，张新生已经在共水县大街上要饭了。那时候朱红军只有十来岁，而张新生已经是个二十岁出头的小伙子了。前者时不时地会把家里自留地上出产的东西拿去送给张新生。有时候两个人还会趴在地上掰手腕。掰来掰去，朱红军总算可以做到和对方旗鼓相当了。两个人相持不下，脸色憋得就像猪肝。如果当时你从共水县大街上路过，肯定会看见这一幕：张新生人长臂长，破衣烂衫，而朱红军人小志大，穿着一件军装，怎么地也不肯服输。

如果说张新生扳不过朱红军，那是不可能的。大概是吃人家的嘴短，无以回报，只有在掰手腕的时候输给对方了。当然张新生很明显地输掉朱红军会很不开心，所以就需要表现得相持不下。相持不下对张新生来说就已经输了，因为他比朱红军大了有十岁。当然还有一种可能，就是每天吃不饱，所以没有力气，输给朱红军也合情合理。于是后者送来了更多的吃的，希望张新生吃饱喝足，养足精神，在营养的指标上做到公平起见。

正当朱红军希望真正地战胜张新生，让他输得心服口服的时候,此人竟然从共水县大街上消失了。消失了一段又冒了出来,但已是物是人非,张新生完全变了个模样。以前是破衣烂衫,蹲在街边,旁边搁着一只破碗。如今张新生可是一身中山装,袖着两只手,在街上悠闲地踱步。蓬头垢面被光鲜的面色所取代。他当然再也不肯屈尊俯就,在街边趴下身去和朱红军掰一把手腕了。张新生常蹲的位置已经被另一些要饭的占据了,他溜达到此大有点衣锦还乡的意思。只见张新生从中山装的口袋里面摸出几个零钱,当啷当啷几声扔进了路边要饭的破茶缸里。大家都是熟人,谁跟谁呵! 如果,仍然在要饭的那位要求张新生坐下来,聊聊当年他们共同战斗并肩要饭的岁月,后者是绝对不会理会的。张新生就像真正的县城人一样,虽然甘于施舍,但并不想认识你。

　　张新生怎么会摇身一变就成了一个县城人了呢?这是一段佳话。他从小就在共水县大街上要饭,开始于和朱红军相交更遥远的时代,那时候朱红军还没有出生呢。张新生钉着共水县大街要,决不转移到别的地方去,比如说下面的公社。县城里的老辈人是看着他长大的,从一个默默无闻的小要饭的成长为县城里无人不知的著名的要饭的。此地虽然不是张新生的出生地,但也算他的第二故乡了。第一故乡连张新生自己都不知道,因此第二故乡也就等于第一故乡了。据说,他是一个老要饭的带来的,那人是他的爸爸还是拐子就很难说了。反正老要饭的一死就只剩下小要饭的了。二十年如一日,小要饭的在共水县城里要饭不止,流连不去,不禁感动了县城里的老百姓。大家都觉得小要饭的慢慢长大了,总是一件事情。驱逐出境,让其离乡背井又于心不忍。于是大家商议,再通过有关的组织领导,最后由县委办公室的张某人出面,收养了小要饭的。

这件事情上朱崇义出了很大的力气。本来,他是准备自己收养小要饭的。一来因为朱崇义已经有了两个儿子,二来,收养小要饭的大家出钱出力,收养者不免有很多的好处。一时间竞争非常激烈,朱崇义于是就退出了。总之小要饭的一旦被收养,连户口都变成了县城的了,真正的城镇户口,在共水县粮站里按供应购粮。而像朱红军和他的弟弟还只是农业户口,随朱红军他妈在生产队上吃粮。小要饭的当真是一步登天,从没有户口的黑户直接就变成了城镇户口。甚至他的名字也不再叫小要饭的了,而是随张某人的姓,大家群策群力,给他起名为张新生。都说,这个名字起得好,有教育意义。当然也有人提出了异议,说是蹲过大牢、从监狱里放出来的人才会起这样的名字。什么王新生、李自新、赵立功……意思都是要脱胎换骨,重新做人。因此张新生很不吉利啊。赞同张新生的人则反驳说,此新生不是彼新生,不是不再犯法犯罪,而是不再受苦的意思。况且吉利不吉利的说法不过是迷信,共产党人是不讲这一套的。张某人可是中国共产党的一名党员。

从没有名字到有名字,从没有户口到城镇户口,从待在街上四处要饭到坐在家里吃香喝辣,从没爹没娘到认了干爹和组织,张新生的这段奇遇不是佳话又是什么呢?并且,他的好运还没有到头呢!

接下来的几年里,在张新生的身上发生了几件大事,或者说是和他有关的几件大事。县委办公室的张某人因为收养孤儿有功,事迹先进,一年后被提升为共水县粮食局局长,大家都叫他张局长。原来的名字几乎没有人知道了。所以说起当年他收养小要饭的，没当局长的时候，大家都称他为张某人。张局长就是张新生的干爹，张新生就是张局长收养的干儿，也就是当年的小要饭的。父子俩是互相说明的。张是大姓，共水县城里当局长并且姓张的有三四个（副局长还不算），你说的是哪个张局长呢？张新生他爹，或者小要饭的爸爸，这么一说人家就知道了。如果你说是粮食局的张局长，人家说不定还不知道呢。

干爹当了局长是一件大事，张新生也算是一个干部子弟了。张局长感念张新生给自己带来的运气，一度想把后者送进学校里去读书。可张新生已经有二十岁了，从小学一年级开始读，显然有些不合适。进入共水县中读中学吧，虽说勉强可以，问题在于张新生大字也不识一个。就算当年的学校里，学生不学习，没有考试的任务，但如果连自己的名字都不会写，未免也太说不过去。更关键的是张新生本人不愿意读书。幸亏他不愿意，否则的话，张新生进入了共水县中，并一再留级，没准朱红军他们上中学的时候他仍然留在学校里。那样一来，县中里的狠人历史就要改写了。

张新生倒是很愿意结婚，因此张局长为他撮合了一门亲事。对方是红旗机械厂的一名女工，正儿八经的城镇户口。结过一次婚，后来离了，没有小孩。和张新生也算是门当户对——农业户口的乡下姑娘当然已经配不上张新生。后者欢天喜地把铺盖卷从张局长的家里搬进了那女工的宿舍，搬到了那张她和前夫睡过的大床上。于是乎夜夜肉搏，厮杀声惊天动地。一个是尝过甜头离过婚的女人，一个是憋了二十多年的精壮小伙，这也不难理解。只是苦了隔壁的邻居。本来他们以为走了一个男人，再来的也是一个男人，没有什么大不了的，没想到此男人非彼男人，使得这女人也不像从前的那个女人了。第二年他们就生了一个白胖儿子，一家三口，喧闹声就更严重了。男的叫女的哼，还有孩子哭，这些就不去说它了。

张新生总不能始终在家里吃闲饭啊，何况他们现在还有了一个孩子。补助仍在继续，但大部分被张局长扣留了，他希望干儿子自立。张新生倒是立了起来，甚至坚硬如铁，但那不是他的人生。让张新生进红旗厂里当一名工人吧，但他除了要饭不会任何技术。就算从学徒干起，也需要有点文化。张局长想来想去，最后觉得还是让张新生去当兵，也许这才是他的出路所在。

那年头，当兵可是一件了不得的事，光荣得很，年轻人无不向往，然而名额有限。好在张新生的穷苦出身不证自明，成分没有丝毫的问题。即使现在是新社会，他仍然是个要饭的，虽然后来不要了。但张新生从小要起，这县城里的人都曾经见识过。关系后门张新生也是有的，干爹是县粮食局的局长。唯一的障碍还是文化。于是张局长通过熟人，做了一些手脚，最后张新生还是当兵走人了。去了部队上他怎么过活那就不关张局长的事情了。

红旗机械厂的那排宿舍再次安静下来，围绕着它的夜晚也静谧幽深，只是偶尔有野猫在房顶上面叫春打架。白天张新生的老婆打开门户，上班之余带着儿子过活，样子娴熟得很。张局长不时地走来探望，提着点心、水果罐头什么的，毕竟张新生的儿子是他的孙子呵。日子就这么地过着，一晃就是一年多。朱红军他们已经读到初中快毕业了，我们家搬到红旗机械厂里也已经快一年了。

实际上，张新生杀人案就发生在我们家所在的那个院子里，也就是红旗厂的宿舍区。案发现场和我们家就隔了几排房子，血腥的一幕完全是在我们的眼皮底下发生的。可案情的始末我却是听别人说的，和住在院子外面的人没有两样。这种既近又远的感觉一时间让我非常迷惑。

据说张新生返家探亲（也有人说他在部队上混不下去了，擅自逃回来的），在家里住了一二十天。自然是夜夜和老婆猛干，也不避讳儿子睡在一边。不免摸遍了老婆的全身，摸到肚子时，张新生很是疑惑，问老婆说："你肚子上哪里来的那么多的肉？"

老婆说，是日子过得好了，人就发胖了。她告诉张新生，自从他走了以后，张局长很是照顾他们娘儿俩，常常提着鸡鸭鱼肉副食品上门。吃得好了，岂能不胖呢？但胖为什么只胖在肚子上？胳膊腿脚不仅不胖，反倒是比以前瘦了。张新生也不是那么好蒙的，知道老婆在撒谎。他不善言辞和理论，只有拳脚相加，打得老婆哭爹喊娘。因为张新生当兵以前，每天晚上这屋里的动静就很大，因此邻居们也就没太在意，没有人跑过来援救张新生的老婆。所以她只有自救。捂着肚子从地上爬起来，脸上拼命地挤出一丝笑容，老婆向张新生道喜说："你又有一个儿子了！"

"是谁的？"

"当然是你的，你不是回来有些日子了。"

张新生虽然没有文化，也缺乏生孩子方面的知识，但说他回来只有十几天，就把老婆的肚子弄大了，这也太欺负人了。明摆着的欺负人。这一夜就算了。第二夜张新生接着拷打老婆，逼问孩子是谁的。他也不会算什么日子，说有关的道理，让老婆理屈词穷。张新生只会让拳头说话，通过拳头让老婆说话。后者实在打熬不住，终于招认了，说自己肚子里面的孩子是张局长的，她怀的是张局长的伢子。张新生深信不疑，同时停止了拷打。接下来的几天里，他再也没有打过老婆，更没有说过一句话。张新生的老婆觉得自己包括肚子里的胎儿逃过了一劫。

但你仔细想想，张新生老婆的说法大有可疑的地方。张局长虽然不是张新生的亲爹，但毕竟是他的干爹。他是县里著名的大善人，怎么可能干出这样的不伦之事呢？张局长对他们一家可谓恩重如山，对张新生更是有再造之恩，不比别的干爹。也许张新生的老婆是这么想的：把事情推到张局长的身上，张新生看在他对自己有恩的分上，这件事就算了。张新生的老婆拿张局长来压张新生，以便保护真正的奸夫，是很有可能的。反正，她肚子里的孩子是不是张局长的大可商量，但不是张新生的，已经没有争议。

三天以后的一天早上，张新生的老婆伺候丈夫和儿子吃了早饭，自己准备去上班，但被张新生叫住了。

他对老婆说："你今天不要去上班了，我有话对你说。"

老婆说："那总要请个假吧？"

张新生说："你也不要请假了。"说着就走过去把门关上了，并且用插销插上。

只听见外面脚步走动的声音，邻居们纷纷地去了厂区车间。这排房子安静下来，甚至安静得有点过分。张新生从饭桌旁边站起来，走到他从部队带回来的那只背包前，不慌不忙地从里面摸出一把明晃晃的匕首。按倒老婆，对准她的大肚子就是一刀。一刀两个，张新生的老婆和她肚子里的胎儿顿时全都报销了。

报销以前，张新生的老婆发出了杀猪一样的叫喊。人虽然已经倒地身亡，喊声却逃了出去，在红旗厂宿舍区的上空飘荡，并随一阵鬼风刮向了生产区车间。干活的工人们不免丢下了工作，跑回到宿舍区大院里。当人们围拢过来的时候，张新生老婆的血已经越过了门槛，从屋子里流到了外面的地上。看来的确发生了可怕的事。这时张新生也拉门走了出来，一只手上提着一把正在滴血的匕首，另一只手则按着四岁儿子的肩头。他的表情有些僵硬，未免迷惑不解。张新生陷入了沉思。

是啊，的确是需要好好地想一想了。谁都知道，张新生是孤儿出身，那孤儿的苦楚他是深知的。这一次，他杀了老婆，想必自己也得抵命，留下这亲生的骨肉不也就成了孤儿了？自然不能指望孩子的爷爷，也就是自己的干爹张局长了，他也是一个将死之人了。也就是说，张新生的儿子会像张新生一样，从此流落街头，成为一个小要饭的。想到这里，张新生的眼睛不禁湿润了。他再次举起匕首，在众目睽睽之下，给了儿子致命的一刀。这一刀倾注了他作为一个父亲的全部的爱。

那孩子早就吓傻了，甚至都没有避让，也没有哼一声，小小的身躯委顿在地。可怜的孩子甚至连血都没有流多少。

杀完儿子，张新生就再无牵挂了，精神也为之一振，就像刚刚睡醒了一样，动作变得麻利无比。他非常果断地走到墙边去推自行车，抓住龙头，然后一小段滑行，姿势不无优美地跨了上去。这时候，他的一只手上还拿着那把匕首，因此打铃很不方便。实际上也不用他打铃，围观的人自觉地向两边闪开，让出了一条路。就像夹道欢送一样，张新生和他的自行车从中间疾驰而过。过去后，那条小路马上就闭合了。大家跟在后面紧追慢赶，经过红旗厂宿舍区的大门，来到了共水县大街上。有的人还特地回家去骑自行车，猛踩几脚，奋力追了上去。看看快追上了便放慢了速度。也有大胆的家伙和张新生齐头并进，并且转过脸来，那意思是要和对方搭话。当然也有具有责任感的好心人赶超到张新生的前面，去给张局长报信了。因此当张新生骑到县委机关大门口的时候，有关他杀了人的消息已经率先到达。另外还有警报，说是张新生还要杀人。

门卫远远地看见张新生骑了过来，然后，又眼睁睁地看着他拐进了大门，并没有加以阻挡。张新生甚至都没有下车。要是放在平时，这是不可能的，像张新生这样的闲杂人等是不能随便进入的，至少也得登个记什么的。即使是在里面办公的人，骑车到此也得下车，屁股脱离坐垫，歪一下，算是敬礼。如今所有的礼节和手续全都免了，可真得感谢那些报信的人啊。门卫觉得来人并非是一般的访客，而是一个杀人犯，如何接待杀人犯？他没有接到过任何通知，平时也没有培训。张新生畅行无阻，如入无人之境，毫无阻碍骑到了那间挂着粮食局牌子的平房门口。他架好了车，手提着匕首走了进去。

张局长不在。去了哪里？留守的干事抖抖呵呵地说，张局长去澡堂里洗澡了。

张局长是正常地去澡堂里洗澡了，还是闻讯后躲到澡堂里面去了？如果是后者，那张局长真是太聪明了。

于是张新生就去了县委机关的澡堂子。那澡堂也在机关大院里，对张新生来说是熟门熟路。想当年他被张局长从街上领走，并没有直接回家，而是先去了澡堂子，在那里洗了一把澡。那把澡洗得惊天动地，张新生快活无比，其他的人则唯恐避之不及。最后留下了整个一个大池，让张新生一个人尽情地泡在里面。张局长也没有脱衣服下去，而是在一边指点洗澡的程序（那可是张新生平生在澡堂里洗的第一把澡，以前他都是下河去洗的）。张新生把一池子的水洗得乌漆抹黑，这才换上了张局长为他准备的旧衣服，光鲜亮堂地出来了。在前往县委机关澡堂子的路上，张新生的心中充满了温暖的回忆。

这次进入澡堂情形有点类似，见他来，正在洗澡的人纷纷躲避。当年躲他是因为张新生身上的那股恶臭的气味，如今则是因为他手上的那把滴血的匕首。当年为躲他，洗澡的人争先跳出了浴池，夺路而逃。如今张新生却堵在门口，使他们逃无可逃，于是便在热气蒸腾的大池子里挤成了一堆。问题来了，面对这三四十个蒸得发红的男人的裸体，张新生辨别不出谁是张局长了，或者说哪一具裸体是属于张局长的。他完全没有想到事情会是这样的，还以为即使张局长烧成了灰自己也是能认得出来的。而现在他仅仅脱掉了衣服，混在一群光屁股的男人中，张新生就犯难了。别说是认出张局长，就是后者在不在洗澡的人中间也不能肯定。

浴室里面雾气缭绕，光线古怪，所有的男人都一概低着头，将屁股冲着张新生。他们大概是觉得屁股上的肉多，经得起攻击，并且比较而言是身体中不太重要的部分。张局长自然更愿意抬起屁股（如果他在他们中间的话），因为屁股毫无特征，尤其是和脸比起来。躯体尚有高矮胖瘦黑白的差别，只有这屁股非常难说。所以说，是屁股掩护了张局长的脸，通过掩护他的脸又保住了他的命。

张新生绕着大池转了几圈,急得跺脚大喊:"张局长!张局长!张局长你出来!我要宰了你!有种的你就出来……"

屁股们自然不会响应,并且聚得更紧了。张新生不免踌躇,要是把这伙裸体的男人全部杀光,似乎有点过分了。更要命的是,即使全部杀光也不能保证杀死了张局长,没准他根本就不在洗澡堂里。就算张局长在,也被张新生杀死了,后者也认不出来呵,不知道自己杀了张局长。也还是白搭。于是张新生走到大池边上,在热水里涮了涮匕首,洗干净血迹,就出来了。

他再次骑上自行车,出了县委机关大院,一路仍然畅通无阻,最后来到了县委机关的家属区。进入大门后只见树木掩映,庭院幽深,跟踪他的人也变得稀少了。消息似乎还没有传到这里,或者说这么一个幽静的所在被传消息的人忽略了。张新生骑到张局长家所在的那排房子前面,看见张局长的老婆正从晾衣服的绳子上收被单。见他来,张局长的老婆打了个招呼:"你来啦。"然后又忙她自己的去了。

她将收下来的被单衣物担在手臂上,走进门去。张新生跟了进来,她也知道他跟了进来。一两年没有见面,看见张新生张局长的老婆一点也不觉得惊讶,就像他每天都来串门一样。这不免有些奇怪。也许她是这样想的,毕竟他们是一家人,张新生是自己的干儿子,在家里住过,一惊一乍的反而显得生分。张新生有感于张局长老婆的态度,又有点疑惑了。当年在他们家日常度日的情景不禁浮现在了眼前。

张局长的老婆弯着腰,背对着张新生,在一张大床上叠衣服。

一面叠一面和后者说着闲话。

"见你干爹啦？"

"干爹不在单位上，去澡堂里洗澡了。"

"哦，小刚还好吧，有四岁了吧？娘儿两个的，也真够不容易的。"

"我媳妇又怀上了。"

这时门外有了一些响动。通过门框，张新生看见跟踪看热闹的人已经赶到了，正站在不远处的一排冬青树后面，向张局长家的方向瞭望呢。要不是这些看热闹的人，娘儿俩不无温馨的谈话还会继续下去。正是因为这伙人的出现，提醒了张新生。他霍地从坐着的小竹椅上站了起来，走过去，一刀捅进了张局长老婆的后腰。后者哎哟一声，就势扑倒在前面的大床上。刚刚洗过的雪白的床单上面被染上了一朵大红花，成了花的了。

然后张新生走回到竹椅前面，坐下来，手里玩弄着那把匕首，痴不愣登地等待着。他到底在等什么呢？可能自己也不是很清楚。是等张局长下班回家，还是等张局长的女儿放学回家？或者是在等全副武装的公安战士来到，把自己抓起来？反正张新生决定不再从竹椅上面站起来了。

张新生杀人案轰动一时，使得共水县中里的几个狠人顿时暗淡失色了。无论他们如何凶悍霸道，比起张新生连夺三条人命（或者说是四条人命，如果把张新生老婆肚子里的胎儿也算上的话）来，当真就是儿戏了。

关于张新生及其杀人的经过，一时间传说四起，版本各不相同。即使是在县中的学生中间，大家也都各执一端，相持不下。所有的人都以解说此案的权威自居。凡是能够和张新生杀人沾点边的，都傲慢得不得了。比如朱红军小时候就和张新生是朋友，经常送对方吃的东西，朱崇义还差一点收养张新生。要是收养成功，那张新生可不就是朱红军的大哥了？当然啦，那样一来张新生就不叫张新生，而叫朱新生了。再比如说我，虽然和张新生攀不上关系，但他杀老婆孩子的血腥的一幕毕竟就发生在我们家所在的院子里。虽说隔了好几排房子，但我还是觉得比别人更有发言权。魏东就更不用说了，他爸爸是共水的县委书记，第一把手，张局长是他爸爸的部下或者下属。魏东有来自官方的消息，况且他们家也住在县委机关的家属院里……总之大家各不相让，争论得不可开交。可惜的是，张新生杀人的那天我们都待在学校里上课，并没有人跟过去看杀人，因此没有谁有第一手的资料。

争论持续了一个来月，张新生就被押赴刑场枪毙了。枪毙以前，在共水县体育场召开了公审大会，县中的全体师生都列队前往参加。这一次倒是没有落下谁，除了朱红军。我虽然参加了公审大会，但等于没有参加。平时空空荡荡的体育场那天人山人海，被挤得水泄不通，除了各机关单位组织的人，还有自发前往的群众。开始的时候还秩序井然，后来就一片混乱了。特别是当张新生被五花大绑地押上主席台，场面已经不可控制。我身材矮小，那时候已经有点近视，在拥挤的人群中什么也没有看见。主席台上站着几个模糊的人影，其中的一个胸前挂了一块大牌子——甚至这也有可能是出自我的想象。树枝上悬挂的高音喇叭倒是震耳欲聋，有人在宣读判决书，其中有"不杀不足以平民愤"以及"验明正身，押赴刑场"等语句，让我至今难忘，但也说不好就是那次听来的，那年头所有的死刑判决书中都会有类似的句子。最后张新生被押上了一辆解放牌卡车，由一车人武部的战士簇拥着奔赴刑场。那解放牌甚至都没有走体育场的前门，而是从后门开走的。我于是彻底错过了和张新生打照面、认识他的机会。

朱红军有先见之明，当时他不在公审大会的现场，而是起了一个大早，骑着朱崇义的那辆破自行车，去了卢大弯。卢大弯距共水县城大约有一二十里路。以前只要是共水县枪毙人，肯定是在卢大弯。那儿已经很久没有响起枪声了，最后一次枪毙人也是镇反运动中的事了，距当时已经有二三十年。所以说共水县城里的人无人不知道卢大弯，但具体的方位和路径却没有几个人清楚。

朱红军一路问人，骑了两三个小时，总算骑到了。前面有一些穿军装的人在维持秩序，不让站在河堤上的人走下去。朱红军加入到站在河堤上的人中间，一帮人稀稀拉拉地排成了一排。他们中除了朱红军都是在附近农田里干活的农民，丢下锄头把赶过来看热闹的，但又不知道看什么热闹，更不知道马上就要枪毙人。朱红军以知情者的身份，向在场的人解释一番，顺便也描绘了一通张新生杀人的经过。于是，那些农民就不走了，不惜耽误农活，和朱红军并肩而立，站在河堤上勾着头向下面张望。

下面也没有什么可看的，不过是连着河堤的一块荒地。不远的地方有一道土墙，看样子已经垒起来很久了，墙体残破不堪，一半埋在荒草丛中，墙头上长满了草。如果不仔细辨认，还真的看不出来那是一道土墙。这道不起眼的土墙此刻变得如此重要，十几个穿军装的人将其团团围住，不让别人靠近。维持秩序的人武部战士比站在河堤上的等着看枪毙的人还要多。

然后朱红军他们听见了马达声，一阵烟尘之中一辆解放牌卡车开到了。车身还在颤动，全副武装的战士纷纷跳下，接着一个被捆成一团的家伙被推了下来，想必就是张新生。他像一只口袋那样地落了地，落地以后就再也没有站起来过，被两个战士拖着，一直拖到了土墙边上，撂在那儿。战士离开了土墙，张新生动弹了一下，看来他仍然是活的。这时战士们已迅速排成了一排，手持带刺刀的半自动步枪瞄向了土墙的墙根。队列旁边站着一个人，大约是班长，做出欲下命令状。站在河堤上看热闹的人都以为马上就要开枪了。

十来条枪，距离二十米不到，那还不打成马蜂窝了？其惨状是不难想象的。于是就有人歪过头去，不忍再看了，只是竖着耳朵静候枪声。也有的人眼睁睁地看着，但用双手捂住了耳朵，就像小孩子放炮仗一样。耳朵和眼睛全部开放的大概只有朱红军，甚至他的鼻孔都下意识地张大了。

正当他五官七窍通通打开，要切切实实地感受一番的时候，突然开来了一辆吉普车。它就像是从地下冒出来的一样，嘎的一声急刹住，与此同时车上下来了一个穿便衣的人，戴着一顶便帽，捂着一个大口罩，口罩上面则是一副漆黑的墨镜。他快速地走到土墙边上，抬起手，那手上早已攥着一把手枪。几乎是顶着张新生的后脑，那人扣动了扳机。一阵青烟飘散后，张新生像根木桩似的扑倒在地，脑袋还在泥地上弹了两弹，就不动了。这时穿便衣的人已经回到了吉普车上。看热闹的人还没有反应过来，吉普车就一溜烟地顺原路开走了。

一切真是太快了，快得不可思议，就像在做梦。整个过程中，吉普车上下来的人就像是岔出来劫法场的。他以劫法场的迅捷和准确枪毙了张新生，然后便扬长而去了。对此人的突然出现，朱红军觉得很不高兴。一来他还没有做好看枪毙的准备，二来，思路全部给打乱了。并且持续的时间也太短。就这么的，就完了吗？还有一点，朱红军觉得那人的身形非常熟悉，像是在哪里见过。他到底是谁呢？一时也想不起来了。

那排端枪瞄准的战士在班长"一、二、三、四"的口令下齐步向前，一直走到了张新生的尸体前面。立定，队形保持不变。最靠近张新生的战士伸出带刺刀的枪，刺刀在张新生后脑被打出的枪眼里捅了两下，再将枪刺抬起来，检查上面是否粘着脑浆。总之他捣鼓了好一阵，折腾了半天才完事。

这之后看热闹的人才逐渐散去。农民们回到地里干活，朱红军也骑车回家了。途中那辆解放牌卡车从后面赶上了他，一阵烟尘地超了过去。一车人武部的战士正在合唱《打靶归来》，歌声越来越远，最后完全听不见了。朱红军一直骑到了天黑，才回到了共水县城里。

只有朱红军一个人去了卢大弯，亲眼目睹了张新生被枪毙的场面，因此他便成了张新生杀人案的当然权威。朱红军虽然没有看见张新生杀人，但看见了杀人的人被杀，这也已经足够了。如今无论是课间休息的时候，还是在课堂上，大家都非常愿意靠近朱红军，听他说一说张新生的事，特别是张新生怎么被枪毙的。朱红军当仁不让，也非常乐于描绘，不仅乐于描绘，并且不厌其烦地加以解释。

据朱红军说，执行的人之所以戴着帽子、捂着口罩、架一副墨镜，把自己的脸遮得严严实实的，是不想让人家认出来，尤其是不能让被枪毙的人及其家属认出来。不让被枪毙的人认出来是因为迷信，怕对方变成鬼以后找麻烦。不让家属认出来则是怕他们报复。因此执行的时候非常迅速，只有一发子弹，绝不多打，也绝不少打。打完之后也不看效果如何，就这么上车而去了。为的是尽量缩短时间。如果一枪没有打死那可怎么办呢？这时那排人武部的战士就派上了用场。他们齐步向前，最接近犯人的战士会伸出刺刀检查。要是对方没有死透，那就补上两刀，反正是不会再浪费子弹了。即使是死透了，也会在子弹射入的地方再刺一刀，是为复议。所以说，那排战士的作用也不完全是摆设，讲个排场什么的。除复议以外，还有转移注意力的意思，把围观的人以及犯人和犯人的家属吸引住，真正的执行者便可以出其不意地下手了。

朱红军还说起了子弹费的事。枪毙人的子弹费用得由被枪毙人的家属负担。当时的价格是一颗子弹七毛五分钱，比一斤猪肉贵两分钱，一斤猪肉是七毛三。据说五十年代还要更便宜一些，只有几分钱。也是人民群众的生活水平提高了，子弹费看涨也是应该的。如果家属不交子弹费，就不能给被枪毙的人收尸。于是我就想：张新生杀了老婆孩子，本人又是一个孤儿，就算有张局长这样的干爹，如今也成了杀妻仇人，自然是不会有人给他收尸的。所以这七毛五分钱也就免了。再一想，张新生的家里已经没有活人，家当什么的肯定得变卖充公，就算是穷得叮当响，也不止值七毛五呵。所以说张新生还是交了子弹费的。自己给自己交子弹费，而不是由家属掏，也真够稀奇的。

我不明白的倒是朱红军，他为什么对枪毙人有那么大的兴趣，并且还拥有那么多的知识。这大概和朱崇义在公安局工作有关，是从他老子那儿听来的。在学校面对大家的时候，朱红军还有所保留，我们单独在一起的时候，他便敞开了心扉。朱红军告诉我一个秘密，他觉得枪毙张新生的那人是他爸爸，也就是朱崇义。身形熟悉不说，当天晚上看枪毙人回到家里，居然看见朱崇义坐在桌子边上。他平时是不怎么回家的，那天也不是他回家的日子。灯泡下面朱崇义像是老了一大截，并且莫名其妙地对朱红军说："将来，你要是不被枪毙，老子就心满意足了！"

老子开了个头，儿子便顺势问起枪毙犯人的事。那天朱崇义的表现十分反常，不厌其烦地解答朱红军的各种问题，非常地具有耐心。这样的待遇朱红军何曾有过？于是他便一问到底，把自己的种种不解、疑惑一锅端了出来。只有一个问题朱红军没有问，就是枪毙张新生的到底是不是他爸爸。

最后朱崇义咬牙切齿地说："以后你要是找死的话就不要在我跟前，跑得远远的，免得老子亲自动手！"

十五年后

十五年以后，一天我接到一个电话，是汪伟打来的。他告诉我，自己两年前已经从部队上转业了，现在在南京的一所高校工作。两年来他没有给任何在南京的同学打过电话，原因是"混得不行，没脸见老同学"。如今稍有起色，快要熬出头了，年后如果不出意外的话将出任学校的总务处处长。汪伟打电话的意思是让老同学去他那里聚聚，尝尝他们小食堂的饭菜。放下电话，我便打了丁小海的拷机，约他一道去汪伟所在的学校赴宴。

我们是骑摩托车去的（丁小海骑车带着我），找着学校大门的时候天已经黑了。一个三十岁出头的女人早就在门口等着了，告诉我们说是汪伟让她来接我们的。然后，那女人便跨上了一辆自行车，在前面引路，我和丁小海骑着摩托，紧随其后。校园里林木参差，漆黑一片，唯有摩托车的大灯照耀着骑车女人的身影。车座上她的屁股又大又圆，使劲地扭动着，不免使我有点想入非非。我们七拐八弯，经过校园里不无曲折的道路，终于抵达了一所灯光溢出的房子。

汪伟站在台阶上迎接我和丁小海，一番拍打之后把我们领进了食堂的小包间。一屋子的人，握手，寒暄，互致问候，一番热闹之后各就各位。我估计了一下，大约有十三四个人，把一张大圆桌挤得满满的。大家侧身而坐，每个人只能伸出一只手，放在桌子上，用来夹菜、举杯。

汪伟基本上没有变，仍然是一个大块头，甚至比中学时代更胖了。只是活跃了很多，举手投足之间流露出当兵出身的派头。那个领我们来的女人坐在汪伟的旁边，他也没有介绍，我想当然地认为是汪伟的老婆。在座的除了汪伟和丁小海，我一概叫不出名字，但又觉得十分面熟。考虑到聚会的名目，从逻辑上推论应该都是当年共水县中的老同学，也许并不是一个班的……我为自己的记忆力之差感到十分惭愧，甚至非常尴尬。别人说话的时候我随声附和，不敢主动挑起什么话题。别人举杯我也举杯，绝不主动敬酒。

这时有人提议，为汪伟荣升总务处长干杯，于是大家纷纷端起杯子。这样喝了几次之后，汪伟变得兴奋起来，喋喋不休地说起这两年在学校里的遭遇，继而延伸到他在部队上的生活和奋斗。显然，他成了桌子上的中心。汪伟也很胜任，在谈论自己的那些稀奇古怪牛屄哄哄的故事时也没有忘记照应大家。他不失时机地插进一些带有色情意味的玩笑，把身边的那个女人捎带进去，调侃一番。大家哈哈大笑，气氛变得更加融洽了。总之，汪伟对那女人的态度比较轻佻，大有调戏的意思，我越看越觉得她不像是汪伟的老婆——这不是对自己老婆的正常态度。那种莫名的兴奋和有目的的炫耀只可能是在老婆之外的女人面前的表现。

女人始终笑呵呵的，也不恼怒，面孔被啤酒和汪伟暧昧的言语刺激得红光四射，越发地妩媚动人了。我不免联想起她那被摩托车灯照亮的大屁股。既然不是汪伟的老婆，因此联想一下就更无所谓了。也许她就是这食堂里做饭的,被汪伟临时拉来陪我们喝酒。后者身为总务处处长(虽然还没有上任),这点特权也不算很过分呵。

后来有人提议,当年共水县中学的同学都把杯子端起来:"所有的老同学干一杯!"

于是在座的人无一例外都举起了杯子,包括那个女人。原来,她也是我们的同学啊!可我真的想不起来了,哪怕倒退到十五年前,将那女人的容貌还原为十五六岁的模样,还是不行。在这张脸上我找不出一丝一毫熟悉的东西,真是比陌生还要陌生。这张普通的少妇的脸不算美,但也绝不难看,唯一的特点是双眉之间有一道竖起的皱纹,像刀刻出来的一样。这道皱纹当年一定是没有的,因此虽有特色但对我的记忆来说并无任何帮助。

这时有人提到了女人的名字:张小燕。对于这个名字我也毫无记忆。应该说,这是一个非常常见的名字,使用概率颇高,可我还真的不记得当年的女同学有谁叫张小燕的呢。汪伟倒是记忆力惊人,说起当年张小燕如何的美丽,迷倒了几乎所有的男生,包括他自己。他对张小燕说:"我敢打赌,在座的都曾经暗恋过你,不信的话咱就问问看。"然后,他就一一地点名问过来:"你喜欢过张小燕吧?"

所有的人都回答确有其事,有的还添油加醋,形容一番,张小燕如何的美若天仙,自己如何的如痴如狂。最后汪伟问到了我这里,我也只好说:"是啊是啊,我喜欢过的……"

汪伟话锋一转,说道:"在所有暗恋小燕的人中我是最痴情的,真是茶不思,饭不想,晚上睡不着觉,睡着了也要梦见小燕,两

111

个人一块儿睡……"

他举了一个例子,说是每天下午活动课的时候,张小燕都会一个人跑到操场旁边的主席台上跳舞,边跳边唱,届时就有很多的男生在一边偷看。汪伟说他每天都去,甚至早早地就等在一棵树后了。

"你自己是不知道,有多少只贪婪而不无纯真的眼睛盯着你啊!"他对张小燕说。

在座的所有人都齐声附和,说:"是的是的,我们可以作证。"

在我的记忆中,活动课时间跑到操场旁边偷看是有的,但那不是看什么张小燕,而是看伍奇芳。目标也不是主席台,而是篮球场,伍奇芳她们在那儿训练。每一次我都看得面红耳赤,燥热无比。我想当然地认为所有的男生都和我一样,是去看伍奇芳的。看来我错了,但也说不一定。我很想像汪伟一样,挨个地问过来,求证一下。然而既然在座的所有人都表示去看了张小燕,就不会再有人承认去看伍奇芳了。

然后张小燕把话岔开了,说起了她的儿子。大概是在提醒我们,特别是汪伟,自己已经做了母亲,玩笑不能开得太过分了。

张小燕说她的儿子已经八岁了,上小学二年级。小家伙特别地调皮,就是不喜欢学习。说着那条竖起的皱纹皱得更深了,面露烦忧之色。张小燕说,儿子最近迷上了溜冰,死活闹着要他们给他买一双溜冰鞋。这不,上星期他爸爸给他买了一双溜冰鞋,小家伙高兴得要命,可问题来了,带他上哪儿去溜呢?像他们这样的工薪阶层总是买门票也买不起呀。况且一去就是三口人,至少也得两个人。花费且不说,也没有时间天天陪着他呵。但也不能让他在大马路上溜啊，车来车往的，那有多危险。溜冰这玩意儿身边必须有大人看着，不像别的游戏。可不是买溜冰鞋买出烦恼来了？早知道这样还不如不买呢！现在小家伙有话说了："你们给我买了溜冰鞋，又不让我溜！"

张小燕絮叨了半天，完全进入了一个做母亲的角色，直到在座的一位大喝一声："你怎么不早说呢！怎么不找我呢！也太瞧不起人了吧？"

我觉得这家伙十分面熟，突然之间就认了出来，这不是何兵吗？不久前我听丁小海说起过，何兵在御道街开了一家娱乐公司，自任公司经理。这会儿何经理拍着胸脯对张小燕说："我那儿就有溜冰场，以后你带上儿子去找我，门票全免了，想怎么溜就怎么溜，溜冰鞋都不用买，我那儿有的是。你们家三口一块儿溜，全家上阵，我有专门的溜冰教练，国家一级运动员，拿过花样滑冰冠军的……"

张小燕不免欣喜异常，说道："这话当真？我们儿子要高兴死了。全家上阵就算了，我已经这么大年纪了……"

汪伟接口说："你有当年跳舞的底子，溜冰还怕学不会？"

何兵也说："你要是不好意思，我就清场，专门让你们一家三口溜，多大的事啊！"

于是张小燕忙于和何兵互留电话号码，饭局也到了该散伙的时候了。桌子上一阵忙乱，都在找纸找笔、发名片、留地址。我因为没有名片，只好把电话、地址写在一张信纸上，写了十几遍，然后裁成很多小纸条，分别递给在座的。拿到对方的名片或者手写的电话、地址后，我这才看见了他们的名字，并努力地默记于心，将那些名字与眼前的这些面孔对上号。然后大家就各奔东西了。我坐在丁小海的摩托车后面，两人一道返回了市里。

丁小海一直把我送到我们家楼下，熄了火。按照惯例，两个人蹲在路边的人行道上抽了一支烟。说起当晚的聚会，我说："那个张小燕，我真的一点也想不起来了。"

丁小海说："我开始也没有认出来，后来才想起来，你知道她是谁吗？"

我说："张小燕啊。"

丁小海说："你还记得当年的张新生杀人案吗？"

听闻此言，我的心里不免一动，说："难道她是……"

丁小海说："你猜对了，她就是粮食局张局长的女儿啊。"

"我的天哪！"我说。

即便如此，我还是一点记忆也没有——关于张小燕，关于那个在主席台上孤独地跳舞的小女孩。我完全不记得张局长的女儿曾经和我们同过学，即使是在当年，我也没有听说有这回事。然而丁小海的说法应该是没错的，那个女人双眉之间奇特的深皱应该是没错的。看来我不是失忆，而是当年的一些东西根本就没有进入我的记忆。

笑口常开

当年在共水县中,和我最要好的同学除了朱红军就是丁小海了。我们也是在我刚转学来的那天认识的。

上午第二节是语文课,叶老师在黑板上刚刚板书,转过身来准备讲解段落大意,突然愣住了。她的目光越过前排同学的头顶,瞪视着教室后面,惊讶得嘴都合不上了。我们不禁转过头去,只见后排座位上的一个同学笑成了一朵花。他笑得如此怪异,眼睛眯成了一条小缝,眼角处笑纹密布,张着一张大嘴,里面露出黑黑牙齿,乌紫的牙花毕露。与此同时浑身上下还抖个不停。他的同桌不在课桌上,等我们站起来的时候才看见,那家伙的头埋在狂笑不止的同学的怀里,也在抖动。那家伙身体下滑,人几乎都要钻进桌子肚里去了。要不是狂笑的同学用一只胳膊夹着他的脑袋,他肯定就躺到地上去了。

正当我不解其意的时候,魏东大喊一声:"狗日的杨庆军,又发羊癫疯了!"

叶老师着急地说:"你们还不赶快去救他,怎么都坐着不动呢。"

一声令下,教室里全乱套了。几乎所有的同学都离开了座位,向教室后面拥去。自然不是为了救人,而是看热闹。只有狂笑的同学没有离开座位，也无法离开，只是坐在那里，笑得眼泪都出来了。

这时有人提议，扇杨庆军耳光，说是扇几巴掌就没事了。说归说，提议的人自己并不敢动手。只见魏东推开大家，自告奋勇地说："我来扇！"

他捋起袖子，正准备扇，手腕却被朱红军攥住了。后者说："你敢！"魏东果然就不敢了。

旁边的人又说："用水泼，水一泼就没得事了。"

朱红军撂下魏东，摘下头上的军帽就往外面跑，大概是去弄水了。于是我就想：他去什么地方弄水呢？教室里没有水龙头，这排房子全部都是教室。再说，即使弄到了水也没有东西装啊。

大约过了两分钟，朱红军又风风火火地跑回来了，他还真的弄到了水，盛在帽子里面，滴滴拉拉地流了一路。也是那帽子戴得年头久了，没有洗，布缝都让头油给腻住了。并且就算帽子里的水流光了，帽子也是湿的。朱红军捧着帽子，连同里面的水往杨庆军的脸上一搞，对方果然就清醒过来。

他在狂笑的同学怀里翻了一个身，脸冲着大家。那张脸蜡黄蜡黄的，十分可怕，上面毫无光泽，就像是猪肉皮。并且毛孔毕露，每个毛孔里似乎都有黑毛茬子。一双眼睛也白多黑少，眼珠翻了上去，眼白盯着天花板。杨庆军的嘴角附近满是白沫，并且还在一个劲地向外冒。但抽搐到底是缓和了很多，以至于完全不抽了。杨庆军不抽了，狂笑的同学也不抖了。直到这时我才反应过来，后者抖动完全是因为杨庆军。他俩已经连成了一个整体，一个抽搐另一个岂有不抖的道理？狂笑的同学抖个不停并不是因为笑得太厉害了，甚至他的笑也不是狂笑。

该同学不抖之后仍然在笑，于是乎笑容就变得十分灿烂了。既无动作也没有任何笑声，只是拼命地笑着。笑得如此生动和感人我还真是从来没有见过。

然后，在朱红军的指挥下，杨庆军被几个同学抬到教室后面去了，放在靠墙根的地上。语文课继续进行，只是气氛有点不同寻常。叶老师讲课文的时候总是不自觉地朝教室后面看，我们也听得心不在焉，不断地回头。第二节课快结束的时候，杨庆军竟然坐了起来，背靠墙壁，还不时地从走道那儿探出脑袋。他一副努力听讲的模样，弄得回头的同学很不好意思。他的同桌（此刻他一个人坐在桌子后面）已经不笑了，但他始终面露笑容，一副笑嘻嘻的样子。

后来我才知道，这个笑口常开的家伙叫丁小海。下课后我主动找丁小海说了话，不为别的，只因为那难得的笑容。丁小海笑起来的时候十分灿烂，即使不笑脸上也充满了笑意，让我觉得非常亲切。本人初来乍到，有必要结交一些同学，他自然是最合适的人选了。

我和丁小海混熟以后，一次，说起那天杨庆军发羊癫疯的事，丁小海告诉我，当时课上得好好的，对方突然对他说："你扶着我一点，我可能要发病了。"

于是丁小海就扶了他一下。没想到的是，自己的手刚伸过去，就像摸着了开关一样，杨庆军立马抖了起来，把丁小海吓坏了。

我问丁小海："你干吗要笑呢？"

他回答说："我也不知道，一害怕我就会笑，想报告老师但话都说不出来了。"

丁小海见人面带三分笑,与人为善,但他绝不是那种呆头呆脑的笨蛋。他很喜欢开玩笑,只是从不过分,比如站在大街上高唱"哎呀来——,哎呀来——"的游戏就是他发明的。丁小海也戏弄老师,以博取大家一笑,然而老师却不会因此暴跳如雷。比如说教我们英语的许老头,上起课来简直就是一台戏。

那年头,别说是英语,就是汉语也没有人学。许老头还特别地认真,真是为学生急啊。每次上课的时候他都要大声地吼叫,把讲桌拍得山响,面皮挣得如同猪肝。越是这样,我们就越是开心,大家都以作弄许老头为乐。许老头也真是不明白,为什么他上课的时候课堂秩序那么差,格外的差,当真是想不通呀。于是便更加地苦口婆心,唠叨个没完没了。许老头说:"我这可都是为了你们好,以后长大了你们就知道了,等你们知道了,后悔就来不及了!"

听他这么说,大家就闹得更欢了。

由于授课任务总是完成不了(许老头大部分时间都在维持课堂秩序),许老头习惯于拖堂,对下课的铃声置若罔闻,就是不宣布下课。于是其他班级下了课的学生就拥到我们班的教室门口,看许老头上课,实际上是看我们和许老头斗法。届时教室的门和窗户那儿都挤满了人,连教室里的光线都暗淡下来。因为有人围观,我们就更来劲了,明显有点人来疯,和许老头狡辩不休。其中自然以魏东最为活跃,就是在旁边起哄的人也觉得非常快活,几乎所有的学生都不反对许老头拖堂,反正下了课也没有什么事情可干。

许老头不仅好为人师，而且有一点麻木不仁。他才不管魏东是魏东呢，不管他的老子是不是魏书记，与之辩论起来十分地起劲。照样吼声连连，脸红脖子粗的。只是许老头有一点大舌头，在辩论中占不了上风。但他不肯服输，甚至越战越勇，把讲桌拍得砰砰直响。他敲桌子魏东也敲，比许老头敲得还响。此外魏东还喜欢搞点阴谋诡计，比如把一个装满灰土垃圾的簸箕放在教室的门上面，教室的门开一条小缝。上课的铃声响过后，许老头急匆匆地推门而入，簸箕掉下来，许老头顿时就置身于一片烟尘中了，还差点被簸箕砸到了头。尘埃落定，许老头的头发、眉毛都变白了。但他不以为意，不像叶老师那样会追查到底。（究竟是谁在捣乱？）时间紧迫，许老头略微掸了几下衣服就站在讲桌后面叽里咕噜地讲开了。这副憨样真让我们忍俊不禁呀。

魏东还有意见，大声咋呼说："许老头在用外国话骂人！"

许老头正色道："这就是你不对了，我没有用外国话骂人，说的是今天的课文。如果我用外国话骂人，你们也听不出来。可见，学英语是多么重要啊，至少能够听得出人家是不是在骂你，要想知道人家是不是用外国话骂你，就需要好好学习英语！"

班上的男生无不以戏弄许老头为乐，至少也会在一边敲桌子打板凳，以壮魏东等人的声势。丁小海虽然老实，但也不例外。冬天的时候许老头喜欢戴一顶三块瓦的棉帽子，讲课的时候也不脱下。那帽子的两块护耳翻上去，许老头常常忘记系上。护耳半垂半挂，随着许老头的动作摇摆不定，不免使他增添了几分滑稽相。这一造型非常像《智取威虎山》里面的栾平，于是魏东就给许老头起了一个"栾平"的外号（"鸡爪疯"是后来起的，因为更加恶毒,所以取代了"栾平")。实际上许老头长得完全不像栾平,如果不是这顶三块瓦的帽子,或者把帽子的护耳系上,叫他栾平就毫无根据了。可许老头就是喜欢戴帽子,走到哪儿都戴着,甚至天气很热了也不拿下来。

一天又是英语课,许老头摇头晃脑,丁小海突然就来了灵感。他叫了一声:"许老师,你的帽子戴反了!"

听闻此言,许老头本能地捂着帽子,前后一转,以为这样一来帽子就戴正了。他没有想到帽子本来就是正的,这么一转反倒转反了,帽子前面的那块海蒲绒被转到脑袋后面去了。我们笑得前仰后合,当真是高兴坏了。许老头就这么反戴着帽子,讲了整整一堂课,始终没有把帽子磨正过来。

可见,和魏东等人的恶作剧相比,丁小海的玩笑开得并不过分,甚至很有分寸。既达到了娱乐大家的效果,也没有伤害老师,真有点四两拨千斤的意思。很多年以后,我想起丁小海发明的种种玩法,还会忍不住笑上半天,真想再玩它一次。而魏东的那些发明,比如抓屁、捣屁眼之类的,则令人厌恶,至少也沦为奇谈了。朱红军的发明却是以争勇斗狠为前提条件的,也很符合他这个人。真是什么人发明什么游戏,什么人玩什么游戏,哪怕是在那样的一个没有什么可玩十分贫乏的时代里呢……

改天换地

丁家是南京郊县的一个大家族,非常有名。当年的丁家镇上,家家都姓丁,家家都很富裕,那种门楼高大带有照壁的房子盖满了整整一个山坡。丁家的田地更是遍及方圆几十里,甚至达百里之遥。丁家镇上的人家家都有亲,都是一个好祖宗传下来的。自然有直系和旁系的区别,但即使是旁系,血液的细枝末节,也一样富得流油。当然啦,这都是很久很久以前的事情了。

到了丁小海爷爷这一辈,丁家已经开始衰落,不那么景气了。丁家镇上也涌进了许多外姓人。丁家的子孙也开始外出闯天下,足迹遍布四面八方,有的还漂洋过海,有去无回了。丁小海的爷爷比较没有出息,只走到南京一带,在朝天宫附近开了几爿绸布店。后来又用开绸布店赚的钱在秦淮河边买了几处房子,仍然开绸布店。此外,丁家镇上还有一点祖传的房产田地,需要不时地回去照看。老人家不免积劳成疾,年纪轻轻地就病死了,留下了孤儿寡母。这孤儿就是丁小海的爸爸丁福海。

丁家的好日子,丁小海是听说过,没过过,甚至都没有见识过。丁福海则不然,他既见过也过过好日子。可惜的是好景不长,半途中断。丁小海的爷爷死了以后,虽说家里面还有一点房产和积蓄,但总得节省着花呀。丁小海的奶奶是会过日子的人,所谓的会过日子，过的肯定就是苦日子。因此丁福海年纪不大，中学还没有毕业，就出来做事。他做的第一件事，就是当警察。当然啦，丁福海当的不是朱崇义的那种人民警察，被称作公安或者公安员的。丁福海当的是旧社会的警察，并且还只是一个巡警。

他成天跨着一辆自行车，皮带上吊着一根破木棍，在南京城的大街小巷里转悠。国都的风景美人倒是看了不少，可还没有转几圈呢，南京城就解放了。国都不再，连国家都换了名号，当真是改天换地了。像丁福海这样的旧政府的从业人员，立马被新政权相应的部门收编。因此有一度，丁福海也像朱崇义一样成了一名人民警察，也就是公安或者公安员。然而他们的起点却不一样，朱崇义是解放军转业，而丁福海是伪警察出身。因此后者在单位里面很不得志，自觉低人一等。后来根据上级指示，要把像他这样的人调到外地去，离开省会南京，否则的话就得脱离公安系统。丁福海因为老娘在世，不忍远离故土，不得已选择了后者。何况这公安系统乃是是非之地，一向非常敏感，待下去也不是长久之计呵。就这样丁福海去了秦淮区建筑大队，当了一名建筑工人。虽然是体力劳动，不免起早贪黑，但在精神上总算是松弛下来了。

这期间发生了两件事。一是丁小海的奶奶去世，二是丁福海遇见了丁小海他妈，后者也在建筑大队里当工人。从此以后丁家算是和建筑行业结下了不解之缘。丁福海和丁小海他妈结婚以后生下了丁小海，丁小海长大以后也进入了建筑行业，并且就是这家建筑大队，只不过后来改名为秦淮区建筑公司。在这家公司里，丁小海一直干到了今天。这是后话。

丁福海老娘过世，自己新婚，不久又生了一个胖大小子。在建筑大队上，力气活也没有干多久就当上了监工，监督别人干活，而自己可以不干。这份便宜的工作是如何到手的呢？大约和他在公安系统的经历有关。公安嘛，就是维持秩序、管理群众的。那时候的人老实啊，丁福海当上监工不是自己争取的，别人让他干监工也是认为他在这方面富有经验。公安都干过，监工自然是小菜一碟了。实际上，按照丁福海的天性，是完全不适合当监工的，他是一个过分老实甚至懦弱的人。幸亏丁福海有当过公安的名声，工人们见他当班不用说就会干得非常卖力，工程质量方面也不含糊，肯定不用返工。当时的工人阶级很自觉，我甚至认为监工的工作都是多余的，无论是丁福海当监工还是其他人当监工，都没有必要。要是放在现在就不同了，丁福海的监工肯定干不下去。

丁福海的人缘在单位里是没话说的。他虽然不会和工人把杯换盏、称兄道弟，亲热得就像一家人，但对人总是十分地和气，也很讲道理。这在粗人成堆的地方不能不说是一个奇迹。于是就有人提到了丁姓家族，说丁福海不愧是大户人家出来的，不说知书达礼，至少也教养不同。这倒提醒了丁福海，想起了祖上传下来的房产土地。一个星期天，他乘上了去郊县的公共汽车，跑了一趟丁家镇，果然大有收获。

解放十几年了，丁家的田地早就在土改运动中被分完，如今是人民公社时代，生产资料为集体所有，但土地在名义上却是国家的。公社里的社员种的是大田，而一些荒山野岭却无人问津。国家的政策是：不能种粮食的荒野以前是谁家的，现在就由谁家代为管理。因此丁小海的爷爷挣下的偌大的家业，如今就只剩下一座荒山了。那座山当真荒得厉害，连一棵树都没有，长满了齐膝高的荒草。在荒草丛中有一座孤坟,便是丁小海的爷爷丁福海爸爸的坟。老人家临终前坚决不让家里人把自己葬在家族墓地里,难道说是一种预见?此刻他守护着这座亲手挣来的一无所用的荒山,等待着儿子的到来。

丁福海去的时候没有抱什么指望,却意外地得到了一座荒山,自然非常高兴。但高兴完了,却很茫然,因为不知道拿这荒山干些什么。于是他在父亲的坟前磕了两个头就回去了。从此以后,每年丁福海都要去丁家镇一趟,给父亲上坟,顺便也看一眼父亲的坟包坐落其上的荒山。毕竟,这是他们丁家的产业呵!有一年,他发现父亲坟包的旁边又多出了几座新坟。坟前竖有石碑,石碑上刻了名字,但丁福海并不认识死者。第二年再来的时候,新坟更多,几乎把朝阳的那面山坡都占满了。并且还有来上坟的人,哭哭啼啼的,又是烧纸,又是磕头。上坟的人穿着打扮口音哭腔都不像丁家镇上的人,而像南京城里的人。原来,丁福海的荒山已经变成了一座坟山。想必是受到丁小海爷爷坟包的引诱,以为这里是专门埋死人的,城里的死鬼就纷纷前来了。

明白了这一点,丁福海在父亲坟前磕的头就更响了,差一点没磕破头皮。他怎么能不感恩戴德呢?这个在自己年幼时就病死的老父亲(死的时候年轻,想来如今已经很老了),丁福海几乎都不记得他的模样了,却如此地具有远见。不仅为儿子守住了这座荒山,还以身作则,坚持埋在这里,吸引了这么多的新坟。丁福海的血管里毕竟流淌着丁家生意人的血液,马上就意识到,这是一桩好买卖。不说一本万利,至少也是无本薄利吧。从此以后,他就开始经营坟山。也不过是从附近请几个农民,铲铲坟前的杂草，给坟包添上几锹土，再拍拍实。丁福海每年一次回到丁家镇，收取死者家属交纳的管理费。

钱不多，但足够补贴生活。因此一段时间以来，丁福海家的日子过得挺不错。丁小海他妈给又给丁福海生了两个女儿，家里还买了自行车、半导体收音机什么的。最重要的，坟山还是一条退路。建筑行业不仅又苦又累，并且还有伤残丢命的危险。丁福海的身体一向不好，丁小海他妈又是一个妇道人家。丁福海想的是：以后干不动了，就回到丁家镇上去，守着坟山过生活。因此他除了雇附近的农民给坟包除草、添土，还请来了石匠，雕刻石碑。请来了泥瓦匠，运来砖头和水泥，设计并建造了一种新式的坟墓。还在坟山上面种树，美化环境。给新坟、旧坟都编了号，登记入册。总而言之，经营得更加正规，服务也更加周到，就差挂一块"丁家镇丁福海墓园"的牌子了。最后没能挂上这块牌子，倒也不是怕不吉利，而是没有来得及。实际上，丁福海已经打定了主意，自己死后也要埋在这里。到时候，守着这墓地加以经营管理的就是丁小海了。

"无产阶级文化大革命"使丁福海的计划被迫中断。丁福海大半生的经历无一例外地都成了他的罪行或耻辱。出身于剥削阶级家庭，本人干过伪警察，混迹于公安系统内部，在建筑公司当工头欺压工人，经营坟山发死人的财。其中，家庭出身和当伪警察这两条最为严重。于是丁福海被打成了坏分子，被勒令接受工人阶级的改造。监工自然是不干了，但他也没有去干爬脚手架砌砖头的活，而是去扫建筑公司的厕所，以及附近其他单位的厕所。这活儿比监工累，但比砌砖头强，要点不在这里。打扫厕所不免和粪便打交道,乃是一种羞辱。阶级敌人势必很臭,因此也就像散发着臭气的粪便一样地令人厌恶,去扫厕所再合适不过。那年头,打扫厕所的人还真多,肯定要比上厕所的人多。

再就是参加单位举行的批斗会,接受批斗,以及带着纸糊的高帽子游街。人身安全自然得不到保证,被革命小将拳打脚踢抽耳光是常有的事。当然还有"做飞机"。"文化大革命"中所有阶级敌人的遭遇往往大同小异,折磨人的方式也是彼此学习来的,既体现了鲜明的时代特征,其中也不乏具体环境下的发明创造。我就不过多地纠缠于这一问题了。总之,按照当时流行的说法,丁福海是被踏上了一只脚,永世不得翻身了。

幸好丁小海他妈三代贫农,本人又是工人,历史单纯,没有污点(和丁福海结婚是其仅有的污点)。因此到了一九六九年,下放的热潮掀起,丁福海便想一走了之。开始的时候他是想回丁家镇的,那儿的坟山虽然不能经营了,但毕竟有很多姓丁的乡亲。在他们的帮衬下,日子应该不会太难。况且丁福海打定了主意,是要落叶归根的,现在走只不过提前了几年。然而他是一个坏分子,根本无权选择下放的地点。甚至他们这一类人去农村都不能叫作下放,有一个专门的词叫"押送"。押送回乡,接受贫下中农的监督改造。

于是丁福海和丁小海他妈商量,由后者报名下放。此计果然大妙,不仅他们全家来到农村不算押送,而且还能自由地选择下放的地点。丁福海一家最终也算投奔了亲戚,没有任人宰割地被送到一个举目无亲的地方。只是,他们投奔的亲戚不是丁福海的亲戚,而是丁小海他妈的亲戚,下放的地点也不是丁家镇,而是距南京五百里之遥的共水县。就这么的，他们一直下到了丁小海他妈当年出生的那个村子里。那村子如今叫作共水县双河公社洪赵大队第三生产小队，距离共水县城有三里多的路。这年丁小海八岁，和我下放时的年龄一样。

肉、菜、梦

丁小海他妈姓洪，洪赵大队有一半人家都姓洪，另一半自然都姓赵。他们家下放的时候，丁小海的外公还在世，另外，丁小海还有一个舅舅，已经成家了，在村子里盖了房子另过。丁小海家在外公家暂住了一年，后来生产队拿到了他们的安家费，帮他们起了三间房子。房子的样式和当地人的房子一样，都是泥墙草顶的，但质量那就很难说了。由于丁福海是坏分子，安家费不得由自己经手，生产队专门派了人，去县里的上山下乡办公室领取，代为保管并统一使用。这可是一块大肥肉呵，盖房子所余的部分不免就落入了队干部的腰包。因此这房盖得明显偷工减料，甚至连屋脊都不平。当时用了一根歪脖子树当大梁，而那歪脖子树是从生产队长家的屋后现砍的，木料都没有晾晒，甚至树皮都没有剥，就这么架在山墙上了。买这根大梁的费用自然要从安家费里面扣除，价钱比一根真正的杉木还要贵。

丁小海家搬进新房子以后，不免是大雨大漏，小雨小漏，下雪更不得了，滴滴答答地漏个不停。泥墙开裂，墙缝能伸进一只小孩的手。外面刮大风，家里就吹小风，外面吹小风，家里就像有人在吹口哨。但最让他们家人难堪的还是那凹凸不平的屋脊，像个驼子似的。不要忘了，丁福海和丁小海她妈可都是干建筑的

（虽然现在不干了），房子盖过无数，连南京人住的房子都是他们盖的，那可是砖瓦建筑，还有楼房。没想到自己却沦落到住草房，并且还是这么难看的草房的地步，耻辱大矣！

再后来，丁福海因为常年咳嗽，得了肺气肿。又因为肺气肿，所以咳得弯腰曲背，直不起腰来。开始的时候咳完之后他还能够直起来，后来直起来的角度就越来越小，直到最后竟然完全直不起来了。也就是说丁福海成了一个驼子。成了驼子以后腰直不直得起来就和咳嗽无关了。那和什么有关？和他们家的房子有关。村子上的小孩经常会拦下丁小海和他的两个妹妹，说："你们家的房子就像你爹，也是一个驼子！"

到了这会儿这家人反倒不觉得是一种耻辱了。

丁福海因为咳嗽而驼背，那是后来的事。刚下放的那几年，他还没有驼，只是有一点咳。他们一家五口，工资收入当然已经没有了，安家费的节余也被队干部私分了，外公和舅舅也停止了援助。下面该如何生活？很简单，和洪赵村上的人一样，靠挣工分吃饭。当时生产队的劳日单价是一角七，也就是说，一个强劳力拼死拼活地干上一天，能挣一毛七分钱。那可是强劳力呵，挣满十分工的，而丁小海家没有这样的强劳力。三个小孩挣不了工分，剩下能挣工分的人只有丁福海和丁小海他妈了。丁福海是南京人，从小没有干过农活，加上身体不好，也挣不了太多。他们家最强壮的劳动力就数丁小海他妈了。毕竟是修地球长大的，很长时间没有干这一行了，回来再干，也不过是比较生疏而已。复习一番，也就马上胜任了。可她毕竟是一个妇道人家，哪怕再能干，挣死了也不过每天六七分工，也就是一角七的十分之六七，也就一毛钱出一点头。

虽然国家强调男女同工同酬，但实际上很难做到。农业生产是非常难以量化的，集体劳动就更是难上加难。比如说一组人给玉米间苗，谁干多点谁干少点，又怎么加以衡量呢？再比如间苗、犁地、上粪、除草，这些不同种类的劳动付出又该如何置换？所以说，谁干了多少，谁是否能干，并不能从实际的生产劳动中得出。而谁干了多少和谁是否能干又是两个问题。一般来说，谁是否能干比谁干了多少更重要，也是能够大致加以评估的。因此生产队评估工分标准的时候，不免男女有别，年轻的和年老的有别。因为男人的体力天生比女人好，年轻人天生强过老年人。但至于他们到底干了多少，有没有消极怠工，就只有鬼知道。是男是女，是老是少，是硬杠子，在此之外才会兼顾谁家是队干部的亲戚，谁家的成分是三代贫农。

丁小海他妈挣七分工，在妇女中间算是最高的了。丁福海由于身体不好，队上安排他去看青，每天挣五分工。他没有丁小海他妈挣得多，只有强劳力的一半。就是这一半，也是队干部特地开恩，看在丁小海他妈也姓洪的面子上才争取到的。丁福海不免捡了一个大便宜。看青的活基本上不需要体力，只须在田间地头转悠。田边还专门盖了一间草棚子，给看青的人歇息，用以遮挡风雨。村子上的人也很自觉，一般不会把自己养的牲口或者鸡鸭放到生产队的大田里来。偶尔有一头猪窜到田里来偷吃庄稼，丁福海就跟在后面撵，不禁撵得气喘吁吁。但即使撵着了，他也不敢举起棍子来打。自己毕竟是坏分子，如果猪的主人闹将起来，这轻巧的活儿就干不成了。好在这样的时候不多。

一般丁福海待在看青的棚子里，抱一些干草躺在上面，然后举目四顾。看看四周的农田，看看乡下的风景，倒也悠闲自在。村子上的一些不能干活的老人喜欢去棚子里找看青的人说话（看青的一般也是老人），但由于丁福海的身份，来找他说话的人并不多。因此，这里的生活在丁福海的印象里是非常寂静的，但闻鸟叫虫鸣，难得听得见人声。一个人无聊的时候脑袋里难免会翻腾得厉害，丁福海会想到他无所事事，而老婆正在大田里挥汗如雨。他想起丁家镇，他的这一生，自然也会想起丁小海和他的两个妹妹。一时间不免忧愁不已，唉声叹气。丁福海猛咳一阵，吐出很多的痰和唾沫。棚子旁边的泥地常年不干，精湿叽滑的，都是丁福海吐痰吐的。

按说，这农村的空气、阳光以及少许活动是最好的疗养，丁福海的身体可望有所好转，没想到他却病得更厉害了。如今，就是撵一只鸡，也会让丁福海上气不接下气，咳得整个人都要背过气去。村子上的人说，他是想心事想的，也许没有错。要是当初生产队不是分配他去看青，而是干一点体力活，没准反倒会对健康有一些帮助。和大伙儿在一起，说说笑笑，就没有工夫想那么多了。

到后来丁福海连看青都不能看了，毕竟有些鸡鸭要撵，而他不能胜任。况且户外风吹日头晒的，如果你干着活倒不觉得，一旦闲下来就背不住了。丁福海连这五分工都没法挣了，被队上打发回家。家里虽然有半亩自留地，但他也没有体力拾掇，还得让丁小海他妈来。因此，丁小海他妈不仅要在生产队的大田里劳动，收工回家还要忙活自留地。还要养鸡养鸭，搞点副业，以及洗衣做饭,照顾丁福海和三个小的。当真是里里外外一把手,全仗着她了。

丁福海形同废人,他自己也知道,因此不免变得越来越沉默了。他可以一天不说一句话——除了咳嗽。那可是他唯一的语言,表示此人尚在,在那里干什么呢?咳嗽而已。丁福海拒绝看病吃药,他的意思是不想给家里再增添负担。甚至他也很少吃饭,吃得很少,但却很快。偷偷摸摸地,就像是在干什么见不得人的事情一样。如今丁福海就像是家里的一条影子,总是待在最阴暗的角落里,家里人也习惯了对他视而不见。只是在天气特别晴好的时候,他会从待着的地方爬出来,一直爬到门外,靠着草堆晒太阳。丁福海一动不动,就像是半截树桩,晒上很久。丁小海他妈养的鸡有时候会飞到他的驼背上,站一会儿,再飞下来。丁福海仍然一动不动,他不想惊动任何人或东西。

小时候,丁小海面临的最主要的问题,就是吃不饱。由于只有他妈一个人挣工分,积累有限,生产队分给他们家的粮食肯定要打折扣。肉,自然更是不敢奢望。那时候能吃上一碗大米饭就已经很不错了。洪赵村上的人说到一个人快活,会说他"就像吃肉喝油一样",丁小海并无这样的体会。但如果说一个人快活,就像吃了一碗大米饭一样,丁小海一定会非常赞成的。大米饭,对他来说就是肉,就是菜。而一般的菜,洪赵村上的人叫作"咸",也的确很咸。比如说他们腌腌菜,盐和菜之比是一比一,也就是说一斤盐腌一斤菜。这样的菜腌出来颜色发黑,但非常经吃,吃起来"苦咸苦咸"的。开始的时候,丁小海他妈做菜比较清淡,但经不住吃，后来就越来越咸了，和村子上的人做的菜一模一样。没有菜吃的时候，丁小海家也学会了像村上的人一样，直接吃盐，用盐下饭。这倒也没有什么，因为当地的腌菜和盐的区别实在不大。甚至有时候连盐都没的吃，就算是盐也得花钱去供销社小店里去买啊。

大米饭，对丁小海来说就是肉，而盐，对他来说就是菜。那么肉呢？对他来说无异是一个梦了。吃肉的日子就像是过节，就是过节也不一定有肉吃呵。所以说，那不是一般的节日，而是纪念日，纪念吃肉，让人终生难忘。

一年冬天，生产队上的一头驴死了。消息传来的时候已是半夜，沉睡的村庄立马就沸腾了。村上的人挎着篮子，端着瓷盆，有的干脆扛着灶上的铁锅从自己家的园子里出来，拥向生产队的晒场。因为如果等到第二天，驴肉想必早已被瓜分完毕，或者只剩下驴下水了。于是便人人争先，在漆黑的村道上你推我搡，有人竟被挤得掉进了旁边的河沟里。那也来不及回家换衣服，就这么湿漉漉地继续向前。全村的男女老少都出动了，欢天喜地的，一路敲打着锅碗瓢盆，庆祝队上的那头驴死了。真是大快人心啊！驴肉吃进肚子里也就死得其所了。当天凌晨，天光熹微的时候，村子上家家人家的烟囱都冒出了火星，满世界都驴肉飘香。

丁小海怎么可能忘记这样的日子呢？自然他们家也分到了驴肉，只不过是驴下水、驴尾巴，驴身上最差的部分。丁小海也不记得驴肉的滋味了。并不是因为吃得太急，而是那日子过于重大，精神的欢乐压倒了肉体的快活。因此他虽然吃过驴肉，但并不知道驴肉的味道，吃也白吃了。

这样的日子毕竟不多，并且不可预见，于是丁小海就只有等着大米饭。

一年中，生产队有两次分稻子。一次是收稻的时候，一次是过年以前，分的还是收稻时的稻子。之所以作两次分，是怕村上的人控制不住，一下子全吃光了。丁小海家每次分的稻，也就两笆斗。一笆斗大约六十斤，机成大米五十斤不到。两笆斗稻子大概能出百把斤米。丁小海家五口人，平均每人二十斤米。如果吃干的，十天不到就吃完了。吃稀的好说，放上一锅水，抓上几把米，到底是几把，并且谁来抓（大人还是小孩），那就得看具体情况了。

洪赵村上有一句土话，叫作"不在边"，某人不在边，意思是说某人曾经说，他虽然不在旁边但曾经这样说过。毛主席不在边：闲时吃稀，忙时吃干。因为第一次分稻的时候正值农忙，机成的米基本上是做干饭吃了。家里的主要劳动力吃干饭，不能说其他人吃稀饭呀，那就一起吃干饭，放开了肚皮吃。没几天呢，分的稻子就吃完了。吃完以后农忙还没有结束，干的稀的都没的吃了。边收稻子边吃米，随收随分随机随吃，这是正常现象。丁小海家的问题更棘手一些，因为挣工分的人少，挣的工分也就少，所以分的稻子肯定少，就是吃饭的人不少。背不住吃也是正常的。第二次分的稻子，吃的时间会久一些。主要是因为农闲，以吃稀为主。

丁小海只记得自己吃的干饭，但记住了别的小孩吃的稀饭，比如说他的两个妹妹。准确地说，他记住的是她们的肚皮。那肚皮又鼓又圆，被撑到了极限，似乎皮肤都变薄了，能看见里面一肚子的稀饭，一肚子的水。村上的其他小孩也一样，每个人都腆着一个大肚子，光着身子跑来跑去的，也不觉得冷。即使他们穿着衣服，衣服也会从下面乍开，被大肚子顶着。大人们自然也喝稀的，肚子想必也很大，但由于穿着衣服，看不太出来。但肠胃活动却无法禁止，不时咕叽咕叽的，其声不免也婉转迂回。

无论大人小孩，在这一阶段（喝稀饭或其他粮食做的"马虎粥"时）生理方面的活动都比较频繁：放屁、打嗝、撒尿、拉稀……几乎所有的人都挺着大肚子，所有的人都尿频、水泻，但肯定不是得了什么病。当时普查血吸虫病，其特征就是大肚子，此病又叫作大肚子病。但洪赵村上的大肚子病根本就不是什么血吸虫病。洪赵村上人的尿频也绝非尿路感染——虽说他们很不注意卫生。拉稀也不是得了痢疾。村上的人只得了一种病，那就是饿病。全村的人都得了饿病，丁小海家的人能不得吗？丁小海能不得吗？

但无论如何，每年过年还是吃得不错的，生产队上又分了稻子，还有一直攒着舍不得吃的面粉。面粉比大米更金贵，因为共水地处水乡，以种稻为主，小麦的产量始终上不去。生产队里也种小麦，但不如水稻种得多。小麦下来以后，分到各家，机了面粉，尝一点鲜，然后就被保存起来，以待过年。过年时家家都要蒸馒头，就像北方人包饺子，是必须的风俗。如果谁家没有蒸馒头，那说法可就多了，总之是很不吉利，来年其凶无比。不蒸馒头的人家也让村子上的人瞧不起。所以说，过年的时候不仅有小麦面吃，还一概蒸成了馒头、花卷。而小麦刚下来的时候，则只能煮稀粥吃。洪赵村上的人把所有粮食做的稀粥都叫作"马虎粥"，意思是马马虎虎的，看上去是一锅粥，其实是一锅水，只是比较浑浊一些。也有的人家在清水菜汤里面下面疙瘩，了不得如此了。

过年吃得丰盛，吃得好，自然是积攒的结果。积攒了细粮、腌菜,还有工分。工分购买生产队分的粮食之后如果尚有结余,可以兑钱。有了钱就可以割肉。肉可以拿来腌咸肉,咸肉可以留到过年。再加上自己家自留地上的出产,自家养的鸡鸭,这个年还是很有盼头的。当然,这是一般人家准备过年的情形,丁小海家就不一样了。因为工分积累有限,就是生产队上分的粮食都无法销账,更别说有钱返还了。自留地也因为经营不善,出产不多。养的一两只鸡还要留着下蛋呢,鸡蛋则等着换买油盐的钱。因此他们家人也积攒,除了一点细粮和腌菜,最主要积攒的还是饿。

过年猛吃一通,到年后就渐渐地不行了,开始没有吃的了。所谓青黄不接,到了三四月份就开始闹春荒。村子上的人开始闹的时候,丁小海家早就已经荒着了。一家五口基本上不出门,就这么在床上躺着,以减少体力消耗。实在熬不住了,丁小海他妈便会指派丁小海出门,去舅舅家里借粮。丁小海记得自己借过很多次粮,但就是不记得曾经借到过。回到家里,他妈也不问,大概那会儿饿劲过去了,或者缓和了。等到饿得实在受不了,或者两个妹妹哭闹起来要吃的,丁小海他妈就会再让他出门,去舅舅家里再借。后来丁小海也学乖了,只是去村边地头转一圈,并不往舅舅家里走。如果无意中碰到舅舅,他还要躲避。毕竟丁小海已经十一二岁了,知道了难为情,不想让人家看见他就说:"我们自家还没有吃的呢,哪有粮食借给你家!"只要是碰见舅舅,不等丁小海开口,他就会这么说。

这还是舅舅,要是碰见舅妈那就更倒霉了。什么"讨债鬼""小驼子""不要脸""小要饭的",什么难听的话都能骂出来。舅妈还说:"我们家就是有粮食,把给狗吃也不给你们家!"

有一次丁小海的舅妈拿着一把大扫帚，劈头盖脸地打下来，扫着了丁小海的脸。打得还真疼。后者不禁想：没的吃还这么大的劲，骗谁呢！

舅舅家是没有指望了，丁小海他妈就让丁小海去找队干部，自然更没有用。于是他妈又让他去县里，到上山下乡办公室去求人。一个畏畏缩缩的乡下孩子，连话都说不清，跑到县委机关大院里来，你说能有什么结果？况且还是个坏分子的儿子，跑来要求补助。丁小海甚至连机关大院的门都进不去，在门口就被门卫挡住了。这样倒也好，他可以借口回家了。终于有一次丁小海溜进了县委大院，并且找到了上山下乡办公室。人家对他说："我们没有什么补助，即使有，也不会发给像你们家这种情况的。"

丁小海觉得耳熟，不禁想起他舅妈的话来——"我们家就是有粮食，把给狗吃也不给你们家！"

最后，一个领导模样的人语重心长地对他说："伢子啊，这不是你该来的地方，以后饿了就勒紧裤腰带，要不要我送你一根……"说着他就去解皮带，"饿了就勒勒紧，实在受不了，还可以用它来上吊！"

上山下乡办公室里的人都大笑起来，丁小海也跟着笑。结果他什么也没有要到，无论是钱，还是粮食，甚至是上吊的皮带。领导不过是和他开玩笑，他才舍不得自己的皮带呢！

后来丁小海就不去上山下乡办公室了。他在共水县城里溜达一圈，然后回洪赵大队，告诉他妈说去过了。这样跑下来的结果，体力不免大大地消耗。本来就没吃的，去要吃的没有要到，自然是更饿了。回去的路上，丁小海禁不住浑身哆嗦，脚底下发飘。

但丁小海还是喜欢出门，而不愿意在家里待着，因为他不仅自己饿，更像是一家人饥饿的根源。只要他在家，躺在床上的两个妹妹就会哭闹，丁福海咳嗽，丁小海他妈叹气。丁小海出门以后，情况或许会好转一些，否则的话他妈为什么每次都催他快走呢？就像丁小海一离开，他们就不饿了，而不必真的要到什么东西给他们吃。实际上，丁小海一次也没有要到过吃的东西，他能做的就是出门离开。明白了这一点，丁小海就光出门而不要了。

挨到五月份，情况开始有所好转，麦子快熟了，也有了一些蔬菜。虽然丁小海家的自留地比较荒芜，但毕竟种了一点菜，而不完全是草。比如冬瓜、南瓜都是可以当饭吃的。我和丁小海同学的时候，在这个季节里去过他家里一次，并且留下来吃饭。丁小海就招待我吃冬瓜。光吃冬瓜，没有吃米饭，也没有其他的菜。回家后我非常兴奋，对母亲说起了这件事。

我说："人家光吃冬瓜，不吃饭，不像我们家天天要吃米饭。我们家能不能光吃菜不吃饭啊？"

父亲在旁边听见，打了我一巴掌，厉声呵斥道："你这个小混蛋，真是不知道人间疾苦！人家是没有东西吃，冬瓜就是他们的饭，给你吃了说不定自己就没有吃了！"

第二天上学的时候，我就问丁小海："你们家是不是没有吃的？"

他的脸又笑成了一朵花，连忙说道："有的吃，有的吃，我们有的吃。"

一年麦收的时候下雨，雨下个不停，麦子都烂在地里了，霉得一塌糊涂。分到各家的麦子都是黑的，麦粒就像霉虫一样。这样的麦子喂猪，连猪都不吃。洪赵村上的人也的确是拿它们喂猪的，猪不吃了才倒进积肥坑里当肥料。那时候丁小海家还没有养猪，但不经过喂猪这一关，直接倒掉未免可惜。毕竟是作为口粮分来的，毕竟是小麦啊。

于是丁小海他妈便挽了裤腿，在门口的一条小河里一遍遍地淘洗麦子，直到把河水都染黑了。那河水是活水，顺河流动，能把一截小河都染黑了，可见麦子有多黑呀。人吃的水也是从河里面取的，因此共用那条小河的人家就骂开了，骂得非常难听。丁小海他妈低着头，不说话，只是一个劲地淘麦子。反正已经淘了，现在收手也来不及了。骂也都骂了，不淘也是白不淘。她憋着一股劲儿，就这么一直淘了下来，直到骂声平息，河水也变清了。只是那麦子没有变过来，仍然黑得像烧过的一样。

就这样，这些麦子放在大匾里阴干以后，丁小海他妈硬是挑着它们去了大队的机房。人家还不让机，说是怕弄脏了机器，别人还要机干净的粮食呢。也不知道丁小海他妈用的什么招，最后还是机了。机出来的面粉颜色就像水泥。丁小海他妈就用这水泥面粉蒸上了一锅馒头。于是丁小海第一次不是过年，而是在麦收的时候吃到了馒头。这馒头的滋味就甭提了。

看着他妈严峻不已的表情，一家人都不敢吭声，把灰馒头往嘴巴里面送。丁小海他妈更是表率，吃了一个又吃一个。她咀嚼、吞咽，动作非常之大。谁要是吃慢了点，她就把眼睛一瞪。在她的监视下，谁都不敢把馒头吐出来。最后，还是丁小海他妈忍不住吐了（大概因为她吃得最多，也真往嗓子里咽）。她突然就站起身来，还没有走到门外就吐开了，吐得一塌糊涂，连胆汁都吐出来了。嘴角上还挂着呕吐物的黏液，她又走了回来，把丁小海他们手上的馒头都夺了过去，连同一大篮子没有吃的馒头，一起提到了门外。丁小海他妈把所有的馒头都倒进了他们家的积肥坑里。

丁福海一向很少说话，但这回他说了。丁福海说："你这又是何苦呢？干吗和村上的人怄气？也不看看我们是什么身份。就是有气，也不要往小孩子身上撒啊。"

丁小海他妈说："你还当真以为我是吃馒头吃的？我恶心是怀上小孩了！"

说了细粮，再说粗粮。

粗粮又叫杂粮，生产队分杂粮的时候四五斤算一斤，当年丁小海不是吃得太少，而是太多了。山芋分下来的时候，能堆满半间屋。这玩意儿不好保存，一家人连吃是吃，一天三顿，即便如此也吃不完。于是就把山芋切成块，摊在家门口的泥地上晾晒，晒好的山芋干可以一直吃到冬天，甚至春荒时节。做山芋干的时候全家动手，刀都不够用。丁小海的两个妹妹各持一把镰刀头，在长板凳上又斩又剁。洪赵村上的人还发明了一种装置，将刀头的一端固定在板凳上，可以来回地活动。这样只要把山芋按住，不断地拉动刀柄就行了。只见白浆四溅，山芋片纷飞，很有点机械作业的意思。这个装置一家人都在抢，就像是当工人比当农民要强一样。

山芋干虽然容易保存，但吃起来味道欠佳，嚼起来还要费很大的劲。放水煮过，也不像新鲜的山芋那么香甜。一般来说，小孩喜欢吃山芋干，老人因为牙口不好，比较地不喜欢。即使是小孩，也是把山芋干当零食吃的时候才来劲。平时口袋里面都揣一些，想起来的时候就拿出来啃。但真的到了吃饭的时候，反而不愿意吃了。同样都是山芋干，为什么当饭吃的时候味道就变了呢？当年丁小海和他的两个妹妹去大队上上小学，口袋里都揣着山芋干。这是他们有过的唯一的零食，也是一天的两顿饭。因为回到家，就再也不想吃山芋干了。

没有切成块的山芋需要窖藏，在房子里挖一个坑，把山芋埋下去，还要放上稻草。窖藏山芋是一门技术，有的人家没有藏好，山芋就烂掉了，或者烂了一半。凡是含有技术成分的活儿，丁小海家的人都不在行，因此他们家的山芋总是藏不好。有时候打开山芋窖，山芋全都烂掉了，有时候吃着吃着，地窖里剩下的山芋就烂掉了。在打开山芋窖和吃完山芋之间时间有限，不免时不我待，掌握不好损失就会很大。

但即使山芋烂掉了，只要不是烂得那么厉害，丁小海他妈还是会把它们煮了给一家人吃。一来，没有别的东西吃。二来，她也不服气呀：人家从山芋窖里拿出来的山芋能吃，为什么我们家就不行呢？原因自然是窖藏的技术不过关，但丁小海他妈羞于承认。如果把山芋窖里的山芋都吃了，就不会有人说他们家的山芋没有藏好了。所以说，丁小海虽然觉得窖藏的山芋比山芋干好吃（山芋是越放越甜，窖藏过的甚至比刚收下来的还要好吃），但他妈煮出来的总有那么一点异样。不是烂了，就是有的地方烂了，要不就是把没烂的和烂了的混在一起煮的。丁小海他妈煮出来的山芋既苦又腥，丁小海他们还得当成好山芋吃。因此丁小海觉得，还不如去吃山芋干呢！

山芋这玩意儿，很容易生长，不需要肥田，也不需要特别的照看，产量还很高。生产队上的大田，一般种的是正经庄稼，只是在一些边角地薄地上种了山芋。大寨河从洪赵大队的境内穿行而过，两侧的河堤的坡上就栽种着山芋。整整两大坡的山芋，生长得十分茂盛，茎叶随风招摇，不免深绿一片，甚至你都看不见河堤。山芋藤可以用来喂猪，自然山芋本身也可以用来喂猪，比如吃不完的山芋干或者没有窖藏好的烂山芋，都可以拿去喂猪。洪赵村上的人吃饭的时候有一个习惯，就是捧着一只碗，来到自家的猪圈边，倚着猪圈的栏杆，边吃边看。如果你吃的是山芋，看着看着，觉得那猪儿哼哧哼哧的很可爱或者怪可怜，就把碗里的山芋拨一些到猪食槽里，甚至整碗的山芋都倒了进去。如果你这样做，绝对没有人会议论你。但如果你吃的不是山芋，而是马虎粥面疙瘩什么的，倒给猪吃，人家就会说真是作孽，浪费粮食。

丁小海家一开始没有养猪，所以吃饭的时候丁小海没有猪看，也就没有可能把山芋倒给猪吃了。对自己家不养猪，丁小海始终耿耿于怀，不仅是过年想吃猪肉，更重要的还是不愿吃的山芋没有地方倒。而他们家养的看门狗不吃山芋，只吃屎。连屎都吃的狗不吃山芋，这让丁小海非常不解。把山芋吃下去，再拉出来，变成屎以后它才吃。可这样一来丁小海就得先吃山芋。

再说玉米，洪赵村上的人叫"棒头"，每年各家也会分上不少。当然没有人吃嫩玉米，玉米棒子还没有成熟，就摘下来吃，那也是作孽，浪费粮食。丁小海小时候没有吃过嫩玉米，吃的都是老玉米。把棒子粒儿搓下来，拿到大队的机房里去机，机成棒头面，可以煮粥，也可以炕饼，颜色一概金黄金黄的，闻上去也香气扑鼻，很能勾起食欲。炕棒头面饼时就在煮棒头面粥的锅边上，下面是粥，上面是饼，下面是稀的，上面是干的。虽说味道不错，既香又甜还解渴，但这么个吃法，吃得多了，也还是令人生厌。那年头，丁小海吃过多少棒头面呵，把一辈子该吃的都吃了，甚至是好几辈子的。

很多年以后，丁小海觉得胸口发闷，晚上睡不着觉，特别是天阴下雨的时候，连气都喘不上来。他去医院里看病，医生说丁小海的心血管方面有问题，血脂高，可能还有一些小血栓。建议丁小海少吃肉喝酒，少沾荤腥，可以弄一点玉米来吃，玉米面或者玉米cha（"米"旁一个"查"，念"查"）都行。摊饼、熬粥，怎么方便就怎么吃。开始的时候丁小海没有反应过来，满脸笑容地答应着。后来他突然想到，玉米其实就是棒头，玉米面就是棒头面，眼前立马就浮现出那黄烂烂的一锅，热气腾腾的，就像稀屎。丁小海对医生说："能不能换一种东西吃？"

医生面露不悦之色，说道："现在的人，就是吃得太好了，弄点粗粮吃吃就什么问题都不会有了！要不然，你去弄点红薯吃吧。"

这一次，丁小海的反应奇快，立刻想到红薯就是山芋。那还真不如吃棒头面呢！

所以说，粗粮这玩意儿是要吃，但必须带着吃，不能一下子把一辈子的都吃光了。那样吃了也是白吃。就像是吃饭，饱时不能忘了饥时，吃了一顿还有下一顿。虽然丁小海吃了一辈子甚至几辈子的粗粮，但还是没有用，还得再吃。谁让他饥不择食的时候忘记了人生的道路还很漫长呢？即使是吃粗粮的时候也得悠着点儿，不能不顾一切地往死里吃。

事关荣誉

  丁小海家只养过一次猪,小猪是用卖鸡蛋的钱从县里的种猪站买来的。没想到的是,那小猪从小吃的是共水湖里捞上来的螺蛳贝壳、小鱼小虾,是吃荤长大的,因此它不吃粮食。洪赵村上的人喂猪,一般是用山芋藤、水草和稻糠。最正规的猪食是用山芋藤或者从河里面捞上来的水草,切碎以后再放上稻糠用水煮。条件好的人家还会去共水县酒厂挑酒糟,或者去粮油收购站里买黄豆压的豆饼子。酒糟、豆饼不仅猪爱吃,而且也容易长膘。即便如此,也是一点荤的都没有。

  丁小海家的猪吃惯了荤的,哪里受得了这般委屈?况且连酒糟、豆饼都没有。因此它拒绝吃食,或者吃得很少,仅够维持生命而已。买来的时候这猪二三十斤,养了将近一年,也不过四五十斤,还是刚买来的那两个月里长的,也许是小鱼小虾提供的营养仍然在起作用。也就是那多出来的二十来斤,让丁小海家的人看见了希望,这才把猪一直养下去的,直到把它养成了一头真正的僵猪。家里养了僵猪,不仅利益受损(那猪光吃不长,能不受损吗?),还会受到村上的人讥笑。不说这家人上辈子没有积德,至少也是晦气,不会操持庄稼人的生活。而那些猪养得大,上膘速度快的人家不仅物质受益,也很光彩。祖宗积德、子孙勤勉、会过日子，总之是值得赞叹也令人羡慕的美谈。所以说，洪赵村上的人养猪不仅仅是养猪，还关系到一家人的荣誉和口碑。这事儿就大了。

丁小海家养过一头僵猪，不免有些见不得人的意思。如果问起来，丁小海他妈就会说："就我一个人，哪里有工夫弄猪啊？是伢子养的玩的，他们哪里会养猪……"把责任推得一干二净。

从此以后，他们家就再也没有养猪了。"人都不够吃，哪有的给猪吃？"丁小海他妈说。

这也是实情。但最主要的是不敢再养了，怕养不好别人会说闲话。

那只僵猪，最后还是由丁小海牵到集上去冒充一只脚子猪（共水方言，年轻的公猪）卖掉。自然卖得很便宜，这样才容易脱手。买小猪的钱，加上喂养了它一年多，算下来非常划不来。这个亏吃大了，丁小海家的人也丢光了。丁小海不仅为了他们家人的荣誉背了一回黑锅，还蹲在集市上吆喝叫卖，心里面怀着以次充好损人利己的内疚，他别提有多难过了。

这以后，丁小海家尝试了各种的副业经营，一概都是以丁小海的名义进行的，实际上也是由他出面的。丁小海他妈说起来，都是小孩家玩玩的。就像丁小海多么喜欢玩一样，多么喜欢这么玩一样，养鸡养鸭养鹅养羊养蚕……

丁小海养蚕，养了一大匾，每天都要爬到很高的桑树上摘桑叶。洪赵村上集体所有的桑树也就那么几棵，养蚕的人家多，靠近地面的桑叶早已经被摘完了。于是摘桑叶的人就越爬越高，身子下面的树枝也越来越细。丁小海非常勇敢，每次都能够爬得很高，摘到上面的桑叶。当然最主要的原因还在于他身体瘦弱，分量轻，再加上没有吃饱，因此有很大的优势。再说了，即使丁小海从树顶上摔下来，也没有人在乎呵，所以并没有人制止他。在爬桑树摘桑叶的较量中，丁小海终于胜过了其他养蚕的小孩。但不久以后，树顶上的桑叶也被摘光了。

生产队上种了十几亩胡桑，是供应队上集体养的蚕的。养蚕的小孩就夜里去偷摘胡桑的桑叶，队上也睁一只眼闭一只眼。洪赵村上几乎家家都养蚕，因此偷桑叶并不丢人，丢人的是偷了桑叶蚕还养不好。丁小海偷桑叶是随大流，毕竟不像是爬村边的桑树那么地理直气壮。他知道自己是什么成分，每次都跟在别的小孩后面，看见人家摘桑叶，他才摘。看见看胡桑的人来了，人家还没有跑，他就先跑了。胡桑很矮，比不了高大的桑树，无论是谁摘起桑叶来都很方便。丁小海又是跟在别人后面摘的，所以说他摘桑叶的成绩并不特别突出，但只要够他们家养的蚕吃也就可以了。

就这样，连偷带摘，终于把蚕养大了，白花花粉嫩嫩地铺满了一大匾，盖上桑叶以后蚕儿又全都看不见了。现在，即使是睡觉的时候，丁小海也会梦见蚕儿吃桑叶。沙沙声响，绿色的茎叶的颤动，那圆匾的世界里就像是吹起了一阵清风，下着一场小雨。夜里面起来撒尿，丁小海会像梦游似的给他的蚕儿添桑叶。第二天早上起来，他只记得自己撒过尿，但忘记了加桑叶的事。看看旁边箩筐里的桑叶又的确少了，丁小海因此知道他还是加过桑叶的。

一天早上起来，那匾里既无碧绿的桑叶，也不见白花花的一片，蚕儿像是围成了一个圈，圈子里露出了大匾下面的柳条。最可怕的事发生了：老鼠偷吃了丁小海的蚕，吃出了一个大洞。

难过之余，丁小海想了又想，那老鼠为什么早不吃晚不吃，非要等到这时候？蚕儿都快要上山吐丝了。要是早一点把它们吃掉，自己也不会落下一个养蚕的名声，又是爬桑树，又是跟在人家后面偷桑叶……开始养蚕以前，丁小海就听别人说过老鼠对蚕儿的威胁，听说过老鼠的厉害。但没想到它们有这么厉害，非得等他把蚕养大了才来。前功尽弃事小，名誉受损事大。丁小海他妈把剩下来的几条蚕连同半筐没吃完的桑叶，一起拿到了门外，扔进了他们家的积肥坑里。

这时候，洪赵村上的人又说了："他家人哪会养蚕啊，蚕就是那么容易养的吗？连猪都养不好，就不要说是蚕了；连人都养不好，就不要说是猪……"

丁小海他妈又说了："小伢子养的玩玩的，我哪里有那闲工夫？又要上工，又要忙一家老小……"

那就养鸡养鸭吧。养鸡不但不费事，而且很有必要。鸡在家前屋后转悠，自己会找虫子吃，偶尔撒一点粮食喂它们，也不需要很多。即使是春荒时节，人饿得要死要活的，鸡却饿不死。它们还会下蛋，这是丁小海家养鸡的最主要的原因。鸡下的蛋可以自己吃，更可以拿到供销社的小店里去换钱（那儿收购鸡蛋）。这点钱对没有任何现金收入的丁小海一家非常重要。买盐、买油（不是吃的菜油，那就免了吧，而是点灯用的柴油）、三个小孩上学的书本费以及一家人做衣服的布料，什么地方用不着啊，什么地方不需要钱啊。而唯一能来钱的地方，就是这鸡屁股了。所以说，丁小海家养的鸡根本舍不得杀了吃，得留着下蛋呢。下的蛋也舍不得吃，得留着换钱呢。并且他们家养的鸡都是母鸡，没有一只公鸡。而没有公鸡有一个意想不到的坏处，就是下出来的蛋孵不出小鸡。

也是当初筹划不周，才会出现这样的问题。母鸡们渐渐老去，蛋也下得少了，以至于后来完全下不了。事到如今，丁小海家的人仍然舍不得杀这些老母鸡。丁小海他妈让丁小海把它们拿到集上去卖，然后再用卖老母鸡的钱买小母鸡。否则的话，也没有其他的钱买。而不买小母鸡就断了鸡蛋，断了鸡蛋就断了全家人的现金收入，断了现金收入就断了……想想都让人害怕呀。

于是，虽然卖掉两只不能下蛋的老母鸡才能买回一只能下蛋的小母鸡，丁小海家还是开始卖母鸡，也开始买母鸡了。买小鸡当然便宜得多，但如果等到把它们养大再下蛋，实在来不及。况且小鸡分不出公母，如果买回来的都是小公鸡那可怎么办呢？丁小海家的日子不免有点拆东墙补西墙的意思，只要能对付过去就行。丁小海不时地会用篮子拐上两只老母鸡去集上卖，然后再买回一只小母鸡。

一次，他拐着装了一只小母鸡的篮子往家里走，人已经进村了，突然觉得不对劲。被捆住双脚的母鸡发出几声怪叫，拼命地扑棱着翅膀。丁小海回过头去查看，只见那鸡眼睛直翻，一股腥臭的气味直冲鼻子。丁小海扒拉了一下那母鸡，我的天啦，下面肠子内脏一大堆，原来那鸡脱肛了！丁小海当时并不知道是脱肛，他被吓坏了。母鸡竟然没有死，卧在小半篮子热气腾腾的鸡肠子上面，叫唤个不停。丁小海不知道该拿它怎么办，是继续往家里走呢，还是回到县城的集市上，找那个卖鸡的？正踌躇间，被洪赵村上的人发现了。大伙儿围上来，不免议论纷纷、指指戳戳，也都觉得非常奇怪。

这件事顿时轰动了全村，所有的人都知道丁小海家买了一只肠子拖出来的母鸡，当真是晦气无比。还有更难听的说法，说是那鸡是被丁小海日的，否则怎么会是这样的呢？也有的人说，不是丁小海日的，小伢子的鸡鸡能有多大？是卖鸡的人日的，日完以后又把鸡肠子揉进了鸡屁眼里，当成好鸡卖给了丁小海。但无论怎么说，这鸡是被人日过的，丁小海家买了一只被人日过的日得肠子都拖出来了的母鸡，想想都让人觉得恶心！

有很长一阵，丁小海家的人为这件事抬不起头来。丁小海更是首当其冲，被人家指指戳戳。他也在思考：那鸡肠子怎么会拖下来的呢？如果找不出答案，那就只能像村子上的人说的那样，他买了一只被人日过的母鸡，自己也说服不了自己呀。突然有一天，丁小海就想通了，母鸡的肛门他的确是进去过的，当然不是用小鸡鸡，而是用右手的两根手指。他把手指伸进鸡屁股里，想摸一摸里面有没有鸡蛋。

这一方式在洪赵村上很普遍，在他们家也很普通。丁小海他妈总是让丁小海的妹妹抓来他们家养的母鸡，用手去摸鸡屁股，看看它们今天会不会下蛋。后来丁小海和他的两个妹妹也学会了，也都这么摸。在集上买鸡的时候，丁小海一般不会这么干，当着那么多的人，毕竟不太好意思。可上两次他买回家的母鸡都不肯下蛋，因此这一次他就摸了一下。似乎还摸着了鸡蛋，这才买了这只母鸡。但为什么这鸡拉出来的却是肠子，而不是鸡蛋呢？这是一个问题。第二问题是：以前在家里摸那些鸡，为什么没有肠子流出来？而这次他稍微摸了一下，鸡肠子就被摸出来了？这两个问题丁小海始终想不明白，后来也就不想了。但，母鸡流出了肠子，肯定和他摸鸡蛋有关，而绝对不是被人日的。想明白了这一点，丁小海总算解脱了。

那只脱肛的母鸡拎回家以后，就死了，因为没有人有把流出来的鸡肠子送回去的技术。鸡虽然死了，但丁小海他妈不允许家里人吃。她让丁小海把死鸡扔进了房子前面的积肥坑里。大概是觉得太晦气，吃了不吉利，也可能是迫于舆论的压力。人家会说，他们家买了一只母鸡给伢子日，日死以后还做了吃进肚子里，那就太难听了。实际上，村上的人已经说得非常难听了，不吃这只鸡也好听不到哪里去，真是不吃白不吃了。丁小海不禁抱怨他妈想不通，使自己错过了一次吃鸡的机会。因此他只记得小时候吃过一次驴肉。

换一只鸭子来养养怎么样？鸭子也会下蛋，并且鸭蛋比鸡蛋大，供销社里也收。于是有一次，丁小海就从集上买回了一只鸭子。没有把手伸进它的屁股里去摸，一路平安到家。可到家以后，那鸭子一副饿极了的样子，但却吃不了食。扁嘴在稻糠、烂菜叶子里插来插去的，插了好半天，弄得盆底喀喀声响，可瓷盆里的食却一点也不见少。丁小海他妈让丁小海扒开鸭子的嘴一看，原来里面生了一个疔，想吃食也吃不到啊。这当然又是一件晦气的事，好在村子上没有人知道。但即使人家不说，丁小海家的人自己也过不去了。你想啊，他们家窖藏山芋会烂，养猪猪僵，养蚕被老鼠偷吃，买只鸡鸡脱肛，买只鸭子又生疔，看来的确是有一点古怪了。

丁小海他妈让丁小海把那只嘴上生疔的鸭子拿回集上去卖，嘱咐他再买几只小鸭子回来。他妈就是不服这口气，一只鸭子生疔，总不能所有的鸭子都生疔吧？老鸭子生疔，总不能没换毛的小鸭子也生疔吧？于是丁小海又开始养鸭子，从放小鸭子开始。

这活儿当真辛苦，特别是丁小海他妈看似不在乎，心里面却憋着一口气，眼睛盯着丁小海呢。他们家包括丁小海本人的荣辱就在放鸭子这件事情上了。只要能把鸭子放大，是公是母，生不生蛋都无所谓了。放大就是胜利，就能翻身、雪耻，放不大，那就彻底完蛋，丁小海家也只能认命了。当真是任重而道远。一段时间以来，丁小海几乎都不去大队上学了，让两个妹妹带信请假，说是得了疟疾，烧得起不了床。好在那时候上学也如同儿戏，既不考试也没有作业，去不去都损失不大。丁小海每天拿着一根竹竿，跟在几只小鸭子后面转悠，风吹日晒雨淋，吃了无数的辛苦。

洪赵村上的人都知道放鸭子的辛苦，当时有一个顺口溜是这样说的：

　　放鸭放鸭

　　腿瘸眼瞎

　　晴天睡沟沿畔

　　雨天淋得鬼喊

　　放牛放牛

　　快活到头

　　放驴放驴

放到沟渠

放猪放猪

腿跑得多粗

其中，放鸭就有四句，放牛、放驴、放猪各两句，吃苦受累的只有放鸭和放猪。放猪就不说了，丁小海家在猪圈里都养不好猪，更不用说是放养了。放牛、放驴是生产队上安排的劳动，要记工分的，因为只有队上才有牛和驴，私人家里根本没有。那样的好事（放牛或驴）也不会轮到丁小海啊，因此，他只有放鸭子。由于其辛苦人人尽知，如果放得好了，成绩也就格外的大。当真是脸上有光，无人不赞。

放鸭子的不易在于当地乃是水网地区，沟渠纵横，四通八达。鸭子那玩意儿会顺着河沟到处乱游，并且它们还不怎么认识家，不怎么认识人。各家养的鸭子也没有什么明显的特征，很难辨认。但鸭子认得鸭子，知道那是鸭子，鸭子一见到鸭子马上就跑过去，混迹于其间，在一起玩耍、觅食，人家回家的时候它也跟着回家。一般是少数服从多数，两三只鸭子遇见一大群鸭子肯定会跟着它们一起走。因此鸭子放得少，会倍加的辛苦，村子上的人为鸭子的事常起纠纷。丁小海家本钱不够，只养了三只鸭子，而且由于成分问题，纠纷起来肯定也占不到便宜。所以说，丁小海这鸭子放得不免辛苦异常，甚至是险象环生。

一次下雨，河面上泛起了一些小水泡，小鸭子缺乏经验，以为那下面有鱼。它们追逐着水泡泡，一路向前游去。等丁小海从避雨的地方跑出来，小鸭子已经不见了踪影。丁小海沿着河岸跑出去很远，也没有看见他的鸭子。按说，这是不可能的。小河只有一条，虽然七拐八弯，但河岸整齐，并没有可以让鸭子藏身的地方。况且，那是小鸭子，能游多快呢？总比不上一个人在跑吧？丁小海追了半天，一无所获，最后，他来到了小河分岔的地方，就不知道该往哪里追了。

实际上，分岔的两条小河丁小海都分别追了一段，但每条小河的前面又分岔，变成了四条小河。四条变八条，八条变十六条……这样追下去就没完没了了，也没有可能。丁小海一直追到了天黑。现在，即使河里面有鸭子他也看不见了。追鸭子的同时，他千呼万唤，喊得声音都嘶哑了。自然整个洪赵村上都知道丁小海家里丢了鸭子。在无比沮丧和疲惫的情况下，丁小海只得回家睡觉。接下来的三天里，他们家的人都不提鸭子的事，那可是他们新添的一块病呵！

三天后的一个早上，丁小海还没有起床，就听见鸭子叫了。他赶紧爬起来，奔到河边，看见了三只小鸭子。难道说，它们自己跑回来了吗？丁小海简直不敢相信有这样的事，还以为是在做梦呢。在初升的太阳照耀下，三只小鸭子欢愉无比，在河水里又是扎猛子，又是摆尾巴，呷呷地叫个不停。看上去它们比失踪以前大了一些，黄灿灿的毛色也变深了。到底是它们养肥了呢，还是这不是丁小海丢的那三只鸭子？但无论如何，丁小海决定把它们当成自己家的鸭子。他在想：这三天里它们是怎么过的呢？吃些什么？在哪里睡觉？这时候丁小海他妈、两个妹妹，甚至卧病在床的丁福海都来到了河边上。一家五口站在那儿，看着河里面的三只小鸭子，看得一愣一愣的。

当天，丁小海就放下了书包，又拿起了竹竿，去放鸭子了。从此以后他更加地谨慎，也更加地勤勉。即使是下大雨，他也不找地方躲避，而一直在河边守着。三只鸭子也逐渐地懂事了，知道河面上有水泡泡不一定下面就有鱼，不再一有水泡就追着乱跑了。

鸭子终于长大了，换了毛，三只竟然全是母鸭。这真是意外之喜。正当丁小海家的人筹划着用鸭蛋换钱，用钱去买油盐布料的时候，又出事情了。

丁小海家的门前是生产队的一大片稻田，有十来亩。一天三只鸭子路经田埂，趁丁小海不备，竟然钻进了稻田里。一钻进去立马就被稻浪淹没了，丁小海怎么呼唤都无济于事，没有一只鸭子肯出来。看着那稻浪起伏，绿油油的一片，丁小海真是绝望啊。他绕着那块田，转了十几圈，头都转晕了，腿也发麻了，还试图走进稻田里面去。一直折腾到晚上，这才作罢。

第二天、第三天，丁小海仍然去那块稻田边上转悠，呼唤他的鸭子。声音温柔，可谓情深意切，可鸭子们并无动于衷。第三天天不亮，丁小海就爬起来了，去了稻田边。他想起了上次鸭子失踪，就是在第三天早上回家的。但这一次丁小海没有看见鸭子，眼前只有水稻，一株株的，一排排的，紧挨在一起，简直密不透风。

这以后，丁小海家的人又不提鸭子的事了。丁小海也不再提鸭子，甚至也不去稻田边上了。只是每次走过那块稻田，或者从门里面看见那块稻田，他就会想，自己养的三只鸭子在里面。它们吃些什么？又在哪里睡觉？也许已经从那块田里跑掉了？丁小海没有事的时候就会这么想，那块稻田和生产队上的其他稻田在他看来就是不一样。

然后就到了收水稻的季节。只是一天的工夫，丁小海家门前的那块稻田就被队上的人割得差不多了。稻子被割下后扎成捆，堆在满是稻茬的大田里。突然从那稻茬里跑出来三只母鸭子，摇摆着冲丁小海家的房子奔了过去。几个眼尖的割稻妇女，丢下镰刀便开始追。于是鸭子跑得很快，翅膀还一扇一扇的。但鸭子毕竟不是兔子，没一会儿就被她们扑住了。丁小海他妈过来的时候，几个妇女正抓着鸭子，相持不下。丁小海他妈来了以后，她们的矛头就一致对外了。

抓着鸭子的妇女说：鸭子是无主的，谁逮到归谁家。丁小海他妈说：鸭子是我们家的，从小养起，后来钻进稻田里去了。抓着鸭子的妇女说：鸭子又没有记号，怎么能证明是你们家的呢？况且就算是你们家的，放到队上的稻田里养，养到这么大，又吃了多少稻子？现在嗉子里还鼓鼓的呢！丁小海她妈说：鸭子根本就不吃稻子，就是吃也够不着啊，而且，这稻子也是刚熟的，长这么大怎么可能是吃稻子吃的呢？总之，双方吵得不可开交。

丁小海他妈也是在这块稻田里割稻子的，手上拿着一把镰刀。吵起来以后也没有把镰刀放下，而是抓得更紧了。丁小海家的人一向是骂不还口的，此刻丁小海他妈就像换了一个人，这谁都看出来了。最后，几个妇女只得把鸭子放下了地。那三只鸭子也争气，一落地，就自己跑到丁小海家园子里去了。丁小海他妈得意地说："谁说不是我们家的鸭子呢？谁说鸭子不认识人，不认识家呢！"

在场的队干部提出，扣除丁小海家两百个工分，用来补偿他们家的鸭子吃的生产队的稻子。丁小海他妈也没有提出异议。只要承认鸭子是他们家的,其他的都无所谓了。至于鸭子是否吃稻子,是否是吃稻子长这么大的,以及两百个工分换回三只鸭子是不是值得,就不用考虑了。因为鸭子不仅仅是鸭子,它们还关系到丁小海一家的荣誉。

寅吃卯粮

丁小海的小学是在洪赵大队上的，中学开始，他才进入共水县中。我是初二的第一学期转到共水县中的，我来的时候他已经在县中里读了。我们同学了一年多。一九七六年，初中升高中。这高中，可不是人人都能升的，得由贫下中农推荐。县城里的孩子无须经过这一关，但家住农村的孩子就没那么省心了。丁小海很想继续读书，当然不是因为喜欢学习，而是不想下到生产队的大田里去劳动。他跑到大队部去，向大队干部表达了上高中的愿望。大队的支部书记是这么对他说的："你们家这么困难，总不能队上老是给兜着吧？还是回农村来参加劳动，苦几个工分，也好帮衬你妈。"

见丁小海一副不情愿的样子，大队书记又说："也不看看你们家是什么成分，就是家里有条件上，按照成分也轮不到你啊……"

可新学期开学以后，丁小海还是来了。高中的班级按文理科已经调整过，丁小海来的是我所在的文科一班。这个班实际上就是原来的初二一班，学生的变动不大，有四五个同学去了理科班，又来了四五个报名学文科的。像朱红军、魏东、汪伟等都还在班上。因此丁小海每天来上学并没有引起别人的怀疑。实际上他已经不在学籍上了，既没有交书本费，也没有交学费，甚至也没有书。丁小海每天混学上，成了班上的一个黑户。

　　这个秘密丁小海没有向任何人吐露过，甚至对我这样的好朋友他也守口如瓶。大家都觉得从初中升到高中是一件非常自然的事，既不用考试，也没有留级一说，只不过班上的学生经过了一些调整，谁又能想到丁小海是在偷学上呢？即使是魏东也没有往那儿想呵，没有看出丁小海的丝毫破绽。如果他看出来了，丁小海的学自然就上不成了。

　　后来丁小海没有继续读下去，不是因为他的秘密被揭穿了，而是他妈死了。这也是我没有料到的一件事。别说是我，就是丁小海家里的人也没有料到。如果说他们家必须死一个人，那也只能是丁福海呀。

　　丁小海家的人都以为丁福海身体不好，看样子活不太长。丁福海本人大概也是这么想的，活着就是为了等死。平时他什么活儿都不干，唯一干的事就是靠着草堆根晒太阳。他咳得很厉害，但拒绝吃药，更不允许家里人叫医生，哪怕是大队上的赤脚医生。鸡屁股里屙出来的几个钱一家人还要过日子呢。甚至他也吃得很少，但喝得很多。不是喝酒，而是喝稀粥，喝水。毕竟丁福海每天要吐那么多的痰和唾沫，水的供应需要得到保证。他大概觉得对家里人的贡献就是死掉拉倒。虽然不那么积极，甚至消极，但总算是一种贡献。就是这消极的贡献丁福海也一直没有办到。直到丁小海进共水县酒厂当了一名工人，丁福海还活在人世上。

　　上文说过，春荒时节我去过一次丁小海家。当时丁福海在门口的草堆旁边晒太阳，丁小海叫了他一声"爸"，但没有向我介绍，那是他爸。丁福海也没有和我打招呼,见我们来,完全地无动于衷。他是一个干瘦的老头,穿着一身破衣服,面色十分灰暗。那天的阳光特别好,丁福海显然晒得很舒服。我甚至都没有听见他咳嗽,也没有发现他驼背。当然啦,他的背紧靠着草堆,一时半会儿也看不出来。我只是觉得有一点害怕,为什么害怕却说不出来。

后来,我从家里拿了一些治咳嗽的药,送给丁小海。之后又拿过一两次。一次丁小海对我说:"不用再送我药了,我爸也不吃,他说吃惯了,以后要是没有了还不行呢。"

我说:"我保证供应,反正我们家人是公费医疗。"

丁小海说:"那也算了,我爸这人犟得很,不会听我话的。"

但朱红军送给我,我又转送给丁小海的瓜果蔬菜、鸡蛋花生什么的,后者却照收不误。届时,丁小海的那张脸又笑成了一朵花。

当时我就想,丁福海肯定活不长。蔬菜什么的又不能治病,治病得靠药。因此当我听说丁小海家死了人,一心以为是丁福海。丁小海大约有一个星期没有来学校上学,再来的时候,手臂上面套了一圈黑纱。

我问丁小海:"你爸去世了?"

他回答说:"是我妈。"

我就不知道说什么好了。

那次我去丁小海家,没有看见丁小海他妈。丁小海说,她妈还没有收工。也就是说当时正在生产队上劳动。说她死了,那不是太突然了吗?这时距我去丁小海家半年不到,因此在我的想象中,他妈是以身殉职,在农田里正干着活儿就突然倒地不动了。如果不是这样,为什么之前没有听丁小海说起过呢?如果丁小海告诉我，他妈生病了，我一定会送给他很多药的。

那天放学以后，我特地在路上守着丁小海，问他到底是怎么一回事。我很有点愤愤不平的意思，说："你妈生病了，总该告诉我这样的好朋友吧？"

丁小海又开始笑，笑容里充满了歉意，看得我十分难过。我说："你能不能不笑啊？你妈去世了也应该通知我参加追悼会的。"

丁小海说："没有开追悼会，人已经埋了。"

我一时语塞，又不知道说什么好了。

最后我说："下不为例。"

丁小海竟然点头答应说："那是，那是。"

事后我一想，我的话很不吉利。难道说，丁小海家还要死人吗？我不由得想起了丁福海，没想到丁小海他妈死在他前头了。丁福海在等死，但没有死，丁小海他妈是不能死，但却死了。这到底是怎么一回事呢？看来丁福海也活不长。一来他不想活，二来丁小海他妈这一走想必对他的打击非常大。因此我说"下不为例"也是没错的。如果丁福海有个三长两短，丁小海肯定会吸取这次的教训，及时地通知我的。那样的话我就可以尽自己最大的努力帮助他，尽到做朋友的义务了。

后来我和朱红军又找丁小海谈过一次，问他需不需要帮助，家里缺不缺吃的，是否需要钱用。丁小海说："已经没有事了，你们就放心吧。"然后他又开始笑，表情仍然充满歉疚。

到了这会儿，他才想起来告诉我们他妈生病以及住院的一些情况。但丁小海的确不善言辞，说了半天，我们也没有听出个名堂来。只知道他妈生了病，住了十几天县医院，然后就死了。至于到底得的什么病，丁小海也没有说清楚。似乎是生小孩，怎么也生不出来。幸亏没有生出来，否则的话，丁小海家又要新添人口，生活不是更加困难了吗？丁小海他妈住院的那十几天里，丁小海一放学就往家跑，在家里弄了饭再往县医院跑，给他妈送饭。每天晚上九点钟，他从医院里回到村子上。就这么跑了十几天，我和朱红军竟然毫无察觉，被蒙在了鼓里。

"就这些？"我问。

"就这些。"丁小海说。

看来他真的不会说话，而不是故意地省略什么。只见丁小海抓耳挠腮，想了半天，突然他高兴地说："对了，我看见过水鬼！"

一天晚上，丁小海从县医院里出来，回到洪赵大队去。那天月亮很好，照得路上银白一片。大寨河堤上没有一个人，除了丁小海。他的一边是大寨河，河水哗哗直响，另一边的坡地上则种着山芋。藤蔓茎叶一直爬上了河堤，黑黢黢的看着瘆人。快到村子上的时候，丁小海突然觉得心里发毛，然后，就听见了一声响，哗啦一下。还没等他反应过来，一个黑影就从前面的路面上窜过去了，扑通一声跳进了河里。溅起的水花很大，把路面都弄湿了。当时丁小海吓呆了，愣了几秒钟后便拔腿狂奔。他就这么一直跑回到了村子上。一面跑一面觉得身后有什么东西在追自己。

朱红军说："肯定是水獭，要是我在，就一枪毙了它！"

丁小海说："不像水獭，水獭哪有那么大呀。"

朱红军说："那就是大水獭，打起来更过瘾！"

我却在想：这件事和丁小海他妈生病、去世有什么关系呢？

丁小海干吗要说这个呢？

丁小海的黑纱还没有摘下来，毛主席就逝世了，共水县中里的全体师生都戴起了黑纱。岂止是县中，整个共水县城里没有人不戴黑纱，那黑纱上还别了一朵布做的白花。白花大小一样，造型相仿，乃是各单位统一发放的。黑纱亦然，规格一致，用料相同，就像是从同一匹黑布上裁剪下来的。那匹布得要多长啊？只有丁小海没有要学校里发的黑纱，他已经有了。丁小海只要了白花。

魏东不怀好意地问丁小海："你是为哪个戴的黑纱？为你妈，还是为毛主席？"

丁小海笑着说："都为，都为。"

于是魏东向班主任黄老头报告，说丁小海戴黑纱是"都为"。他揭发说，丁小海他妈是最近死的，丁小海的黑纱已经戴了一个星期了，一直没有摘下来。丁小海戴的黑纱和为毛主席戴的黑纱也不一样，是自己家里做的。

丁小海他妈刚死以及丁小海戴黑纱，黄老头当然知道，他又不是瞎子。但既然有学生提出了这样的问题，肯定需要认真对待。况且提问题的学生是魏东。后来黄老头提出了一个解决方案：让丁小海摘下自己家做的黑纱，换上学校统一发的。丁小海没有意见，但魏东不同意。他说丁小海戴黑纱是"都为"，既然他为他妈戴黑纱同时也为毛主席，那么为毛主席戴黑纱肯定也是为了他妈。自然，魏东的表述没有我这么周全，但意思是一样的，大家也都听明白了。

当时我们正整衣列队，准备前往共水县体育场，参加县城里的机关单位集体举行的毛主席追悼大会。由于魏东提出了异议，大家都僵在了那里。黄老头急出了一头汗，连忙跑去向学校的革委会主任请示。最后学校决定，不让丁小海参加追悼大会，但也不让他回家。而是指示丁小海待在教室里，一个人追悼。至于他是追悼毛主席还是追悼他妈，那就没人管了。

大队人马出发以前，黄老头对丁小海说："你可一定要追悼呵，学校的大喇叭为你一个人开着，不追悼对不起学校的关心！"

他还说："你那么爱笑，不去体育场也罢，免得弄出事情来。"大概算是安慰。

这以后，我们就出发了。出了学校的大门，经过痰迹斑斑的河堤，走上了共水县大街，最后抵达了共水县体育场。所谓的追悼大会实际上就是集体收听广播。同一时刻，正式的追悼大会正在北京的天安门广场举行，其实况通过广播电讯传遍了祖国的山山水水、每一个角落。像我们这样的追悼大会在广大的城乡应该不计其数，和中央的追悼大会同时同步。

当王洪文副主席通过广播对大家说："默哀三分钟！"现场便一片静谧，鸦雀无声，所有的人都盯着自己的鞋尖，再也不敢东瞅西看。当他说"给主席三鞠躬！"时，只听哗哗声响，大家随着号令都弯下腰去，然后抬起来，再弯，直到弯了一二三次。试想全中国八亿人民都同时如此，同时沉默，同时动作，那是何等的壮观呀！可惜的是，当时我不在天安门城楼上，缺乏一个开阔的视野，无法鸟瞰祖国的大好河山，关于壮观的想法也是后来才有的。当时我只是小县城里的一名中学生，挤在人群里腿都站麻了。

后来，响起了一片哭泣之声，自前而后，传播开去，一直传到了共水县中所在的方阵里。很多人都开始哭了，还有的人哭昏了过去，被旁边的人抬着架着，弄出了现场。至此，场面就有些混乱了。大家都抬起头来，伸着脖子，看那些哭昏过去被抬出去的人，看抬人了。这时候我不禁想起了丁小海。他是在哭呢，还是在笑呢？是在追悼毛主席呢，还是在追悼他妈？他肯定也在开追悼会，只有一个人的追悼会。当年，悼念毛主席他老人家的追悼会在祖国大地上举行了何止千千万万？但最奇怪的肯定是丁小海参加的那个追悼会了。我敢肯定。

毛主席追悼大会以后，丁小海就不再来县中上学了。有人说他是在追悼毛主席期间仍然在追悼他妈，或者说追悼他妈的同时在追悼毛主席，犯了政治错误，因而受到学校的处分，被开除了学籍。这当然是无稽之谈。丁小海不来上学的根本原因还是家庭负担。况且，即使是这多上的十几天学，他也是浑水摸鱼，偷着上的，总有一天会暴露出来。就算没有毛主席追悼会这回事，丁小海也是上不长的。似乎他上了十几天的高中，就是为了参加追悼会。追悼会一结束，他的使命也就完成了。

丁小海他妈死后，这个家还没有一个说法。两个妹妹还小（其实丁小海也不大），丁福海又是一个废人，这个家不靠丁小海又靠谁呢？不知道为什么，越是这样的情况丁小海越想上学，比任何时候都更想上。他越是想上学，就越是不能上，瞧这事儿给弄的！

且说丁小海回到了生产队里，继承了他妈的事业，白天上工劳动，晚上回家料理自留地，还要给一家人做饭、洗衣服。干虽然是试着干了，但的确毫无希望。除了感受到他妈当年的辛苦、操劳以及必死无疑，就再也没有任何益处。连丁小海他妈都维持不了的这个家，丁小海又有何德何能，能够维持下去？他又是什么身份？不过是这家人的儿子而已，而不是爹。所以后来丁小海也不干了，既不下地劳动，也不做饭。饿了一家人就啃山芋干。丁小海每天昏头昏脑的，起床以后就搬个小板凳，去门口的草堆旁边晒太阳。

一开始丁福海觉得受到了侵扰，见丁小海来就往边上挪一挪，尽量离对方远一点。后来也就顾不上了。父子俩就这么靠在草堆上面晒太阳，相顾无言。晒的时间久了，天数多了，这才彼此说话。就像他们原来不认识似的，后来因为晒太阳才成了朋友，也就是晒友。

话自然也是越说越多，反正也没有旁的事。丁小海从来没有和丁福海说过那么多的话，没有像现在这样和他爸亲近过。他从丁福海那夹带着浓痰的嗓音中，得知了丁家往昔的辉煌，了解到丁福海可圈可点的一生，并由此获得了些许动力，觉得作为丁家的后人就这么地饿死在陌生的异乡未免窝囊。说洪赵村是陌生的异乡的确有点过分了，这毕竟是丁小海他妈的故乡呵。但即使是他妈的故乡，丁小海还是觉得饿死可惜。

说者无心，听者有意，在丁福海不清不楚的唠叨中，丁小海获得了一条宝贵的信息。丁福海以前在南京的一个同事，现在仍然在干建筑队，并且那建筑队就在共水县县城里。听说这件事后，丁小海就不再陪丁福海说话了。他抓了两把山芋干，立马就动身去了共水县城。山芋干还挺管用，丁小海边走边嚼，顿时觉得脚下生风。找到那人也很顺利，对方非常爽快，当时就答应下来，让丁小海去他的工地上当小工，拎泥灰桶。拎一天是两毛钱。

这是一个什么概念呵，洪赵村上的劳日单价是一角七，一个强劳力挣满十分工，才拿这么多。并且还不能马上兑现，得记在账上用来抵消分到各家的口粮。丁小海他妈在世的时候，也不过每天挣七分工，一角七的十分之七，也就一角二分钱还不到。而现在丁小海要挣两角钱，几乎是他妈的双倍了。而且这钱是现钱，每月发一次，就像发工资，其实也就是发工资。发工资又是个什么概念？只有工人才会这样。一不在意，丁小海竟然成了一名领工资的工人，和种地的农民当真不可同日而语了。

当时丁小海兴奋异常，他想起县城里的人打交道有敬烟的习惯。他几乎是下意识地从口袋里掏出了一条山芋干，递给建筑队的领导。山芋干白白长长的，不注意看还真的以为是一支烟。领导接过，看了一眼说："这是什么玩意儿？山芋干谁吃啊！"又把它还给了丁小海。

后者在心里发誓，领到第一次工资，一定要买一条烟送给眼前的大恩人。

这以后，丁小海便每天跑到县城的工地上去，给人家拎泥灰桶。家里所有的事都交给了两个妹妹。妹妹们做饭、洗衣服、刷马桶、料理自留地。他到家以后，什么事都不做。倒也不是摆什么工人的架子，而是的确累得够呛，动不了了。有时候丁小海也不回家，就在工地上油毛毡搭成的工棚里和别人凑合一宿。再后来工棚里也有了他的稻草铺，丁小海回家的次数就越来越少了。

洪赵村上的人开始传说，丁小海在县里的单位上上班，挣大钱，羡慕之情溢于言表。挣不挣大钱、挣多少钱丁小海心里有数，但让人家羡慕还是很受用的。也真得感谢村上人的吉言,因为没过多久,丁小海就去了共水县酒厂当了一名正式的工人,甚至,连户口都转过去了。丁小海终于脱离了农村,成了名副其实的县城人。

当时落实下放人员的政策,丁小海可以顶他妈的职,就地安排工作。于是他就被分配到共水县酒厂,当了一名电工。这活儿自然是比拎泥灰桶强多了,既轻巧,又含有技术成分,是一门技术活。并且这技术不是养猪养蚕养鸡养鸭的技术,那些个技术丁小海不擅长,如今也看不上。电工可是和机器打交道,和电路打交道,乃是正儿八经的技术。丁小海穿着一身工作服,浅灰颜色,还翻着小翻领,肩膀上背了一个工具包,而不是扛着锄头把。他在酒厂的宿舍睡觉,在酒厂的食堂里吃饭,在酒厂的洗澡堂洗澡。一天一把澡,把皮肤都洗白了。头发上也没有了灰土、草屑什么的,中间有一道白缝,头发向两边分开。有一段时间,我和朱红军经常去酒厂丁小海的宿舍里玩。我突然发现,丁小海长得很漂亮啊,甚至可以说是美男子。以前做同学的时候,我也没有觉得他长得难看,但也没有觉得他有多漂亮。

但这些都算不了什么。说起进酒厂当电工的感受,丁小海对我们说:"现在能吃饱了,吃饭的问题总算解决了。"

如今他是城市户口,不用在生产队里吃粮了。每月的定量供应是三十二斤,用粮票去粮站里买。买的都是细粮,大米和面粉。那大米比洪赵村上的人自己种的稻子机出来的米强多了。面粉就更不用说。以前丁小海见过的面粉有点黄,现在的面粉叫富强粉,简直白得耀眼,就像光一样。以前丁小海吃的面粉有点像富强粉炒出来的炒面。就像这些大米、面粉不是农村人种出来的，为什么经过粮站，用粮票一买就完全不同了呢？

当然丁小海不会用粮票直接去粮站买粮食。他在酒厂的食堂吃饭，粮票根本就不发下来，而是由司务长统一掌管的。吃多少都记在账上，一个月结算一次。也幸亏是这样，否则的话，三十二斤的定量丁小海根本不够吃。他每个月得吃上六十斤的粮，后来少了一些，但也得五十斤左右。丁小海知道自己是饿吼了，吃了还要吃，怎么吃都嫌不够。每月结账时自然亏空很多，他的办法就是一个月一个月地往下挪，一月吃二月的，二月吃三月、四月的，三月就吃五月、六月的……丁小海的本事可真大，年底算账的时候，他已经开始吃后年的粮了。

这就是不发粮票的好处。要是发粮票，然后再用粮票去买食堂的饭票，再用饭票去买饭，丁小海肯定就完蛋了。要想吃得饱，就得借粮票，或者借饭票，谁会借给你？就是能借到也还要还，最多拖上一个月，哪能拖上一年半载，拖到后年去？这是根本没有可能的。而吃饭记账，丁小海不仅可以吃后年的定量，甚至大后年、大大后年的定量也都可以吃。反正一年一年地往后拖，谁知道你能活多少年呢？真可谓生命有限，但吃粮可以无限，定量吃饭就变成无定量吃饭了。总之，在酒厂的食堂吃饭，丁小海终于可以放开自己的肚皮了。

放开肚皮吃，这可是丁小海从小的理想呵，况且吃的是大米饭，是富强粉蒸出来的暄和雪白热得烫手的大馒头。至于大花卷、大肉包子那就更别提了。

开始的时候，丁小海以为所有单位的食堂都是这样的，后来才知道，只有酒厂的食堂这样，吃饭记在账上。他真是来对了地方。很多年以后，谈起在共水县酒厂的生活，丁小海最感激的人就是司务长了。如果没有他的这个土办法，丁小海就不可能放开肚皮吃饭。当然吃饭记账并不是为丁小海发明的，实际上已经实施多年。为什么要这样？是司务长想捞好处，赚一些粮票。酒厂里的工人并不是每个人都像丁小海，每月吃饭要超标的，绝大多数的人吃不到三十二斤。有的人吃得多，有的人吃得少，平均下来司务长必赚无疑。这个情况类似于现在的人吃自助餐。丁小海于上世纪七十年代就吃上了自助餐，并吃出了甜头，当真有点儿先行者的意思。

酒厂生活的另一个好处，就是可以买便宜的酒糟。酒糟挑回家去，可以喂猪，猪爱吃，也容易长膘。在酒厂上班的人没有人不买酒糟的，或者因为家住农村，或者是农村里有亲戚相托。甚至都不用你亲自去挑，酒厂有专门的拖拉机运送，一直送到你家门口。然而丁小海在酒厂这么多年，却没有买过一次酒糟。他们家养僵猪的经历已经让他心灰意冷。况且，人刚刚吃饱，哪里能想到猪啊。再弄一张嘴，天天等着吃，丁小海想想都害怕。他自愿放弃了这项福利，就是舅舅求他帮忙，丁小海也爱理不理的。

不养猪，就少了一张嘴，可家里还有三张嘴呵，那可不是酒糟就能打发的。丁小海每个月二十六元的工资，得节省着花。食堂里吃饭记账，但吃菜就要买菜票了，而买菜票得用现金，也就是说得动用那二十六元的工资。自然不可能将工资全都买成菜票，丁小海还指望用它们去买生产队的粮食呢。这些粮食是丁福海和两个妹妹的口粮，他们得靠它活命。幸亏工资不是由司务长统一掌管的，吃菜像吃饭那样记在账上。如果那样的话，丁小海也会把工资全都吃光的，还会嫌不够。他会像吃粮那样，一个月一个月地向后挪。对他而言，肯定是赚了，但对丁福海和两个妹妹来说，那就彻底完蛋，只有喝西北风了。

因此，丁小海之所以成了一个远近闻名的孝子，在他妈死后支撑起这个家，保证家里人有饭吃，没有饿死，也还是多亏了司务长。如果后者在吃菜的问题上也采取记账的方式，就将陷丁小海于不仁不义了。如果吃菜也记账，而让丁小海自己控制少吃菜，几乎是不可能的，他没有那样的毅力。钱这玩意儿就是这样，从自己的手上流过去，那才叫钱。到了自己的手上，再花掉，就需要三思而后行了。

每次丁小海领了工资以后，都会苦苦思索，这钱用来干什么。是去食堂买菜票，还是抵生产队分给他们家的口粮，或是用于丁福海看病？要不给两个妹妹各人买一件衣服？买菜票的时候丁小海不免抠门，基本上用的是工资的零头，也就是不会超过六块钱。并且那还是刚拿工资时候的事，他想款待一下自己，放纵一番。后来，丁小海就几乎不怎么买菜票了，每个月也就两三块钱的菜金，买点咸菜吃也就拉倒了。吃大米饭、富强粉，还吃菜，未免太浪费了。

丁小海光吃饭，不吃菜，并且发明了各种不同的吃法，比如大米饭里拌一筷子猪油，吃起来简直胜过吃菜。或者将大白馒头掰开，里面夹一点味精，味道也很鲜美。而猪油和味精都是食堂里的师傅给的，因为处得好，所以不要钱。有时候的米饭是菜饭，里面已经有菜了，但不收菜票，丁小海就觉得占了大便宜。有时候吃大肉包子,也不需要单独买菜了,甚至不需要买咸菜。但买大肉包子要收一点菜票,丁小海还是感到心疼。所以说,最心安理得的,还是只吃大米饭、大馒头。大家都觉得丁小海吃得多,大概和他不吃菜有关吧。丁小海吃饭也就是吃菜,一碗饭当饭,一碗饭当菜,一个馒头是饭,另一个馒头就是菜。因此吃双份也是正常的。

丁小海在共水县酒厂里干了三年多,离开的时候欠了食堂七百多斤粮票。去转粮油关系的时候他非常忐忑不安。只见司务长大手一挥,说:"算啦,算啦,不要你还了!"

所以说,丁小海感激至今是有道理的。否则的话,说不定今天他还待在共水县酒厂里呢,因为堵不上这个大窟窿。丁小海上哪去弄这七百斤粮票呢?尤其是今天,粮票制度早已经废除了。也许丁小海还会因此坐牢。挪用公款要坐牢,挪用公家的粮票难道就不要坐牢吗?

错过入党

当年我们家有一张古琴,是我爷爷传下来的,到了我父亲这一辈,他还会弹两下子。我不仅不会弹,甚至都不知道那是古琴。我把它叫作"四旧",父亲纠正我说:"那是乐器。"

也难怪,我开始懂事的时候,"无产阶级文化大革命"就开始了,父亲再也没有摸过那张古琴。他把它用一条床单包裹起来,包了很多层,然后再用一根绳子扎牢,放到阁楼上去了。那阁楼是存放杂物用的,我很少上去。偶尔上去过一两次,看见那张琴,直挺挺地放在一只板条箱上,就像是一具木乃伊。

在我更小的时候,肯定是听过父亲弹古琴的,但那时候我没有记忆。后来年纪稍长,能够记住一点什么了,比如我父亲弹奏古琴的隐约之声,但被时代的最强音一冲,立马就消失得无影无踪。所以说,我还是没有听过父亲弹琴。我记住的时代最强音,乃是大合唱的《东方红》《国际歌》以及《大海航行靠舵手》。

容我再想想……

也许古琴声我还是听过的,并且就是我父亲的那张琴发出的。

一九六九年,我们全家下放苏北农村,父亲把古琴从阁楼上拿了下来,在床单之上又裹了一床棉花胎,然后再用绳子捆扎。后来,包扎好的古琴和其他家具一起被装上了卡车,父亲一再叮嘱抬东西的人:"当心,当心……"

可到了生产队上,打开包裹一看,古琴已经断成了两截。如此地小心在意,它竟然还是断了,只能说乃是朽木一块。古琴断裂时发出的那声喀吧我没有听见。可是后来,父亲一怒之下,让我把断了的古琴劈开当柴烧。我去贫下中农家里借了斧头,将古琴放在一个树墩上,兜头劈下,那声音却听得清清楚楚。声音不大,几乎沉闷,倒是斧头穿过古琴斩在树墩上的声音不同凡响。但那并不能算是古琴的声音。

直到很多年以后,我父亲也已经去世了,有一个机会我买了一盘古琴演奏的盒带,这才真正听见了古琴之声。儿时听见的"隐约之声",我决定换一个词,就叫它"稀疏之声"吧。大音希声,就是这么回事儿。这阶段我也读了几本像样的书,开始明白,父亲为什么如此重视那张古琴,也明白了一段朽木的妙用。古琴这玩意儿是越古越好,倒不是由于文物价值,而是音色需要。比如我父亲的那张琴,经过一番查阅资料和比对,我才知道是一张明琴,并且有一个名字,叫"忘忧"。就是不谈音色,谈古董,放在今天至少也得值个七八十万吧。

我竟然还回忆起了父亲半夜抚琴的身影:一只发黄的灯泡下弓着身子,屋子里面香烟缭绕。不是抽的香烟,而是点的香烟,香味儿不免温馨恬淡。那时候我大约四五岁,睡在父亲身后的小床上,看着这一幕,无邪的眼睛里放射出了快乐之光。当然啦,这八成是我的想象或者幻觉,因为我竟然在画面里看见了自己。

但父亲的琴谱我的确是见过的,当时并不知道那是琴谱,一些古怪的汉字印在一本发黄的线装书里。现在我知道了,那不是古书，而是古琴谱，里面的汉字也不是什么字，而是古琴记谱的符号。这些古琴谱又到哪里去了呢？

那天母亲将我劈成柴火的古琴塞进灶洞里，灶上的铁锅里正在煮马虎粥。父亲走过来说："再加一把火。"

他递给母亲几本发黄的书，母亲扯下几页就塞进了灶洞里。现在想起来，必是琴谱无疑。

年轻的时候，我父亲来南京读大学，除了随身的行李，就只带了一张古琴。他倒不是特别爱弹古琴，带琴上学是为了挣学分的。当时大学里文艺专长可以挣学分，父亲来学校以前就已经听说了。他读的是政治系，由此可以看出父亲的志向，琴棋书画只不过是爱好，救国民于水火之中才是他的目的。父亲生逢乱世，怀抱修身、齐家、治国、平天下的理想，国家也急需这样的人才。他表现积极，要求进步，而那时候的进步力量非共产党莫属。父亲于是向党组织靠拢，已到了非常近的程度，就只剩下了一层窗户纸，一捅就破。

一天，一个同学约父亲谈话。那人便是共产党，父亲早就知道了，党也知道他知道，但双方都不说破。为什么找他谈话？父亲也已经猜到一二，于是便欣然前往。地点是九华山，当时那儿还比较荒凉。时间是晚饭以后，父亲与党的代表于黑暗中走出学校的大门。感觉就像是自由恋爱一样。这么说，一点也不过分，父亲正是怀着初恋的心情紧跟着那人的。那人是个大男人，但这并无妨碍，父亲是在和党恋爱，而不是和具体的某个人。

他俩走到半途，遇见了一个同学。那同学既不是党的人，也不怎么要求进步,当然也不是反动派。这样的同学,那年头未免无聊,因此吃过晚饭出来闲逛也是正常的。恰巧遇见了父亲他们,他十分兴奋,一点也没看出这两个是要干吗的。

该同学说:"嗨,亲爱的同学,你们这是去哪儿逛啊?"

地下党同学说:"嗨,我们是去九华山,那儿的地势高,今晚的月亮好,我们去看月亮。"

当时街上只有路灯,并且灯光昏暗,哪里来的什么月亮。地下党同学一时情急,忙中出错,竟然说出了月亮。好在半路遇见的同学过于兴奋,并没有在意,他说:"那好啊,那好啊,我也要去,去看看月亮。"

事已至此,自然不好拒绝。于是三人一路,奔九华山而去了。

谈话是谈不成了,但不能暴露身份。父亲并没有什么身份,所以也谈不上暴露不暴露。可那地下党同学不能被暴露。要是到了山上,没有月亮那怎么办呢?没有月亮,显然父亲他们就不是来看月亮的。不是来看月亮,又为什么要说来看月亮?如此追踪下去,就有了暴露的可能。最好到时候能有一片云,或者很多的云,把天空遮得严严实实的。那样他们就可以说:天不好,云太多,把月亮给挡住了。一路父亲都在琢磨这件事,简直是苦恼万分。

终于到了九华山顶,只见一片晴朗的夜空,繁星点点,比平时更加地星光灿烂。就是缺一个月亮,哪怕是一个月牙儿呢。也难怪,那天不是该有月亮的日子。不知道地下党同学是怎么想的,反正父亲一直都在琢磨,该如何搪塞过去。

好在非地下党同学完全忘记了月亮这回事,父亲的一番忧虑不过是杞人忧天。非地下党同学抬头看见满天的星光,大呼道:

"壮观！壮观！看星斗就是得来山顶上，你们真是玩得高级！"

好像他们来到这儿，就是为了看星星，而不是为了看月亮。父亲和地下党同学也不由得抬起头来，寻找明亮的北斗星。在他们的心目中，那可是党的象征呵。在这片敌占区的土地上，这伪国都的茫茫黑夜里，还有什么比它更亲切的呢？

三个人在山顶上看了一把星星，就回学校去了。不久以后，由于叛徒的出卖，那地下党同学转移去了苏北。临行前，他匆匆见了父亲一面，告诉父亲，那次约他去九华山谈话，是想发展他入党的。父亲虽然已经猜到，但通过党员的嘴巴说出来，还是感到无比荣幸，同时也非常遗憾。当时入党，也没有什么仪式，谈一次话也就行了，就入了。要是那天没有那个岔出来的同学，父亲已经是中国共产党光荣的一员了。

这会儿父亲对地下党同学说："能不能现在就谈一下，让我马上就入党？"

地下党同学说："我已经暴露了，没有时间了。"

父亲又说："那能不能不谈就让我入党啊？"

地下党同学说："毕竟是入党，不能那么草率，谈还是要谈一下的。"

说话间，已经过去了半小时。父亲心里想：有这工夫早就谈完了，我已经是一名中国共产党党员了。

他们又继续说了半小时，但谈的不是入党的事。最后，地下党同学告辞出来，从学生宿舍里一头扎进了没有星星的夜色之中。

第二年，南京就解放了。

解放以前，南京是白区，党组织并不特别发达，发达的是工会。因此父亲大学毕业时，按照党的指示，进入了工会系统。他们那一届，去南京市工会机关的有三十几个同学。后来，有的参军随部队南下，有的调到了别的单位，留下来的人不超过三四个，父亲是其中之一。当时土改运动正在全国轰轰烈烈地展开。我爷爷是浙江人，已经死了很多年。奶奶出身于书香门第，本人也上过几天教会办的学校，因而是非常开明的。土改尚未开始，她就抢先一步，把家里的房契地契通通交到县里去了。老家当时的县长对此举评价很高，感叹说："到底是开明地主啊！"

奶奶知道以后很高兴，以为这是夸奖。当然也的确是夸奖。"开明地主，开明地主，我们是开明地主……"她念叨了很久。

接着，土改运动真的就开始了。来了很多人，又是丈量奶奶家的土地，又是估算他们家的浮财，奶奶全不在意。结果成分评下来，他们家不过是个富裕中农。奶奶听而不闻，是真的不知道，还是故意装糊涂呢？反正父亲往老家拍电报，问家里评了什么成分，奶奶的回电是四个字："开明地主"。

是否"开明"并无关紧要，父亲看见"地主"二字，心里不免一沉。从此以后，他填写履历表的时候，在家庭出身一栏里就都是填的"地主"了。那年头，出身于地主阶级家庭，想入党简直比登天还难。如果是富裕中农，自然会好上许多。因此父亲的组织问题始终没有得到解决。所谓的组织问题就是入党问题。但总有一天它会得到解决的，否则的话，也就不存在解决不解决的问题了。

父亲又一次和党擦肩而过。

两次擦肩而过的经历，不仅没有使他气馁，反倒是更有信心了。这个党也不是就那么难入的，父亲的一条腿已经迈过去了，另一条就差那么一点。之所以没有完全迈过去，又退了回来，不过是因为阴差阳错。小小的偶然性使父亲始终滞留在党外，而他是相信必然的，必然通过偶然而开辟道路。那时候，父亲已经通读了所有的马列著作，其中甚至包括令人望而生畏的《资本论》，作为马列哲学的辩证唯物主义和历史唯物主义在他就更是小菜一碟了。

所以像父亲这样，在党的门外，而窥见庙堂之奥的人实在不多。像他这样几经挫折，愈加信心倍增的人更是罕见。后来，父亲回了一趟浙江老家，当他得知奶奶的实际成分是富裕中农的时候，不禁呵呵地苦笑了几声。父亲的意思大概是：看看吧，这是老天爷在考验我，小小的伎俩又怎么可能阻挡我要求进步的脚步呢？当然啦，父亲是不相信老天爷的，也不相信命运，但这事儿的确蹊跷。总不会是组织在故意考验自己吧？那么，又到底是谁在暗中使绊子呢？

回到工会机关后，父亲再次递交了入党申请书。他十分骄傲地在家庭出身一栏里填下了"富裕中农"四个字。可组织上认为他写错了，问他是不是想入党想疯了——也的确是想疯了。任凭父亲如何解释都无济于事，甚至，奶奶寄来了老家政府出具的证明也不行。组织上说，得把父亲这辈子填写的所有履历表都更正过来才可以。所有的履历表也不难找，都装在同一个档案袋里。然而，随便涂改是不可能的，每一份材料都必须经过重新核实，工程实在是浩大无比。并且这事儿也不是父亲能够插手的，得由组织亲自出面。但组织并不是为了你入党才存在的，恰恰相反，你的存在是为了入党。

从此以后，父亲在家庭出身一栏里又开始填"地主"了。他不服这口气啊，如果自己真的出身于地主家庭，难道说就不能入党了吗？难道说，所有出身于地主家庭的人都不能入党吗？显然不是这样。只不过地主家庭出身的人入党要么赶上了好年头，比如战争年月，要么就得付出双倍的努力和艰辛。付出双倍的艰辛父亲不怕，他甚至想，如果能以地主的成分加入党，那才是一名真正合格的党员。

当然，我父亲并不是一个爱较劲的人，这么想，只不过是自我激励罢了。他也不是一个死脑筋，入党才是最终的目标，而以什么方式入并无关紧要。因此他后来填写"地主"二字的时候，前面加了一个形容词"开明"。出身于"开明地主"家庭，一直到父亲去世，他所有的履历表上都是这么填的。对此组织上也没有意见，虽然觉得不免画蛇添足。

由于父亲的努力，他又一次和党走得很近，被提拔为工会机关的秘书，有权列席党的会议。父亲开始和党委的头头们熟悉起来。反右运动前夕，根据党委会议的精神，父亲敷衍出一篇文章，在地方报纸上发表了。那篇文章指出，在新社会工会仍然需要保持自己的独立性，不可以做党派的附庸。随后反右开始，父亲因此受到牵连。好在文章的主旨思想并不是父亲发明的，他只不过是加以演绎、润色而已。甚至文章都没有署名张梅生。

父亲虽没有被打成"右派"，但在他的档案里又多出了一条：中右分子。中右分子加上开明地主，是两道难关。父亲不禁觉得和党的距离突然之间又拉大了。他的入党申请，自然再也没有人理会，甚至党委开会也不允许他参加了。为党背了黑锅，父亲无怨无悔，只不过如此一来，他的人生目标就变得更加遥不可及。唯有更加地努力，才可能同时跨越两道障碍，踢开两只拦路猛虎。几乎没有可能，但也不是完全没有可能。父亲离开了秘书的岗位，被调到工人文化宫当主任。官虽然又升了，但离党更远，父亲毫无欣喜可言。

六十年代初，又来了机会，当时南京市工会准备举办一个工业成果展览会。上级领导非常重视，还专门拨了一笔钱款，展览的地点就在工人文化宫。在父亲的主持下，筹备组办了一件大事，就是给文化宫换了一扇大门。文化宫原来的大门是木头的，油漆剥落，早就朽坏不堪了。新换的大门则由钢铁铸成，被漆得乌黑锃亮，上面还带有涡型镂空的花纹。自然造价不菲。这个大门当时很轰动，给展览会挣足了面子，也给文化宫和市工会挣足了面子。连中央领导前往参观的时候，都曾在展览会的入口也就是新大门的前面留影。

功劳自然首推父亲。他的反应是不声不响，再次递交了一份入党申请书。入党的事还没有下文呢，父亲又被提拔了，当了市工会的副主席。副主席心里明白，这是对他工作成绩的肯定和回报。人家已经回报过了，就不会再有回报了，因此入党的事反倒是更悬了。

正当父亲患得患失，内心唠叨不已的时候，"无产阶级文化大革命"开始了。单位里的第一张大字报就是贴我父亲的。副主席自然是当权派，并且只有这个副主席不是党员，不拿他开刀，又拿谁开刀呢？

父亲的罪状和那扇大门有关。那是什么年月呵，三年困难时期，国家最困难的时期，张梅生居然如此铺张浪费，造了这么一个大门。光是买钢铁得花多少钱啊，还在上面雕花作怪！当真是江山易改，地主资产阶级奢侈糜烂的本性难移。由现实问题牵扯到历史问题，既有父亲的档案可以挖掘，同时也铁证如山。这铁证就是工人文化宫的那扇铁门。

这扇铁门以前是父亲的光荣，现在却成了他的耻辱。每天进出单位的时候，父亲不免会非常羞愧。的确，那是什么年月呵，造这样的大门无异于作孽。看来自己的思想觉悟的确离一个党员的要求非常遥远，就是做一个普通群众父亲也觉得不够资格。当来自外界的批判和内心的忏悔合而为一时，父亲便彻底地绝望了。这倒也不是一件坏事，在那如火如荼的岁月里父亲没有激流勇进，"文化大革命"一开始，他就被打蒙了。父亲一开始就靠边站，避免了派别之争，内心的谴责也让他表现得颇为恭顺。入党之事从此再也不放在心上了，不是怕困难，而是自觉不配。以至于"文革"结束以后，组织上力邀父亲入党，他坚决不入。父亲的回答是："我离一个党员的标准还差得很远噢！"

"文革"期间父亲偏安一隅，在家里又弹上了古琴。我印象中的父亲灯下抚琴的背影应该就属于这个时期吧？那时候父亲也开始玩牌。他经常会叫上几个同事来家里打，那几个人也是靠边站的当权派。后来风声变紧，单位里有人给父亲起了一个外号，叫他"扑克主席"，说他串联"大鬼""小鬼"，搞阴谋诡计。父亲就不怎么敢把人叫到家里来了。但是他手痒，于是就教母亲和我打。可打来打去，三缺一，怎么打父亲都觉得不过瘾，于是只好去弹琴。

弹琴也只能深更半夜地弹，不能让造反派发现。可夜深人静，琴声不免传得更远，连睡梦中的我都被惊醒了，更何况那根阶级斗争的弦绷得很紧的街坊邻居呢？此弦非彼弦，不是琴弦的弦。父亲不敢造次，只好放松了他的弦，将古琴捆绑起来，束之高阁。以至于后来抄家的时候，都没有被造反派发现。也许他们像我一样，不知道那是什么玩意儿，古琴因此才逃过一劫。

至此，父亲就只剩下扑克了。他一个人玩通关，玩来玩去，却怎么也通不过。最后就只剩下一两张牌，但就是拿不掉。这情形有点像他入党，关键时刻总是功亏一篑。父亲不服气啊，但现在他能摆弄的就只有这副牌了。后来扑克牌也被禁止玩了，属于"四旧"之列，父亲就完全地无所作为了。他去五七干校里劳动了一年，算是预演。紧接着是真正的下放，一九六九年，父亲率领着我们一家三口来到了苏北共水县农村。

扑克人生

我们家和丁小海家不同，属于下放干部。父亲工资照拿，每个月八十多块钱，母亲也有工资，五十几块。一家三口，农村的物价又便宜，又没有地方花钱，生产队上还分了自留地，加上空气新鲜、食物丰富，日子过得就像飞起来了一样。对父亲而言，最大的收益就是再也没有人监督他了。他完全可以弹一弹古琴，可惜那古琴已经被我劈了当柴烧了。完全可以打一打扑克，然而供销社的小店里却没有扑克出售。别说是供销社的小店，就是共水县城里的百货公司，也买不到扑克。于是扑克主席开始收集各种马粪纸、鞋盒子，他要制造一副扑克。

父亲造的这副扑克不禁很大、很厚，叠起来有一尺来高，抓在手上就像拿了一把蒲扇，很不方便。我人小手小，拿不住扑克，每次都会受到父亲的嘲笑。但这副扑克也有它的好处。因为很不规则，所以很容易辨认，打了几次就知道哪张牌是大鬼，哪张牌是小鬼了。父亲为了哄我和他打，允许我认牌，而他坚决不认，就是认出来了也坚持做到像没有认出来一样地出牌。因此每次和父亲打牌我都赢——哪还有不赢的！父亲必输。奇怪的是，我赢了反而不想打，父亲输了反倒劲头更大。母亲当然也参与，但人还是不够。父亲就叫村子上的农民来家里陪他玩。当然免不了小恩小惠，比如送对方几件穿过的旧衣服，或者借三两块钱给他们。借出去的钱自然不会还回来。农民们也心安理得，觉得是自己赢的挣的。和他们打牌的时候，父亲仍然每把必输，因为不认牌。真不知道他打牌的乐趣究竟在什么地方。

由于来我们家打牌有好处，所以经常有农民找上门来要和父亲打牌。如此一来，我就可以不打了，母亲也可以不打了。来我们家打牌的人一时间争先恐后，踏破了门槛。母亲不免着急上火，倒不是把家里弄得又脏又乱，而是怕影响不好。"你们这不是赌博吗？"她对父亲说，"虽然你没有赢他们什么，但每次他们都赢，赢了就借钱，传出去就说不清了！"

那年头，打牌就已属犯禁，赌博就更是无法想象。母亲的担忧是有道理的。因此后来父亲也开始认牌了，不轻易地输了。在完全公平对等的条件下，大家都认牌或者大家都不认牌，自然没有人是父亲的对手。别忘了他号称"扑克主席"，打牌有年头了，这名号可不是凭空得来的。"一切都在我的掌握之中，你们就放心吧。"父亲安慰母亲说。

这样一来也有问题。如果总是父亲赢，那就没有人来和他打牌了。村子上的人倒不是怕输，而是怕输了以后一无所获。明白了这点后，即使是对方打牌打输了，父亲也要送人家东西以及钱。他对母亲说："总不能我赢了，他输了，赢的给输的钱也算赌博吧？天下哪有这样的赌博？"

母亲说："不管输赢，中间有钱就是赌！"说的也不无道理。

再后来，父亲又经过调整，不给钱，只给东西了，旧衣服，供销社里称的白糖，家里腌的咸肉等等。或者给钱也不是当时给。

反正经常来陪他打牌的那几个农民，来家里借钱父亲从不拒绝。因此母亲还是担心。

父亲沉思了大概一周，一星期没有打牌。再开始打牌的时候他约了生产队长、小队会计和大队民兵营长，而抛弃了以前的牌友，也就是普通的农民。这以后，父亲只和干部打牌，小队干部、大队干部都打遍了。父亲的想法无非是，如果这些人不揭发他，无论他怎么打都不会有事的。

母亲又说了："你这样更加不好，这是拉干部下水。打牌一条，赌博一条，拉干部下水一条，一条比一条严重！"

父亲说："是啊是啊，我也觉得不好，只找干部打，也太势利眼啦，我张梅生怎么能做这种事呢？怎么做得出来的？天地良心，我只不过是想安安生生地打几次牌罢了！"

一九七五年，我父亲被抽调到共水县红旗机械厂担任革委会副主任。为什么让他去红旗厂呢？大概因为下放以前他是干工会的，多少和工厂沾点边。实际上父亲对机械一窍不通，但那也没有什么，反正是当官，在哪儿都一样。再说又是个副职，没有具体的责任。我们家于是就从下面的公社搬到了共水县城。

在红旗厂工作期间，父亲亦有大量的空闲时间，但他已经不怎么打牌了。一来因为扑克已经开禁，商店里都有买，一时间无人不打，父亲反倒没有打自己制造的牌那么有兴趣了。二来，毕竟职务在身，成天打牌影响不好。这一时期，父亲有了一个新的爱好，就是传播小道消息。和他一起热衷于传播小道消息的那几个人，也都是来自南京的下放干部。

所谓的小道消息，自然不是指张家长李家短，通通都是国家大事，只不过，是由"小道"传播而来的。而对所谓的"大道"，父亲和他的传友们基本上不予信任。他们也看两报一刊（《人民日报》《解放军报》和《红旗》杂志）以及全省范围内发行的《新华日报》，但那不过是想听出弦外之音，寻找一些蛛丝马迹，以便和手头掌握的小道消息进行核对。在报纸中，他们比较偏爱《参考消息》，几乎人手一份。有的人甚至订阅了两份，一份用于及时阅读，一份则用于保存。听收音机，则不听中长波，专门听短波，确切地说，只收听"美国之音"。收听"美国之音"是违禁犯法的事，传友们之间也不说破。他们会将收听到的内容伪装成道听途说，自然也不会有谁不知趣地刨根问底。

小道消息的另一个来源是中央文件。中央文件传达的时候是有级别限制的，比如说某号或者某某号文件只传达到县团级，对于县团级以下的干部无疑构成了一种诱惑。不想知道倒也罢了，如果你想知道，就得通过其他的渠道。而这渠道无论如何可靠，也都是"小道"，只可能是"小道"。还有的文件或文件精神只在党内传达，对于父亲这样的党外人士，获悉内容就只有借助党内的传友了。

至于那些甚嚣尘上的民间传说，如果追究起来来源无非是以上的这些渠道。只不过经过老百姓的发挥、演绎以及在传播中的走样变形，已经变得非常怪诞以致荒唐了。对于这样的民间传说，父亲也是很欢迎的，一来趣味性大增，二来也反映了民意。父亲热衷于收集，耳听笔录，记了厚厚的一大本。这可不是简单的记录，父亲简直是在进行文学创作，在写作。经过他转述的那些民间传说不禁效果倍增，让人笑破了肚皮，或者气愤得骂爹骂娘。

父亲和他的传友们各有所长，偏重和专攻不同。王叔叔喜欢研究报纸，抠字眼是他的强项。比如中央领导出场谁先谁后，谁出现的频率比较高，谁已经很久没有露面了，他都能知其然，并能说出所以然。

郑叔叔则每天收听短波。他的听力好，要么是原来就好，要么是坚持收听的结果，锻炼出来的。无论是多么强烈刺耳的干扰，多么飘忽不定的遥远的声音，郑叔叔都能照听不误，并且听得明明白白，整段整段地背诵出来。父亲也收听短波，但却听不周全。后来他也就不听了，有郑叔叔一个人听也就可以了。后者的转述比你直接收听还要简明和可靠，郑叔叔有某种提纲挈领的非凡能力。

李伯伯是老干部，以前的级别比较高，五七年反右运动中被降级下放，来到共水，因而才会和父亲一干人为伍。他的优势是上面有人，老战友、老部下，有不少身居高位，至今仍互有来往。李伯伯那儿经常有上面的精神和动向，有第一手确切可靠的材料。这是一个可以通天的人，只不过如今虎落平阳，因此他的说法不可小瞧，需要加以特别的重视。

我父亲则无以上诸位的才华或方便，所以只能收集民间传说，并且进行适当的加工创造，以博取大家一笑。总之，这几个人还真的谁都离不开谁，每天没事就厮混在一起，以传播小道消息为乐。

那年头，可传的东西还真是不少。邓小平几起几落，伟人相继离世，以及各项政治运动的展开和突发天灾的降临。总之政局很不稳定，谣言、传说四起。但无论局势有多么混乱，都可以归结为党内两条路线的斗争及其天人感应。父亲他们在传播小道消息的时候，绝对是有倾向性的，所有的消息都可以分为好消息和坏消息。错综复杂的党内斗争也像是一场现场转播的足球比赛，分成互相对垒的双方。父亲和他的传友们就像球迷，沉浸其中，情绪激动，并且无条件地支持其中的一方。

父亲他们支持的球队是以周恩来、邓小平为首的，后来还加上了华国锋和叶剑英，他们反对的球队自然是"四人帮"了，毛主席是主裁判。当周、邓这支球队被判罚时，父亲他们便捶胸顿足、喟叹不已。当"四人帮"被判罚时，他们则眉开眼笑，高兴得不得了。带来好消息的人一定得留下来吃饭，在谁家传播的，谁家就得管饭。一般的饭还不行，得炒菜喝酒，举杯相庆。如果带来的是坏消息，连面条都没的吃。这是规矩，带来坏消息的人也不以为意。况且，就是有的吃也吃不下啊，气都气饱了。毛主席逝世以后就没有了主裁判。那段时间里，父亲他们的心就像悬起来了一样，有点儿悲喜莫名，超越悲喜了。

一天早晨，父亲对我说："你今天不要去上学了，去给王叔叔他们送信。"

他让我送的那信便是："四人帮"被粉碎了，被华国锋为首的党中央给抓起来了。父亲看来很有把握，这不免奇怪，因为他的消息来源一向都是民间传说。直到今天，我也没有想明白，父亲是如何先于王叔叔他们知道消息的。难道说他是在做梦？

然后我就去送信了。王叔叔家在食品公司的院子里，我赶到的时候八点钟不到，王叔叔还没有起床，但江阿姨已经起来了。我把特大喜讯向江阿姨汇报一番，她二话没说就进了里屋，把王叔叔叫了起来。后者来到外间，脸上早就笑开了花，一边还在系裤子。王叔叔对我说："快，快，把你刚才对江阿姨说的事再说一遍！"

于是我就又说了一遍。等我说完，王叔叔的裤子也已经系好了，但还有一截皮带挂在衣服外面。王叔叔意犹未尽，对我说："就这些？再想想看，有没有漏掉什么？"

后来，他把两个双胞胎儿子给拎了出来，让我对他们再说一遍。两个双胞胎还没有到上学的年龄，听得痴不愣登的。大概是王叔叔自己想再听一遍，又不好意思说，才想出了这一招。

他让我领着兄弟俩，去化肥厂找郑叔叔。王叔叔说："你们去骗郑叔叔一顿饭吃，先不要说这个喜讯，等他答应了请客再说。"

化肥厂在共水县城的西北角上，紧邻共水湖，得走过整条共水县大街，上了湖堤还有很长的一段路。加上两个双胞胎人小，需要照应，我们到达的时候已经九点多了。我领着兄弟俩直接去了郑叔叔的办公室。见我们来，他感到非常惊讶，尤其是这样的组合，我和王叔叔家的两个双胞胎，不免让人觉得奇怪。我告诉郑叔叔，我们是来送信的，有特大喜讯。当时办公室里还有别人，郑叔叔马上警惕起来，对我说："有什么事情，等吃了饭再说。"

这才几点啊，于是我们只好憋着喜讯等午饭。总算熬到了下班，办公室里的同事走了，郑叔叔关上房门，两眼放光地瞪着我："快说，快说，有什么喜讯？"

这回轮到我拿乔了，我说："不是说吃了饭再说吗？"

于是郑叔叔忙不迭地找饭盒，去食堂里打饭。饭打来后，就放在办公室的桌子上开始吃。吃到一半，我这才告诉郑叔叔："四人帮"被粉碎了，被以华国锋为首的党中央抓了起来。郑叔叔差点没被噎住,他说:"加菜!加菜!"想了想又说,"这食堂里的饭哪能吃啊,走,跟我回家做饭吃!"

然后,我和小哥俩便跟着郑叔叔去了他家,后者招呼戴阿姨,乒乒乓乓地开始做饭。郑叔叔还指派他的大女儿去厂门口的小店里打了酒。他一个劲地劝我喝酒,还让两个双胞胎喝。郑叔叔说:"你们的父母是不会怪罪我的,你们就代表他们喝,多喝一点,没有关系的。"

晚饭是在李伯伯那儿吃的。李伯伯在文化馆上班,文化馆的位置在共水县大街的中间,比较的适中。我的父母、王叔叔和江阿姨从东边赶过来,郑叔叔一家以及我和两个双胞胎从西边赶过来,每家人都带了家里做的菜。李伯伯点上煤油炉,围上围裙,在火上又煎又炸。吃饭的桌子是文化馆里的乒乓球桌,否则几家人也不够坐呀。大家围绕着乒乓球桌坐下来,反倒显得稀稀拉拉的了,于是便集中在桌子的一头。无论大人、小孩一概举杯相庆。

父亲他们传小道消息,还真的传出了名堂,终成正果了!

这以后,父亲对于小道消息就没有以前那么热衷了。几年来的辛苦忙活、一惊一乍终于有了结论。一旦有了结论,反倒觉得无事可干了。一段时间以来父亲未免觉得空虚,他又开始打牌了。

我父亲在共水度过的最快乐的时光,应该是七八年下半年到七九年初。那时候,我已经去南京读大学了。父亲回南京市工会机关工作的调令也已经下达,但因为房子问题没有解决,回去后没有地方住,便滞留在了红旗机械厂里。当然啦,他已经不再担任红旗厂革委会副主任,无职一身轻。儿子前途无量,自己也将远走高飞,更重要的是国家形势,百废待兴、大有希望,父亲反倒不着急了。何时回南京，甚至回不回南京，他都觉得无所谓了。趁着这来之不易的闲暇，从里到外的轻松，还是扎扎实实地打几场牌吧。

当年的几个传友（同时也是父亲的牌友），有的已经调离共水，官复原职，有的为传播小道消息所害，至今仍然上瘾，总之是凑不成一桌了。父亲就约红旗厂的同事或工人打牌。工人比农民的觉悟高，打牌不牵扯到钱物问题。但在父亲的调令下达以前，他毕竟是他们的领导，打牌虽然在八小时以外，还是影响不好。因此父亲打得缩手缩脚，生怕别人说闲话。现在好了，父亲已不再是厂里面的领导，只是借住在厂里，约人打牌不存在以权谋私的问题。同时他又的确是前任领导，工人们给老领导一个面子，陪着打几次牌，也是人之常情。因此父亲约人打牌非常地方便，甚至更加的方便了。也有专门打牌的地方。

七六年唐山大地震以后，全国各地都闹过一阵子防震，几乎所有的单位都搭建了防震棚。这些防震棚分配给各家各户，至今犹在。闹地震那会儿，父亲没有住过一天防震棚，可现在，地震的恐慌已过，他却天天待在防震棚里面不出来了。我们家的防震棚，就是父亲的牌室，父亲不仅白天在里面打牌，后来晚上他也睡在那里了。一天三顿饭，都由母亲送进去吃。一个人的饭倒也罢了，但陪父亲打牌的人也得吃饭，吃了以后好继续鏖战。因此母亲一天到晚，忙着做饭，饭菜的质量还得保证，她不免有些怨言。父亲却说："比我们在乡下的时候好多了，打牌不需要送人家东西，但饭总得管吧？我们可不能那么小气呵！"

母亲的怨言主要还不是因为做饭，针对的是父亲打牌打得

"乌烟瘴气"。这可不是形容。打牌的时候要抽烟,防震棚低矮狭小,又没有窗户,几个人窝在里面,边打边抽,一天打下来,那防震棚就像着了火一样,烟气飕飕地从芦席缝里往外冒。里面更是吓人,一盏低垂的灯泡下,几个打牌的人影十分模糊,当真是鬼影憧憧。母亲每次送饭都得捂住口鼻,否则就得被呛死。后来父亲的牌友从车间里搬来了两部工业电扇。那电扇不能直接对着人吹——受不了,放在防震棚的两个角上,对着芦席,日夜吹拂。父亲他们倒不是怕烟,而是怕烟雾影响视觉,看不清手上抓的牌。最后又专门拉了一条电线,换上了一只两百瓦的大灯泡,看牌的问题才得以根本解决。

就这样,父亲扎扎实实地打了半年多的牌,最后身体完全累垮了,以至于南京市工会机关分配给我们家的新房子他一天都没有住。从共水搬回南京的时候,父亲直接被送进了医院的病房里。

乖乖隆里冬

　　李伯伯的名字叫李春,在父亲的几位传友中他和父亲的关系最好。他比父亲长了十几岁,是个老干部,抗日战争期间就参加了革命。李春当过新四军,打过小日本,因为爱好文艺,后来被组织上派去办战地报纸。那报纸是油印的,需要刻写大量的钢板,因而李春练就了一笔好字,真正的硬笔书法。一次恰逢建党纪念日,配合有关的内容需要在报纸上印上马克思、恩格斯、列宁和斯大林同志的头像,李春找来几块木板,凭着记忆在上面雕刻(手头没有可供参考的照片、画册),刻好后就像盖图章那样地往印好的报纸上面盖。两千多份报纸上的马、恩、列、斯的头像都是这么盖上去的。此事李春一向引以为荣,倒不是因为克服了困难,印出了带领袖头像的报纸,而是,他的艺术创作是非常成功的。那期报纸受到了官兵们的一致好评,即使是文盲也捏在手上端详了很久。那年头,部队上的文盲毕竟比识字的多。

　　共水县文化馆时期的李春是一个怪老头,六十岁不到,头已经秃得差不多了,只是在头顶的两边有几根白毛刺着。他有点儿胖,身材高大,声若洪钟,嗓音却比较尖细。这并不矛盾,有若洪钟的是他的笑声。李春笑起来极富感染力,一面还吆喝着"乖乖隆里冬"。最奇怪的是,你不知道他是干什么的,在文化馆里从事什么工作。

共水县文化馆里有馆长、馆员，有临时组建的美术创作组的成员，李春既不是馆长，也不属于美术创作组。如果说他是馆员，那也不是一般的馆员。他每天扫地、打开水，但也绝对不是勤杂工。文化馆的一楼是阅览室，二楼是办公室和会议室。李春既不负责管理书刊，文化馆开会他也很少参加，然而他依然忙得不亦乐乎。

李春只身一人住在文化馆里，老婆孩子都还在南京，没有和他一块儿下来。准确地说，他也不属于下放干部。他下来的时间比我们家要早，并且也没有下到生产队里。李春一来就进了共水县文化馆。

平时，李春去县委大院的机关食堂里吃饭，拿着两只搪瓷碗，要走上半条街。文化馆里的人和他开玩笑，说李老像个要饭的。李春便说："不会有人把我当成花子的，最多认为我是化缘的，我可不就是个化缘的和尚吗？哈哈哈，乖乖隆里冬，韭菜炒大葱……"

有时候来了兴致，他也会自己动手做饭，自己做，自己吃。没有专门的厨房锅灶，他就在文化馆的会议室里点起煤油炉，又煎又炒。反正已经下班了，整个二层楼上就只有他一个人。第二天上班的时候，油烟已经飘散。但李春吃的是什么，是红烧肉，还是羊肉汤？鼻子尖的人还是闻得出来的。

吃完饭，李春就钻进了他的小房间。这间小房间是用纤维板在二楼隔出来的，和会议室只有一板之隔。关门开门的时候，板壁哗哗乱颤，甚至李春在屋里大笑，房子也抖个不停。小房间的面积只有七八个平方，里面有一张床，一张桌子，一把藤椅和一个脸盆架。墙上则贴着中国地图、世界地图和一幅乌漆抹黑的星图。桌子上的玻璃板下面，压了一张李春自制的六十四卦图。桌子上面则放着笔、墨、纸、砚，文房四宝。一只巨大的陶瓷笔筒，里面插满了各种笔，有毛笔、铅笔、排笔和油画笔。也就是说，李春除了画水墨国画还画油画。他的绘画作品自然更是无处不在，墙上贴的，画架上放的，晾衣服的铁丝上夹着的。其中最突出的是一幅油画，始终搁在画架上，画的是黄果树瀑布。没事的时候李春就会走上前去，抹上两笔。

这幅油画之所以突出，倒不在于所画的内容，而是它总是在那儿，并且常有变化。今天是绿的，明天就变成了蓝的或者黄的，或者又黄又红。只是那瀑布的颜色不变，一直是白的。这幅画就像是一扇窗户，窗景四季不同，早晚有别。除了这扇窗户，李春的小房间里就再也没有其他的窗户了。

油画黄果树瀑布是根据画报上的一幅摄影作品临摹的。李春的水墨山水亦然，也是临摹，摹本是五十年代出版的一套介绍古代画家的小册子。那小册子以文字为主，附录部分有几页影印作品，十分地模糊，只能看出一个轮廓大概，并且一概是黑白的。这就给李春留下了创作的空间，可以自由地渲染色彩。因此，李春的画不免以色彩取胜，蓝能蓝到发黑的程度，绿能绿到发亮。在三十多年前这的确很不容易，甚至有点儿触目惊心了。

一板之隔的美术创作组创作出来的作品，就没有那样的色彩。当然红色除外。李春曾多番尝试，仍无法获得那样的红色。美术创作组的作品以主题和情节取胜，和李春的画基本上不是一回事。

李春也搞木刻。拉开桌子的抽屉，里面放着大把的木刻刀。

但他只搞黑白木刻，而不搞套色水印之类的。他觉得套色版画比较暧昧，黑白分明才对自己的胃口。

除了色彩，李春还在技法方面下功夫。比如水墨山水中，他最爱画的是雪景，经过不断摸索，发明了一种特殊的技巧。届时李春会用一支大白云，蘸满白颜料，后退至一定距离，往往退到了床边上（小房间里空间有限）。一手持笔，空着的那只手在握笔的那只手的手腕上一拍，再一拍，有时候会连拍数次。手腕震动，大白云上的白颜料不禁飞溅而出，星星点点地落在前方桌子上铺就的那张宣纸上。宣纸上的天空部分已经用淡墨或者深色颜料渲染过了，或大或小的白点落上去一如雪花漫天飞舞，效果十分自然。

这一技巧使得李春声名大噪，一时间前来索画的人很多。王叔叔、郑叔叔以及我父亲都收藏了李春画的水墨雪景图。我们家的那幅画保存至今，已经传到了我的手上。就是隔壁美术创作组的人也经常跑过来看李春画雪景，并且啧啧称奇。

画雪景的技巧发明以前，美术组的人是不大瞧得上李春的。他们觉得自己是搞创作的，而李春不过是临摹。像文化馆沿街橱窗里的儒法斗争故事，后来的评水浒系列，都是他们的创作。李春则从来不画这些主题。有时候，李春也会被文化馆领导拉去评画，他会说："乖乖隆里冬，这几条线勾得好，这几个波浪画得有意思，就像是从共水湖里刚刚捞上来的……"

然而李春最爱画的还是速写。他有一个小本子，总是随身携带，没事就掏出来画上两笔，碰上什么画什么。文化馆里的人都被他画遍了，王叔叔、郑叔叔和我父亲就更不用说了。还有这几家的老小。李春速写的人物一般没有五官，最多不过在五官的位置上点上几个小点。他根本不关心画得像不像对方，关心的是动作造型以及线条的流畅。当然啦，画速写也只能这么画。唯一的例外是李春给我母亲画过几张肖像，是用炭条勾勒的，十分传神。我甚至都觉得比母亲本人要漂亮。

李春说："其他人就不值得画了，张早妈是个大美人，不画可惜啦，哈哈哈……"

李春画过的肖像，除了马克思、恩格斯、列宁、斯大林就是母亲了。因此不仅母亲觉得光荣，我们一家都觉得光荣。

速写当中，李春最喜欢画也是画得最多的，还不是人物，而是共水湖岸边的船只。渔民打渔的渔船，运输公司的拖船，他画了无数。一有空闲，他就带上速写本，往共水湖大堤的方向而去。沿着共水县大街，自东向西，路面逐渐升高，直到共水湖大堤上。走着走着，就会看见无数的桅杆从湖堤的后面冒上来，并且越升越高，当真是樯桅林立，遮住了半边天空。等到了堤上，便看见了下面船闸里的船只，簇拥在一起，连成了好大的一片。有人在船头做饭，小孩在船尾拉屎，还有人在甲板上忙活，给货物拴上绳缆。所有的这些都被李春记录在他的速写本里了。

湖边风大，吹拂着李春秃头边的几撮白毛，鼻涕呼啦的，也来不及擦一擦——他的手没有闲着。就这样，李春能画上老半天，并且他还在速写的旁边写字，记下船只的类型、运载货物的种类以及所画人物动作的含义（在忙活什么）。有时候，李春也会题上一首五言或者七律，要不就是顺口溜，用以抒怀言志。这些诗句和他速写的内容基本无关，只是一时的灵感闪现，用铅笔潦草地写下，收藏于速写本中。

李春写小说是粉碎"四人帮"以后的事情了。他向我父亲要去了后者收集整理的那些民间流传的政治故事，作为参考之用。可最终完成的小说，却和政治无关，写的是李春的少年时代，在家乡时的快乐时光，是以此为素材的。李春写了将近一年，小说长达六十万字，脱稿后装订成册，有厚厚的四大本。父亲他们光是看，就看了两三个月。所以说，李春是非常能写的，至于写得如何，那就不好说了。

因为和现实斗争不相干，王叔叔表示不感兴趣。

郑叔叔则说："字写得见功夫。写字这玩意儿不能看开头的几个字，也不能看最后的几个字，能一路写下来不走样，这字就真是不赖了，况且一气写了六十万。"

我父亲的评价最高，他说："读李老的书，大有读《红楼梦》的味道！"

所以说，在几个传友中，李春和父亲的关系最好。他总觉得父亲比较有文化，解放前的大学生就不说了，还会弹古琴。虽然父亲不写也不画（整理民间流传的政治故事除外），但毕竟有说法，是他这个工农出身的干部望尘莫及的。

一天李春突发奇想，竟然要为我父亲造一张古琴。他从来也没有听过古琴，甚至也没有见过，但有我父亲在，李春全然无惧。他的说法是：没吃过猪肉，难道还没有听过猪叫吗？父亲对古琴绘声绘色的描绘就相当于猪叫。我父亲不仅听过古琴，还亲自弹过，以前家里也有过古琴。认识了父亲，就是成功的开始。

再说了，李春虽然没有见过古琴，但二胡、扬琴什么的文化馆里却多的是，这些玩意儿都是相通的。无论父亲如何劝阻，都无济于事，李春开始查资料，画古琴，寻找合适的木料。到最后，他终于可以将古琴画得有模有样的了，各个部分都很准确，并且符合比例。然而事情也只能到这一步了。

一次父亲对李春说："你的好意我领了，但古琴毕竟是古琴。"

此说无效，父亲又说："咱们就不说古琴吧，说二胡，你会拉吗？"

李春不禁语塞，微微地红了脸。他说："我小时候拉过，后来参加了革命……难道说不会拉琴就不能造琴吗？美食家不一定就得是厨师，会做饭……"

父亲说："在这个问题上咱们不能总是打比方，造琴毕竟是需要严谨……李老啊，这古琴这辈子我也不会再弹了，造琴的事到了这一步算是美谈，再往下走就成笑谈了！"

其实父亲很感动，打心眼里感激这个朋友，但如果他不把话说得绝对一些，李春是不会善罢甘休的。

果然，这次谈话以后，李春就不再谈造古琴的事了，甚至也回避谈论古琴。父亲照顾他的感受，也不再在传友面前提古琴了。但关起门来，父亲还是照说不误。但他绝对禁止家里人把李春造琴的事往笑话方面引。父亲对我说："你李伯伯很聪明，动手能力强，如果他对飞机有兴趣，有一天造出了一架飞机我都不会怀疑。但造琴和造飞机还是两回事。"

李春心灵手巧，的确是没有人怀疑的。

当时有一种说法，说是胎盘大补，对体弱的人和各种慢性病患者都有很大的帮助甚至治疗作用。于是便有不少人去共水县医院里搞胎盘，搞到后就炖汤或者红烧着吃。农村妇女生孩子不去医院，由接生婆接生。胎盘从婴儿的肚脐上剪下后便拿去喂猪，或者埋入一棵树下，那树不免长得格外茁壮。而大城市的医院里，胎盘是不给私人的，收集起来用来做药。县医院在两可之间，产妇的家属可以带走胎盘，也可以留给公家，这就使搞胎盘的人有了可乘之机。当然啦，你得找关系、开后门，比如得认识医院的领导，或者是妇产科的医生。我们家就曾经搞到过一只胎盘，就像猪肚肺一样，泡在一只搪瓷洗菜盆里。一盆清水渐渐地就变成了一盆血水。然后再换水，直到那胎盘被泡得发白，没有一丁点的血丝，血水也变成了清水。这才切碎了，炖汤喝。我们家的人只喝汤，不吃肉，虽说比较浪费，但也只能这样了。即使是喝胎盘汤我也像是喝中药一样，需要屏住呼吸，一气喝下，完了还要恶心半天。

李春搞到的胎盘却不做汤，也不红烧，而是将胎盘煮熟后把汁熬干，然后在一只铁锅里慢慢地烘焙，使之变脆。再将脆得像粳果似的胎盘弄成小块，放进蒜臼里面捣碎。经过反复研磨，最后得到的是胎盘粉。胎盘粉颜色微黄，有点儿像炒面。李春将其装入一只玻璃罐头瓶子里，请人捎回南京，交给他老婆。

李春的老婆和李春年纪相仿，已经是一个老太婆了。她给李春生了十个孩子，活下来的也有七个。李春老婆的身体一向不好，大约是年轻的时候生孩子生的，落下了一身的病。看过无数的医生，但毫无起色。据说吃了胎盘粉以后情况有了好转，病情比较稳定了。于是李春便加紧制造胎盘粉，源源不断地输送过去。

李春的说法是："老太婆"生过十个小孩，因此产生的亏损得十只胎盘才能补得回来。这就叫作吃什么补什么。生小孩亏了自然不能吃小孩，但吃小孩的胎盘总是可以的。李春说，要是早晓得这个道理，当年"老太婆"生小孩的时候，那胎盘就弄给她自己吃了。有些动物就是这么干的，比如母猪就吃小猪的胎盘……

由于李春胎盘的需要量很大，从县医院里偶尔搞到一只显然满足不了需求。于是他开始下乡，直接从农民那里收购。当然，这也不是一件容易的事情，得事先打听好有产妇临产，还得掐准日子。更麻烦的是收购胎盘与农民的观念不合，有的人宁愿把胎盘埋掉，也不愿意用来换钱。所以还得托人、找关系。自然需要打交道的人不再是医院的领导、妇产科医生，而是大小队的干部或者接生婆了。

李春的另一个弄胎盘的渠道，就是要人家吃过的胎盘。比如像我们家，只喝汤不吃肉，喝汤剩下的胎盘就留给了李春。他照样将其制成胎盘粉，只是营养价值肯定不如没有炖过汤的胎盘。

有时候三四个月，李春搞不到任何胎盘。有时候一下子，会送来好几只。李春的一只脸盆、一只脚盆里都泡着胎盘。煤油炉还点着，架在上面的铁锅里正在炕胎盘肉。就像是一条生产线，也像是一个小作坊，李春来来回回地忙得不亦乐乎。文化馆的二楼上充斥着一股古怪的肉香，文化馆的人一闻便知：李老做的既不是猪肉，也不是羊肉，而是人肉。好在他不是弄给自己吃的，而是为了病人，总算能够得到大家的理解和原谅。

在制作胎盘的过程中，李春的决心和耐心体现无疑。那胎盘泡在脸盆里，真比一只猪肚还要大，将其制成罐头瓶里的粉末，得经过多少道工序呵。况且设备和工具是如此地简陋，煤油炉、铁锅、石头做的蒜臼……并且还不是一只胎盘,已经弄了四五只,还有五六只,一共是十只。所以说,李春的动手能力实在是很强,并且十分顽固,父亲从中看出了他制造飞机的可能,一点也不奇怪。

当然还有爱,李春对他老伴的爱,对自己子女的爱,对家庭生活的爱不免尽在其中。

制作胎盘的时候,李春会很自然地谈起"老太婆",谈起他的七个子女。他从来不叫他们的名字。老伴被李春称作"老太婆",七个子女按排行一路叫下来。"小七子"如何如何,"小六子"又如何如何,"小三子"又如何如何……他叫得热闹,我父亲也听着高兴,他经常对母亲说:"孩子多也有孩子多的乐趣,看看李老,说起自己的孩子就像点兵点将一样。"

我非常喜欢我的李伯伯,没事就往他那里跑,看他画画。在我看来,李春杂乱的小房间简直就是艺术的殿堂,而他本人则是一位艺术家。从很小的时候起,我就爱好画画,父亲也着力培养我这方面的兴趣,但一直苦于没有人指点。碰见李春以后就不一样了,岂止是指点?完全是言传身教。我也像李春一样,弄了一个速写本,随身携带,见到什么画什么。显然,李春也很喜欢我,看见我就呵呵大笑。他说我是小麦面做的,皮肤像我妈,而他的那些"小娃娃"是大麦面做的,皮肤也像他们的妈。说着李春会走过来捏捏我的腮帮子。

一开始我还以为那些"小娃娃"很小呢。后来才知道,他们中最小的也比我要大七八岁,已经下放农村当知青了。最大的比我父亲也小不了多少。可在李春的眼睛里,他们通通都是"小娃娃"。

认识李春，对于我学画的重要性不言而喻。艺术熏陶和启蒙意义就不必说了，他还为我打开了一扇门，使我非常具体地知道了画画是怎么一回事。李春送给我很多纸笔、工具，帮我从文化馆里借来画册图片。通过他，我还认识了美术创作组的那帮人，和专门画画的有了接触。看他们画画，听他们谈画，就像我也成了他们中的一员一样。

除了画画的缘故，我跑去找李春，还因为喜欢听他讲故事。他讲的那些故事，和父亲收集的政治故事不一样，属于真正的民间传说，已经流传了几百年甚至上千年了，是李春小时候听过的，或者是他下乡收胎盘的时候搜集的。没有胎盘收的时候他就收故事，或者以搜集民间故事（文化馆里的人叫"采风"）为借口，去乡下收胎盘。这事儿谁都知道。

当然那些故事，不见得有多么精彩，往往充斥着鬼怪迷信，什么狐狸精啦，鬼打墙啦，呆子女婿什么的，并且大同小异。但经过李春的嘴巴说出来，那就不一样了。他左一个"乖乖隆里冬"，右一个"乖乖隆里冬"，你还没有笑，他已经笑得人仰马翻了。不由你的情绪不被调动起来。李春的口音还特别重，有时候你甚至都没听明白他讲的是什么，但还是跟着乐开了。

比如他说："扑突一声，癞蛤蟆就跳到了脚面上，乖乖隆里冬，不得了喽，变成了一个大美人，哈哈哈哈……"

那故事到底说的是什么？现在我已经忘记了。不对，当时我就没有听明白。但这"扑突"一声以及李春说故事时的音容笑貌却犹在目前。那肯定是一个精彩的故事，肯定又不是一个精彩的故事，得看你怎么去体会了。

有的故事李春说得很明白，我也记得非常清楚，但多半不是民间故事，而是他打仗的亲身经历。有一次李春说起，当年他们从一个村子上突围，他和部队走散了，后面有小鬼子在追，李春一路狂奔，觉得自己"肺都要跑爆炸了"。

还有一次李春问我："你知道什么叫放通天炮吗？"

没等我回答，他又说："别说是你，就是你爸爸也不知道呵，乖乖隆里冬，那可不得了……"

放通天炮就是把一个人绑得直直的，然后挖一个树洞，将人头朝下像栽树那样地栽下去。然后填上土，踩实。人的腔腔里有空气，由于受到挤压便从肛门那儿一冲而出，噼啪一声，连内脏都炸出来了。我不由得想起了丁小海买的那只脱肛的鸡。

李春对我说："还乡团就是这么对付拥护我们的群众的，乖乖隆里冬，等我们打回去一看，一大片地里栽的都是人桩，被放过了。"

他不仅讲了放通天炮，还讲了点天灯。就是把人的皮肉割开，在肥肉里插一根灯芯，点上。能点多长时间，得看那家伙是肥是瘦。

李春告诉我他们是怎么惩治内奸的，怎么让他们"坐滑梯"。冬天，找一个坡度适当的山坡，浇上水，那水不久便冻结起来。然后将内奸带来，剥光衣服，手脚捆在一起。捆好之后，就像一个肉球，之后脊背着地地被从坡顶上面推下去。冰面上有突起的小石块，甚至冻硬的土块都能把人的脊背划得血肉模糊。如果不老实交代的话，那就再来一次……

"乖乖隆里冬，乖乖隆里冬……"这是李春对这些事唯一的感慨。

上大学以后，我只见过李春一次，是在我父亲的追悼会上。当时，他已经回到了南京，官复原职，级别不小。在父亲的追悼会上，李春哭得像泪人儿一样，当真是涕泪交加，一只手上还捏着一块大手帕，那样子让我看了十分难过。我不禁想起他和父亲患难与共的交情，想起他们在共水县城里度过的快乐时光。我本来是不准备哭的，看见李春这样，也就忍不住了。

李春说："老张啊，你怎么就先走了呢？我比你大了那么多，真是老而不死啊，啊哈哈哈……"

这不是笑，而是哭，哭得痛快淋漓，简直就像古人一样。捶胸顿足，不亦乐乎，这是李春留给我的最后印象。

再后来，听我母亲说，李春的老伴病逝了，李春本人也离休了。大约又过了半年，李春上门来看望母亲。从此以后，他每隔十天半个月就会来家里一次。当时我已经搬出去另住了，所以没有见过李春，但对此事还是很关注的。最后一次他对母亲说："你今年已经五十大几了吧？我也已经七十多了，爬个六楼也不容易……寡妇门前是非多……我的意思是……"

他的意思是和母亲做个伴，登记结婚，没想到被母亲一口回绝了。母亲自然有她的理由，但我还是感到挺遗憾的。打那以后，李春就不再上门了，从此也就没有了他的消息。

三年前，我迷上了上网，在聊天室里偶尔认识了一个叫"新鲜海带"的女孩儿，我们聊得十分投机。新鲜海带情绪饱满，言语火暴，我也不甘示弱。总之是越聊越放肆，直奔下三路而去。聊天时我用的是真名，涉及自己的生活和经历时基本上说的也是实话。新鲜海带不然，角色几经变化，关于自己的说法也前后矛盾，把我骗得一愣一愣的。这反倒激起了我的好奇心，非得弄清楚对方的身份不可。直到有一天，在我的追问下，新鲜海带敲出了一行字：我们两家是世交。下面是这次网聊的一段记录。

  新鲜海带：我们两家是世交
  张早：世交？什么交？
  张早：是不是性交的交？
  新鲜海带：我说正经的
  张早：就是世世代代都性交，我懂
  新鲜海带：把你美得不轻呢！我爷爷
  新鲜海带：和你爸爸是好朋友
  张早：不会吧？
  新鲜海带：我以前听爷爷说起过你爸爸，他是不是叫张梅生？
  张早：你爷爷叫什么名字？
  新鲜海带：李春
  张早：我的天啦！这怎么可能！
  新鲜海带：怎么不可能？你就认了吧，我是不是应该叫你叔叔啊？
  张早：应该应该，如果你爷爷真的是李春

  那天晚上，我们一直聊到凌晨三点多，基本上都是我在说。因为关于李春，新鲜海带实在是一无所知，她只知道那人是她爷爷。李春离开共水时，新鲜海带还没有出生呢，他老人家的英雄业绩后者一概闻所未闻。我不免非常感慨，对新鲜海带说："他们那辈人才真的是英雄，才真的叫牛逼！"

网聊的风格也因此大变，不再那么调侃下流了。我注意到了这一点，于是说起李春追求我母亲的事来。我说："我妈还瞧不上你爷爷呢，哈哈。"

新鲜海带说："你是不是觉得很有面子啊？"

直到最后，我才想起来问对方，李春是否还活着。回答是肯定的。只是如今李春大部分时间住在高干病房里，已经很少回家了。他前后中了三次风，说话已经口齿不清，脑子也时常犯糊涂，勉强还能认识家里的人。我问新鲜海带："李春今年多少岁？"

她回答："快九十了吧？我也不是很清楚。"

当时我有一种冲动，想第二天就去医院里探望李春，看看我的李伯伯。可第二天中午起床后，却动力全无，前一天晚上的情绪已经烟消云散了。况且，即使我去了，李伯伯也不一定能认出我来呵！

一技之长

　　任杆子是我画画的第二位老师，我是正儿八经拜过师的。任杆子也正式担任过共水县中的美术老师，教过我们美术课。

　　他是南京下放的知青，是和他姐姐一起下来的。姐弟俩同在一个生产队里，但不是一个知青户。任杆子的姐姐和另外两个女知青住一起，任杆子则借住在一户农民家里。但从一开始，村子上的人就知道他们是姐弟。倒不是因为长得像，都姓任，而是上工的第一天，他俩的肩膀上都戴了一副帆布垫肩。那玩意儿是挑担子用的，厚厚的帆布上缀满密密麻麻的针脚，穿戴在身上，犹如铠甲一般。据说，这样挑起担子来肩膀就不疼了。村子上的人挑惯了担子，但没有人用过这玩意儿，甚至都没有听说过，因此不免传为笑谈。那垫肩的唯一用处，就是让村上人知道了他们是亲姐弟。其他的知青自有其特殊的可笑之处，但肯定不是垫肩。

　　任杆子姐弟下来，是准备吃苦的，因此武装到了牙齿。除了垫肩，还带了各种各样的装备，比如雨靴、护膝、手套、杀虫剂、各种药品以及科学种田的书籍。还没有来得及一一展示，任杆子就被抽调到了县里，进了文化馆的美术创作组。任杆子怎么也没有想到，使他脱离苦海的是一支画笔。他是美术专科学校毕业的，学历相当于高中。临行前，父母什么困难都替儿女想到了，就是没有想到任杆子所学的专业在广阔天地里还有用途。任杆子和他姐姐什么都带了下来，就是没有带一支笔，甚至写字的笔都忘记带了。

任杆子画画的才能被发掘出来纯属偶然。

一天，大队书记要在大队部的墙上写一条标语，共八个字：计划生育，结扎光荣！在知青中征集写字的人才。每个字可充一个劳动日。任杆子和几个女知青在泥地上比划写字，结果轻易胜出。八个字加上逗号和感叹号，任杆子写了整整一天，比预想的要困难得多。倒不是因为他技艺生疏，而是缺乏必要的材料。颜料是草木灰和上河泥制成的，写字的笔则是一把秃笤帚。任杆子提醒书记，这样的字只要下一场雨就完蛋了。书记说："不碍事的，明天县里来人检查，县上的人一走就没得事了。"

县里来的不是别人，正是李春。他以采风为名，下乡收购胎盘来了。由于带信的人没有说清楚，或者是大队书记没有听明白，还以为县里来人是检查计划生育的呢。这也难怪，收购胎盘毕竟和生育有关。反正李春被特地带到了那条标语前面，一看之下，他十分惊讶。八个美术字写得方方正正，并且笔画的下方和右侧都用线条勾勒过，显示出立体的效果。李春没有想到，这样的地方竟然有这等人才，写得这样的一等好字！他连忙打听，于是引出了任杆子。

李春胎盘没有收到，却有意外的收获，回文化馆后他向馆长推荐了任杆子。当时馆里正在筹建美术创作组，于是就向上面汇报，经过一番必要的手续，任杆子就被抽调到共水县文化馆里来了。

那时候我经常跑去找李春，不免和创作组的人混得很熟。他们画画的地点就在文化馆的二楼，和李春的小房间只隔一层纤维板，实际上就是原来的会议室。不大的地方到处都竖着画架、木板，甚至乒乓球台上也摊满了草图和未完成稿。颜料瓶、调色板和画画的笔更是随处可见。创作组的人穿梭其间，或大声地讨论，或小声地交流。有时候现场也极为安静，大家都埋头画画。总之，艺术气氛浓厚得很，有资格进出其间的家伙个个都十分倨傲。

创作组的日常工作是画文化馆一楼的橱窗，以漫画和连环画为主。至于画什么主题，自然得紧跟形势，配合当前政治斗争的需要。文化馆的橱窗里展览过儒法斗争的故事、水浒故事新编，通常都配以文字脚本。这些画画得通俗易懂，造型生动夸张，很受共水县人民的欢迎，橱窗前面常常人满为患。其中既有县城里的群众，也有进城赶集的农民，更有像我这样的画画或者学画的人。

除了画橱窗，创作组的人还要搞创作。画橱窗虽然也是创作，但他们不认为那是创作。真正的创作是画作品，而作品是要送到地区甚至是省里去展览的。真正的创作需要辛苦构思、集体讨论、修改草图以及审查通过，总之工序繁多，尺寸也大。然而画起来过瘾。创作需要主题，同时也需要生活，二者缺一不可，并且二者结合的紧密程度将直接影响创作的成败。主题自然来自当前的斗争和形势，生活则必须和共水有关。共水县里除了农业还有渔业，比较而言后者更具有特色。因此创作组创作的作品，大多是以渔民生活为背景的。比如任杆子创作的一组水印木刻《水乡女民兵》，素材就是取自共水湖上的水上公社。为此，他还特地去湖上体验了一个多月的生活。

《水乡女民兵》后来在省里的一个展览上荣获二等奖，其中的一幅还被印成了明信片，在全国发行。当然署的不是任杆子的名，而是共水县美术创作组集体创作。那年头，除了儿童画展，画展上署名个人的作品几乎没有。各地的美术创作组纷纷送作品参展，署名一概都是集体。也就是说，任杆子为共水县文化馆争了光，为共水县人民争了光。他自己什么也没有捞着，除了画得好的名声。

任杆子画画的名声实在很大，不仅在共水县城里无人不知，就是周边县份上画画的人，也都知道他。这倒不是因为任杆子善于搞创作，是美术创作里公认的骨干，而在于他的素描。当时画画的人都非常看重素描，大家比的就是这个，有一种可以称之为素描的迷信。素描已经不再是素描，几乎成了一个神话，素描画得好那就什么都好了。

据说任杆子的素描很厉害，因此常常有人慕名前来。来了之后也不说别的，就要求比试。比什么？比素描。就像是武林中人一样，拆招过招。一比之下技不如人，这才纳头便拜，要和任杆子学素描。不愿拜师的则会撂下一句话"咱们一年后见！"或者"两年后见！"，然后就回去了。因此任杆子的名声越传越远，来找他的人就越发地前赴后继了。这自然干扰了创作组的正常工作。

据说任杆子错过了一次上大学深造的机会。当时上大学需要群众推荐，在农村就得贫下中农推荐。（连上中学都要推荐，遑论上大学？）任杆子已经离开生产队多年，贫下中农早就不认识此人了。也是他画画的名声太大，来招生的南京美术学院的老师还没有走到下面，就听说了任杆子。上至县委领导，下至创作组的全体成员，加上画画圈子里的人，大家一致力荐任杆子，后者终于得到了一个上大学的名额。所以说，任杆子上大学的的确确是群众推荐，名副其实，而没有走任何的后门。

眼看行期在即，任杆子却改变了主意，他想起了姐姐。任杆子的姐姐，此时仍在生产队的大田里劳动。任杆子坚持把上大学的名额让给了她，别人也无话可说。名额是任杆子挣来的，他想给谁那还不就给谁吗？那年头，有争名额的，从来也没有听说有让名额的。

当年知青回城有三条路可走：上大学、招工（进厂当工人）和当兵。上大学乃是首选。别说是上大学（一般人不敢有此奢望），就是进工厂和当兵，为争夺有限的名额同学反目、朋友成仇也是常有的事，就是亲兄弟亲姐妹也得拼个你死我活。背后捅刀子、设陷阱、过河拆桥、移花接木的事时有发生。像任杆子这样的孔融让梨之举当真是绝无仅有，一时间不免传为美谈。也有的人说，任杆子之所以如此，倒也不是什么高风亮节，看重手足亲情，而是他艺高人胆大。凭任杆子画画的功夫，怎么地也都能混得出来。

任杆子的姐姐从来没有画过画，毫无这方面的天赋和兴趣。但她顶替任杆子进了美术学院，并没有人因此而指责任杆子，说他不负责任。那年头，上大学根本不需要进行专业考试，只要有群众推荐即可。想必任杆子姐姐的同学和任杆子的姐姐一样，不会画画，也没有画画的兴趣。如果说任杆子的姐姐跟不上有关的课程，她的那些同学也未必跟得上。总而言之，任杆子的姐姐不会画画所以水平正合适，如果换了任杆子，反而水平太高了。

姐姐进了南京美术学院，对任杆子来说也有好处。他可以经常借故看望姐姐，跑到美术学院里去。当然他不是去听课的。就像预料的那样，工农兵学员的水平太差，基本上不会画画。任杆子去南京美术学院，是找学校里的老师。南美的那些老师，对任杆子也有印象，他们本来想招的就是任杆子。于是一来二去，大家处成了朋友。那些老师也的确有真才实学，在课堂上备受压抑，才华得不到释放。碰上任杆子这样主动找上门来的，又是个可塑之才，不禁喜出望外。他们把平生所学毫无保留地传授给了对方，同时又不允许他称呼自己为老师。任杆子的绘画技艺不免日新月异，功力大长。但也有遗憾。

某老师对任杆子说："得多画，多画素描，最好能画石膏……"欲言又止。

另一个老师则说："得画石膏，或者直接画人体……画人体目前不太现实，画石膏也很麻烦。"

他所说的画人体，实际上就是人体写生，这门课"文革"开始以后就被取消了。任杆子姐姐他们也画写生，但不是在课堂上，而必须深入到厂矿农村。被画的人不仅穿戴整齐，并且各有其鲜明的标志，农民要戴一顶草帽，工人的脖子上必然要搭一条毛巾。一丝不挂没有身份特征的裸体模特儿连想都不用想。画石膏自然也被取缔了，属于修正主义的教学体系。教学用的石膏像被收集起来，锁进了一间仓库里，从此再也无人问津。

这年暑假，美院里的人都下基层体验生活去了。一个老师给了任杆子一把钥匙，后者打开了一扇房门，悄悄潜入。那房子里堆满了石膏像，自然落满灰尘，有的已经残破不全（在破"四旧"运动中被破坏的）。任杆子把自己反锁在里面，眼泪汪汪喷嚏连连地画了整整一个假期，直到美院开学。临走，他也没有忘捎上一个石膏头像，脱下衬衫包裹起来，就像是一颗真正的人头。任杆子惊慌不已的心情也像是杀人分尸。然后，他就离开了那间仓库，离开了南美，离开了南京，回到了共水。

那个偷来的石膏头像后来被放置在任杆子宿舍里的床头柜上，每次我去找任杆子的时候都会看见。高鼻深目，头顶卷发，眼眶里面只有眼白，没有瞳孔。那眼白瞪视着我，使它看上去既可怕又神圣。任杆子给石膏像披了一条淡紫色的纱巾，用以防止灰尘。

由于画上了石膏，任杆子的素描水平不禁突飞猛进，达到了不可思议的水平。因此来找他学画的人更多了，美术创作组已经无法正常工作。后来任杆子就被调到了共水县中，当了一名美术老师。画画的人去文化馆里找他，问其下落，文化馆的人包括李春，一概语焉不详。虽然脱离了文化馆，但美术创作组的活动任杆子还是参加的，少了他不行。实际上，这时创作组的工作地点已经悄悄地转移到了县中的一间大教室里。文化馆的二楼再度萧条起来，又只剩下李春一个孤老头了。

再后来，所有的人都知道任杆子去了共水县中，慕名而来的人就不奔文化馆了。县中里的那间教室里人满为患，熙熙攘攘，创作组的人、找任杆子学画画的人、看画画的县中师生，真的比以前文化馆的二楼还要热闹。但总不能把任杆子再调回文化馆吧？

应该说，这是任杆子最吃香的时期，然而他并不满足于此。任杆子的耳边经常会响起南美老师"直接画人体"的告诫。于是有一天他弄来了一面古老的穿衣镜，安置在自己的宿舍里。一有机会他就会关上门窗，拉上窗帘，把自己脱得一丝不挂。灯泡也换上了一只一百瓦的。任杆子对着镜子画自己，一画就是一通宵。他终于画上了人体，尽管性别单一，角度有限，但毕竟是人体。画好以后，也不示人，将其小心翼翼地锁进一只箱子里。与此同时，任杆子开始积极地锻炼身体，练习哑铃、拉力器，绕着县中的操场跑步。他的那身肌肉得配得上自己手中的画笔，配得上那面纤毫毕现的穿衣镜。

如此隐秘的事，我又是如何知道的呢？因为，那面穿衣镜以前是我们家的。即便穿衣镜以前是我们家的，任杆子脱光了自己画自己也还是我的推测。

我从小喜欢画画，但苦于没有名师指点。李春虽然教过我一招半式，但他毕竟是半路出家。因此，当父亲想为我物色一位正式的老师时，马上想到了任杆子。父亲找李春帮忙，后者对任杆子有知遇之恩，因此这事儿一说就成。一天父亲特地请任杆子来家里吃饭，李春作陪。席间父亲问任杆子："需要我们做点什么吗？"他的意思是要不要交一点学费，至少，也得有所表示吧？

任杆子说："这是哪里话，跟我学画的多了去了，我一概不收东西。"

父亲于是大赞任杆子的高风亮节，以为这事儿就算完了。没想到任杆子的眼睛转来转去，最后目光停在了我们家的那面穿衣镜上。那穿衣镜还是我母亲结婚时作为陪嫁带过来的，她小时候就已经存在了。镜子由红木包边，下面有一个底座，也是红木做的。边框和底座上都雕满了花，有的地方还镶着螺钿。任杆子怔怔地看着镜子里的自己，然后说："要不，你们就把这镜子给我吧。"

父亲连眉头都没有皱一下，就答应下来了。他终于可以放心了，自己的儿子和其他和任杆子学画的人可以区别开了，任杆子必定另眼相待。至于任杆子要这面镜子干什么，我也是琢磨了很久才明白的。

事后，李春对我父亲说："小任还真认货，那面镜子可是古董呵！"

看来他也没有弄明白任杆子要镜子干什么，还以为后者财迷呢。

从此以后，我就开始跟任杆子学画画了。本来，这倒是一个近水楼台的好机会，任杆子就住在我们学校里，并且也教我们美术课。但由于我太崇拜他了，以至于一走进任杆子的宿舍就非常紧张，甚至口不能言，完全丧失了正常的反应能力。和任杆子学画的半年多的时间里，我没有向他提出过任何一个问题，更别说是互相讨论了。任杆子也不主动教我，没有任何具体的指点。师徒二人在一起的时候，往往寂静无声，安静得过分。任杆子就像我压根不存在似的，自顾自地活动，自顾自地画画。他让我干的唯一的一件事，就是把班上的同学叫来让他画。他画他们的时候，我就在旁边看他画，也不知道自己拿出纸和笔来，也像他一样画。

后来任杆子也不怎么让我去叫同学了，但我仍然每到活动课就往他那儿跑，看他画画。任杆子也不用模特儿，画板上面夹着一本电影画报，临摹上面的剧照。那些电影画报似乎是"文革"以前出版的，属于毒草之类，也不知道他是从哪儿搞来的。回家以后，我也开始临画报。但我临的不是"文革"以前的画报，甚至都不是电影画报,而是最近出版的《人民画报》和《解放军画报》。临摹上面的照片。可无论怎么临,都临不出任杆子那样的效果。至今我仍然认为,临剧照和临照片不一样,临老照片和临新照片也不一样,完全是两回事。

那是一九七六年,伟人相继逝世,我们的生活中常有哀乐响起。一天,下午活动课的时候我又去找任杆子,他不在宿舍里。我正准备回家,看见任杆子远远地过来,旁边还有一个女的。那女的身高体壮,年龄和任杆子相仿,我从来没有见过。两个人一边走,一边煞有介事地哼着哀乐。任杆子的手上提着一只小母鸡,鸡脖子已经垂了下来,鸡血一滴一滴地洒落在他们经过的路上。女的手上则攥了一把菜刀,刀口上面亦有血。看样子他们大概是从井台那边过来的。去井台上自然是杀鸡,而杀鸡自然是为了招待远方的来客,也就是那个女的。

主客并肩而行,一路哼唱着哀乐,为那只被宰的母鸡哀悼。这情形不免十分怪异,甚至于大逆不道。他们两个,一个身高一米九〇,一个至少也在一米七五以上,拎着的那只母鸡只有鸽子般大小。我被眼前的这幕所震慑,站在路上半天说不出话来,任杆子他们经过的时候竟忘记了打招呼。他们也没有停下来,任杆子只是冲我笑了笑。认识他这么久,我还是第一次看见他笑,心头不由又是一震。然后,他们就走过去了。

这以后我就不怎么去找任杆子了。据说他在谈恋爱,整天和女朋友泡在一起。即使我去找任杆子,他的宿舍也常常门窗紧闭。他是在里面画人体写生呢,还是在干别的什么?这我就不知道了。

一九七七年,全国恢复高校招生考试,任杆子立马报考了美术学院。可他竟然没有考上，这不禁使所有的人都感到非常意外。看来招生考试并不见得就比群众推荐来得公平。第二年，也就是一九七八年，我高中毕业，因此参加了那一年的大学入学考试。我报考的自然是美术学院。

一天我来到文化馆二楼，和共水县所有报考美术专业的考生围坐在一起，画一个农民老大爷（估计是从菜场临时拉来的）。我吃惊地发现，任杆子居然也在。开始的时候我还以为他是来监考的，但看看不像，后来才知道他也是来考试的。任杆子和我们一样，规规矩矩地坐在板凳上，膝盖上面竖着一块画板。我和他之间只隔了两个考生。只听软铅和炭条在画纸上刷刷声响，文化馆的二楼上安静极了。一只苍蝇落在老大爷右侧的颧骨上，那儿恰好是高光。老大爷连眼皮都不敢眨一下，大概是被考场的静穆给镇住了。素描考试结束以后，我也没有过去和任杆子说话。对后者我仍然保持着又敬又怕的心情，不敢贸然上前。而任杆子本来就对我爱理不理的，在这种情况下就更不可能主动了。

后来又考了一场，设计一块手帕图案，任杆子也在。我们仍然没有说话。

恢复高考后的第一次招生是一九七七年，由于可供筹备的时间不够，七七年的招生考试实际上拖延了半年，到七八年初才举行。七八年的招生考试则如期举行。也就是说，任杆子在半年多的时间里参加了两次高考，两次都没有考中。我倒是一考就中，一九七八年九月我就离开了共水，去南京美术学院就读了。直到两年以后，也就是一九八〇年，任杆子才考进了南京美术学院，和我同学，但比我低了两届。

这件事，让我有点难以理解，也不太愿意接受（想必任杆子更是如此）。当年的老师怎么就变成同学了呢？而且还是低年级同学。况且这位老师在我的心目中分量极重，形象十分高大。在南美的最后两年里，我们经常会在校园里不期而遇，但彼此就像不认识一样。目光相接，随即闪开，然后就各走各的路了。我觉得非常地尴尬和别扭。好在两年以后我大学毕业，离开了南美。任杆子仍然留在校园里，继续当他的学生。

实际上，我对任杆子的敬畏之情丝毫也不曾减弱。在南美的校园里碰见，之所以没打招呼，在我完全是过去的卑微心理作祟，说白了就是不敢。而任杆子不搭理我，大概是因为面子下不来。如此一来，我就更不敢上前招呼我的任老师了。任杆子曾经当过我的老师，我曾经拜他为师，学习画画，于是便成了一个秘密。我始终没有向南美的同学或者和南美有关的人透露过。不是为我自己，而是为了任杆子。不说出当年他曾经教过我就是对他最大的尊敬了。

后来我听说，任杆子从南美毕业后报名去了西藏。还听说他结了婚，是两口子一块儿去的。和任杆子结婚的女人是不是当年我在共水县中里见过的那个高大的女人呢？这我就不知道了。再后来，又听人说任杆子皈依了佛门，是不是出家当了和尚就很难说了。在西藏当和尚就是当喇嘛，人家也接收汉人吗？我实在想象不出，任杆子身着袈裟僧袍时的模样，想象不出他作为一个喇嘛的奇特生活。

又过了很多年，一天一个画画的朋友告诉我清凉山公园有一个画展。开始我没有在意，当听到任杆子的名字时我不禁心里一动。第二天，我特地避开了开幕式，去了一趟清凉山，看任杆子的画展。如今他已经不再搞主题创作了，画的也不是漫画或者素描。展出的作品一概为西藏风光写生，画幅不大，大多是水彩，也有部分油画。多年以后，我终于可以以一个专业人士的目光打量任杆子的画了，或者说打量任杆子这个人，结果非常失望。我心目中的任老师也就这么几把刷子，画出来的画就像明信片一样，虽然很美，那也是西藏的风光美。绘画本身缺乏天分，个人特点完全没有。这样的画，我一天能画十几张。

最后的消息是任杆子从西藏调回了南京，在栖霞山的佛学院里教书，大概是教美术吧。佛学院里也学美术，也有美术这门课，我知道这一点，是因为任杆子。

学以致用

我从小喜欢画画，很小的时候就露出了这方面的苗头。那时候，我们家还没有从南京下放，我也只有四五岁，隔壁恰好住了一个画画的老头。说他是老头，是因为那人的头都秃光了，有一个油光锃亮的大秃瓢。秃头的实际年龄也许并没有看上去的那么大。他在文化部门上班，似乎还是一个什么官。没有事的时候秃头就在家里画画。他们家和我们家是邻居，只住了一间房子。秃头有一个年轻的老婆（也许只是看上去年轻），但没有小孩。

我一有机会就往秃头家里跑，看他画画。秃头家的陈设非常简单，只有一张大桌子十分显眼，占据了整整一面墙。那是秃头的画桌，他每天俯身于此，画个没完没了。那桌子上纸笔画册，应有尽有。

我那时的个头，还没有秃头画画的桌子高，需要大人抱在怀里才能看见秃头画画。我父亲怕打搅了秃头，禁止我往他们家里跑。可秃头画画的时候总是大门敞开，我禁不住在门外探头探脑。秃头便招呼我说："进来，进来。"

他会亲自抱起我，把我往那张巨大的桌子上一放，然后又自顾自地画了起来。

我居高临下，说不清是秃头的画还是他的那颗闪闪发亮的秃头把我吸引住了。反正，一到了桌子上，我就安静了，小腿一盘，坐得规规矩矩的。后来家里人也不禁止我去找秃头了，只要我一闹，他们就抱着我去找秃头，然后把我往秃头画画的桌子上一放。

那秃头到底画的是什么？由于我的年纪过于幼小，完全没有记忆或者分辨能力。直到四十年以后，我母亲去参加一个离休干部的画展，带回来一本画册。母亲告诉我，画册是袁老送的，是他自费出版的。母亲说："你还记得小时候住在我们家隔壁的那个秃头吗？你经常跑去看他画画的那个老头……"

至此，我才知道那秃头姓袁。掐指一算，四十年前，他也不过四十多岁呵，完全算不上什么老头。同时我还确认了两件事。一，袁老当年画的是水彩，因为这本画册里收入的作品或习作一概都是水彩。二，袁老的画完全是专业水准。想必他是科班出身，年轻的时候肯定接受过严格的专业训练。大概后来参加了革命，专业就变成业余了。总之，袁老的画十分了得，功力加上将近九十岁的高龄，当真到达了难以企及的境界。知道了这一点，我真是悲从中来呀！

袁老在画册的后记中写道："由于革命工作，我错过了作为画家的一生。"而我，却错过了袁老。

我没有想到的是，我的启蒙者竟然是一个如此的高人。我甚至还没有开始画画呢，就碰上了这么一个大家伙，真是得来全不费工夫，然而却被我错过了。想起自己后来学画画，为找一个师傅教，费尽了诸多的周折，当真是恍若隔世。当然话说回来，就算我当初能够理解袁老独一无二的价值，那也不可能跟他学画。因为我八岁的时候我们家就从南京下放了。

在共水县城的那些年里，我仍然保持着对画画的兴趣，但苦于没有人指点，也找不到相关的书籍和画册。本来，画画的爱好随着年龄的增长，多半会自生自灭的。可父亲却对我抱有莫大的期望。他希望我能学有所长，将来能够靠画画的特长混饭吃，而不必下放农村，甚至也不必进工厂。到某个机关单位里搞搞宣传，画画墙报什么的。

在父亲的鼓励下，我的爱好就不那么单纯了，有了明显的功利目的。后来通过父亲我认识了李春，并像他那样，每天拿着一个小本子画速写。再后来通过李春认识了任杆子，我正式拜任杆子为师。父亲觉得他尽到了责任，剩下的就得靠我自己了。好在我非常努力，父亲总是夸奖我说："我们张早有毅力！"

他的意思是我每天画画不止，并不需要别人督促。可我到底画了些什么？父亲并不关心。只要我每天放学以后不到处乱跑，在家里画画就可以了。

我到底画过些什么呢？练过哪些基本功？也许有必要清理一下。

速写就不说了。临摹《人民画报》和《解放军画报》上面的照片也不说了。我还画过写生，写生家里的酱油瓶子、泡菜坛子以及其他的一些静物。我用报纸练过大字，用毛边纸临过水墨山水。临本乃是李春画的水墨画，而他临的却是那些介绍古代画家的小册子，临的是后面附录部分的影印件。一本小册子叫《倪瓒》，一本叫《石涛》，一本叫《朱耷》，也就是说，我间接地临摹过倪瓒、石涛和朱耷，朱耷也就是八大山人。一次我去丁小海家玩，在他们家的一堆破烂里翻出了一本《芥子园画谱》，只有一册，上面有各种树木的画法以及山石的皴法。大概是丁小海家祖传的。我当即索要，丁小海无条件奉送。所以说我还临过一阵子《芥子园画谱》。后来任杆子借给我一本《艺用人体结构》，我这才将《芥子园画谱》置之脑后了。

《艺用人体结构》我临了半年多，临了很多遍，足有几大本。那白报纸钉成的本子上画满了骨骼、肌肉、骷髅，一根根、一条条、一件件的。父亲和我开玩笑说："我们家的张早快成一个剐排骨的了！"

我画画的本子就像一个肉案子，上面骨肉分离，分门别类，看得望子成龙的父亲不禁心花怒放。

这是我的主修课程，但我总不能一直守着这肉案子吧？《艺用人体结构》之外，我还得找点别的东西来画，那就比较杂了。我临过连环画，书籍里的插图，学写过美术字，画过美术花边，甚至还搞过木刻。

平时没事的时候我就往共水县新华书店里跑，看看有没有新到的和画画有关的书。几乎每次都一无所获。那新华书店里的书还没有我们家的多呢。其中，《毛泽东选集》和马恩列斯的著作就占据了三分之二的书架和柜台。一模一样的毛选封面冲外，而不是书脊向外放置的，一排能排好几排。那得需要占多大的地方呀，可新华书店里的地方多的是。即便如此，柜台下面和书架上面还是空出了很多地方。我总是在想：要是毛选和马恩列斯的著作里面有插图就好了，一定会非常好卖。那年头，画画的人非常多，像我这样每天在新华书店里寻寻觅觅的人肯定不在少数。

有时候会有传闻，说是新出了一本什么画画的书（画册或者是讲技法的），南京的书店里已经有卖了。于是就有人跑到共水县新华书店里打听什么时候到货，到货以后自然立马被抢购一空。因为这样的书总是数量有限，买的人又多，不禁造成了短缺。有的书根本到不了下面，即使能到下面也就一两本，在辗转的过程早就被有关系的人弄走了。这样的书必定是很珍贵的，比如那本《艺用人体结构》，甚至任杆子也只弄到一本，整个共水县城里可能也只有这么一本。

　　活学活用，学了就要用，否则学了也白学。上面讲了学，那么，我又是如何用的呢？很简单，画墙报刊头、写美术字标语。那年头，这样的活儿有很多，班级要出黑板报，学校里也要出墙报，急需美术方面的人才。我从画班上的黑板报开始，一直到画学校里出的墙报，名气不免越来越大。我画过无数的曲里拐弯的花边，写过很大的美术字通栏标题。当然最让我得意的还是画刊头，那才算是画画。

　　一次墙报的主题是反击右倾翻案风，我画的刊头乃是一支如橡大笔，像一支长矛似的从头号走资派的脑袋上洞穿而过。左边的太阳穴进去，右边的腮帮子出来，同时有几滴硕大的鲜血或者红墨水喷溅而出。画这刊头自然参考了有关的实用美术图集，但将其放大，展览于全校的师生面前，我却功不可没。

　　父亲是坚决的拥邓派，对反击右倾翻案风不禁口吐怨言。他和传友们经常在家里关起门来议论，说到激愤处还会捶桌子打板凳。可我画这幅刊头的时候，父亲不仅没有责备，反倒面露欣喜之色。他说："我们张早有出息了，画画画出名堂来了！"

　　几个叔叔、伯伯也走上前来，欣赏我画的刊头。他们中没有一个人提出异议,一概大加赞赏。这不免奇怪。

那年头的人实在是分得很清,不会在这样的事情上过分拘泥的。我漫画什么并不代表我反对什么,父亲他们欣赏漫画也只是欣赏漫画本身,并不在乎我画的是什么。别说是批邓的刊头了,就是全国人民无不响应的批邓运动,也不说明全国人民都讨厌邓小平。情况恰恰是相反。如今回想起来,那可真是一个形式至上的时代呵。画什么不重要,怎么画才重要。写什么不重要,怎么写才重要。因为画什么或者写什么不是由你说了算的,它们早就被确定下来,不可动摇。或者说,在政治家们看来,画什么和写什么是唯一重要的事,他们先把问题给解决了。剩下的,怎么画和怎么写就属于画和写的人了。后者只有在这个范围内努力、用劲、一比高下……

后来,在李春的倡议和任杆子的指导下,共水县文化馆举办了一次少年儿童画展。我也送了一件作品去,算是我正式的创作。

那是一幅水墨人物画,一共画了两个人,一个是农民老大爷,一个是学生模样的年轻人。老大爷很高,年轻人较矮,个子只到前者的肩膀。两个人都是正面而立,一概笑成了一朵花。老大爷的一只手搭在年轻人的肩膀上,另一只手上攥了一杆旱烟袋,上面还吊着一个烟荷包。年轻人则背着书包,仰起面孔向着旱烟袋指出的方向瞭望。他俩的脸上都红扑扑的,不是因为气色好,而是映照着早晨灿烂的霞光。这幅画的名字叫作《贫下中农推荐我上高中》。

不用说,我的灵感来自丁小海。他因为家里穷和出身有问题,没有上成高中。但他的确是很想上的。在我的这幅作品中,那个貌似丁小海的年轻人却被推荐上了高中。显然这很符合艺术作品源于生活又高于生活的创作原则，于是我获得了展览的一等奖，收到了一张大大的奖状。奖状以及获奖作品被我保存至今。毕竟，这是我向任杆子和李春学习画画的成果呵，值得永久珍藏。

我学习画画的另一项成果，就是能惟妙惟肖地画电影票。不要小瞧一张电影票，如果你没有学过画画，绝对不可能画得像我那样像。像真的一样，真的比真的电影票还要像电影票。

一九七六年以后，新电影不断上映，老电影也相继开禁，当真是势若洪水。共水县电影院的放映厅里不免人满为患，无论怎么增加场次都无法满足县城人民看电影的需求。于是放映厅干脆弃之不用，不放电影，专门演戏（那年头，各种戏剧演出也多了起来），电影改在电影院的院子里放映，也就是放露天电影。这有两个好处，一是容纳的人多，因而票价降低，群众受益。二是当时正闹地震，万一来了地震，也不会房倒屋塌地压死人啊。即便如此，每次看电影的时候大家还是提心吊胆的，电影上开山放炮，都会有人半途退场。

露天电影也有它的不方便，有人混票，也有人爬墙头。电影院的大院里还住了人家，有的人以找人为名，混进去看电影。于是电影院方面采取了一系列的措施，加高围墙，检票的人也从两个增加到四个，一概都是身强力壮的小伙子。我一般是买一张真票，然后照着真票画一张假票，用来招待我的狐朋狗友。

丁小海为人谨慎，他虽然穷得买不起电影票，也很想看电影，但每次还是拒绝了我的邀请。朱红军则喜欢爬墙头看电影，根本不需要电影票。但除了他们，我又不愿意把电影票送给别人。后来朱红军还是接受了我的电影票，完全是出于朋友义气。自然每次都畅通无阻，检票的人完全看不出那是假票。

大约是电影票画得多了，我不免漫不经心，有些轻敌了。一次我持真票在前，朱红军持假票在后，两人大摇大摆地冲入口处而去。我自然顺利通过，没想到朱红军却被抓住了，被检查出他拿的是一张假票。几个小伙子扑上去，将朱红军团团围住。凭后者的那身功夫，怎么都是可以脱身的。大概是为了掩护我，朱红军竟然没有反抗。他对我说："快走！快走！"

即使他不说，我八成也会开溜的，但经他这么一说，我就更有理由了。立马窜进黑压压的人群中，再也不敢出声了。

朱红军被扭送到派出所，拉扯中他的衣服扣子被扯掉了一个。除此之外并无大碍。朱崇义是共水县公安局的，更何况混电影看又不是什么大罪，朱红军当晚就被释放回家。当然啦，那是在电影散场以后，否则的话他还会翻墙头进去看的。

第二天朱红军碰见我，就像什么事情都没有发生一样。但我心里不安，当朋友遭遇危险时我没有挺身而出，况且这件事是由我而起的。为什么我自己用的是真票，而让朱红军用假票？没出事以前这很正常，一旦出事就看出我的不地道了。

那天朱红军破天荒地买了一张电影票，并且要求我再画一张假票。他的意思是，昨天晚上的电影我们都没有看好（我是因为惦念朱红军，后者甚至连片头都没有看着），因此得再看一遍。我死活没有答应朱红军的要求。他肯定已经被人盯上了，再用假票就不是混电影的问题了，而是故意挑衅。最后我们约定，我持票进场，朱红军翻墙头进去，在电影院大院里会合。

我们谁都没有想到，仅仅一天的工夫，电影院大院的墙头又加强了防范，竖起了一排钢筋条。因此朱红军翻墙的时候被戳穿了手掌。难怪看电影的时候我闻到了一股血腥味儿。黑暗中，朱红军紧咬牙关，攥着自己那只受伤的手。直到电影散场，他才告诉我自己爬墙的时候受伤了。

我们赶到县医院的急诊室，值班的医生一看就说："爬电影院的墙头的吧？已经来了好几个了。"

在急诊室惨白的灯光下，朱红军的那只血手惨不忍睹，掌心有一个窟窿，被钢筋刺得几乎对过穿了。医生说："你得忍着点，不要鬼喊鬼叫。"

他往朱红军的手心里倒了半瓶双氧水，后者疼得龇牙咧嘴，腮帮子上的咬肌鼓得就像是生了痄腮。医生说："你还真能挺，前面的几个又哭又喊的，你不喊，我还不习惯呢。"

朱红军最终也没有喊，甚至也没有哼，不免让医生颇为失望。

我自然忙前忙后，又是挂号，又是取药。这一次，我没有抛弃朱红军，他给了我一个将功补过的机会。

当然啦，我对朱红军的感激远不止这些。不仅因为他讲义气，因为他的宽大为怀，不顾个人安危，更重要的还是他对我画画技术的那份信任，几乎到达了盲目的程度。朱红军对我说："他们竟然觉得那是一张假票，真是瞎了眼睛！"

这时候我的目标已经确定，就是中学毕业报考美术学院。但就现在的画画水平而言，我心里还是没有底，况且我已经不再去找任杆子了。于是父亲找李春商量，后者托了三四个人，转了好几道弯。一九七八年五月，我来到了地区的一所大学的美术系，那儿有一个美术专业的考前班。

到达的当天,带考前班的老师领我去看了宿舍,其实就是在学校附近租的一间农民的房子。那房子里有四张上下铺,包括我一共住了八个人,都是从外地来读考前班的。当天晚上我们八个人合伙,请那位老师在路边的饭馆里吃夜宵。炒了菜,还要了啤酒,桌子就放在大门外面。这顿饭我吃得无限感慨,学了这么多年的画,终于找到了组织,大家年龄相仿,志趣相投。何况像吃夜宵、喝啤酒这样的事在我从来没有过。又是在外地,远离父母家人,山高皇帝远。风从黑暗中吹来,简直像水一样,让人快活得想哭。后来老师也喝高了,他对我们说:"你们都不容易,出门在外不要惹是生非,要互相照应,不比在家里呵……"

老师还说:"要好好学画画,学好以后考到南京去,要不然就去外省,千万不要考我们学校,这个屌地方,连我都不想待!"

就这样,我们白天在学校里上课,晚上回到校外的宿舍里睡觉。一起吃饭,一起画画。饭是轮流做着吃,画画则经常互相切磋。没事的时候就结伴去逛街边的小店,就是撒尿也一站一大排,对着前面的稻田。这种情况下,人是很容易动感情的,更何况我们是朝夕相处呢。我觉得我们之间的友谊已经牢不可破,甚至我都很少想起朱红军、丁小海这些老朋友了。

除了我们这些考前班的正式学员,还有一些"蹭画的"经常在附近转悠。他们因为家里穷,交不起学画的费用,或者是因为没有后门关系,进不了考前班。总之这些家伙不在花名册上,教室里面也没有他们的座位。每当上课的时候,这些家伙便带着画夹,簇拥在教室的门口或窗外,偷着学画。从这个班偷到那个班,从考前班偷到美术系的正式班级，哪里教画画他们就往哪里去。自然常常被正在教课的老师轰走。那也没有关系，再换一个地方就是了。这些蹭画的反倒比我们这些上考前班的学得自由，见识也多。况且由于他们的这种状况，更知道学画的机会来之不易，因此学起画画来就更加地刻苦和努力了。

这些蹭画的家伙中，有一些不仅在我们学校蹭，还跑到附近地区的美术类院校或者专业去蹭。有的不仅在本省蹭，甚至流浪了很多省份。就为了学画这件事，把自己弄得像个要饭的似的。其中有一个是从徐州来的，人称小徐州，已经流浪了三省四市，不为别的，只为学画。他晚上住在一个桥洞里，白天到处蹭画学。小徐州也曾经来麻烦过我们，但不是因为画画的事（这件事他自己能对付，并且比谁对付得都好），而是来要一点开水。

小徐州随身携带着一只鼓囊囊的大包，里面应有尽有。每次吃饭的时候，他都会打开那只包，从包里摸出一只铁碗，向我们或者附近的饭店要开水。然后再从包里摸出一只酱油瓶子，倒几滴酱油在铁碗里。最后摸出来的是一个大锅盔，掰开，就这么蘸着酱油汤往嘴巴里送。整个过程，简直把我看呆了。小徐州那么地不紧不慢，有条不紊，循序渐进，客客气气地向人家讨开水，郑重其事地滴酱油，吃得那么地津津有味。

后来，小徐州也成了我们的朋友，做饭的时候会叫他一起吃，他还不乐意。小徐州说："你们把我当成要饭的了！"

但如果你给他一些画画的材料，几张纸或者一盒炭条，他就不说话了。高兴得不得了，并且一再道谢。

一段时间以来，小徐州不免成了我们的榜样。你瞧瞧人家，条件那么差，竟然还那么刻苦，我们这些条件好的，自然就更应该加倍努力了。同时他的存在还证明了画画这件事的价值，的确是值得为之奋斗的。否则的话，小徐州之流又何必如此地吃苦受累呢？

考前班结束的时候，我们举行了会餐。做饭的时候多炒了几个菜，另外还从饭店里打了几暖壶散装啤酒。大家喝得不亦乐乎，以至于痛哭流涕，一把鼻涕一把眼泪的。也难怪，相聚一月有余，一旦分手在即，在座的都是初经人世的少年，何曾见过这阵势？当真是觉得正在经历伟大的友谊。于是彼此互留地址、赠言，信誓旦旦，相约回去后互相通信，互通有无（画画的资料等），将来一起考上美术学院，驰骋于祖国的画坛。小徐州那天也来了，一样也哭得不能自已。我完全没有想到，这个见多识广、一脸老成相的家伙竟然也这么脆弱。

然而一回到共水，我立马就冷静了。我再也没有和考前班的那帮人联系过，他们也一样，没有谁给我写过信。又过了一阵子，我连他们的名字都忘记了，只是还记得小徐州。即使是小徐州也不是什么学名，不过是一个外号。

混出来了

从高中起，我们班的班主任换成了黄老头。黄老头又瘦又小，说起话来南腔北调，实际年龄五十来岁，看起来却像六十左右的老头。所以学生背后都叫他黄老头，他也知道。黄老头经常倚老卖老，在课堂上炫耀自己的学历。他说他上过两个大学，一个是文科，一个是理科。理科学的是开飞机，后来因为身体不好才改学文科的。文科自然学的是中文，否则的话黄老头也不会在共水县中里教语文了。

向学生炫耀学历，这在以前是完全不可能的，说明国家的形势的确是变了，上大学继当兵之后，成了新的时髦。要是放在一年前，黄老头肯定不会谈论自己的学历，要吹也吹自己当过兵。黄老头实际上当没当过兵并不重要，就像他上没上过大学（还是两个）也不是什么问题。关键在于他敢吹敢炫，而且吹得紧跟形势，让我们不敢小瞧。

上大学成了一种新的时髦，为配合中学毕业后将要面临的高考，从高一开始学生就进行了分班，分成文科、理科两种班。一般而言，学习成绩好的或者有学习潜力的学生便进了理科班。理科班挑选完毕（双向选择），剩下的学生就通通进了文科班。显然，理科班比文科班的要求要高。"学好数理化，走遍天下都不怕"

这个在"文革"中被大批特批的反动口号重又风靡一时。理科班的学生，将来考的自然是理工科，如果考上就成了大学理工科的学生。所以说，上大学时髦，上大学理工科更时髦，至少比上大学文科时髦多了。

不幸的是，黄老头是文科班的班主任，本人教的也是语文。就算他上过大学，按逻辑推论，那也是上的文科。而上过大学文科没上过大学理科，不免低人一等。于是黄老头公开坦言，他上过两个大学，一个文科，一个理科，他不仅上过大学理科，而且还上过大学文科。如此一来不仅将所有教文科的老师都比下去了，就是教理科的老师也都不如他。黄老头文理兼顾，那学问可就大了，他的自我感觉不禁越来越好。

黄老头自以为学识渊博，至少对付我们这些文科班的学生不成问题。因此他在课堂上敢于信口开河，从来没有顾忌。比如他的背有点驼，总是呵着腰。一天他心血来潮，向我们解释说，那是因为自己年纪大了，气血不足，弯下腰来是为了让"血泡着心"。从此以后，大家背后就不再叫他黄老头了，而叫他"血泡着心"。黄老头站在讲桌后面，似乎成了透明的。尽管他穿戴得很整齐，但我们仿佛看见了他的内脏，一肚子的血，上面悬着一颗心。随着黄老头不停地咳嗽弯腰，那心便会浸泡在血水里，还浸不完全，只泡着一小半。那颗心提起放下就像是吊桶在井里打水七上八下。这样的内脏情况自然开不了飞机。

还有一次，黄老头讲解柳宗元的《黔之驴》，把"驴"念成了"卢"。他老是卢来卢去的，让人听着特别扭。于是我举手报告说："黄老师，你念错了，不是卢而是驴，驴子的驴。"

黄老头不禁脸红了,然后一阵猛咳。如果你没太注意,还以为他脸红是因为咳嗽呢,是咳嗽咳的。终于咳完了,红晕消退,黄老头对全班同学说:"卢,是古代的一种动物,有一点像驴,但不是今天的驴。卢在今天已经没有了。"

他还说:"卢是驴变来的,就像狗是狼变来的,人是猴子变来的,但人不是猴子,狗也不是狼,所以说卢也不是驴。"

说得我们一愣一愣的,我还真的以为自己搞错了呢。

有时候黄老头也故意念错字,比如我们的课文中有一段节选《水浒传》,李逵说:"杀去东京,夺了鸟位!"黄老头却念成了"杀去东京,夺了乌位"。当时也有同学提出异议,但不是我,而是魏东。

魏东说:"报告老师,什么是乌位啊?"

黄老头说:"这个这个,乌位,乌位就是乌位。"

魏东问:"那什么是乌位呢?"

黄老头说:"乌位,乌位就是,就是屌位!"说的时候又红了脸。

魏东说:"黄老师你怎么骂人啊!"

这不免奇怪,黄老头把驴念成卢,明明念错了,丝毫也不觉得理亏。而他把鸟位念成乌位,最后解释成屌位,明明是正确的,却显得很不好意思。看来这根老油条也有他的软肋,还得魏东这号人来对付。

当时有一则传闻,说的是黄老头猥亵妇女。我们对猥亵这种事本来不甚了解,但经过黄老头的一再解释,总算有了初步的认识。整整一个星期,每次上语文课的时候,黄老头都会将课本摞在一边,不厌其烦地向大家讲述那天晚上发生的事。他的开场白是这样的:"煤球越洗越黑,乒乓球越洗越白,我是乒乓球,不是煤球……"

顿时全班鸦雀无声,所有的人竖起了耳朵,包括魏东。

事情据说是这样的。黄老头不住在共水县中里,他们家住在他老婆单位的家属院里。那院子里有一个招待所,也就几间平房,是供单位系统的人员来往住宿的。这天,招待所里住进了一个女人,恰巧黄老头批改作文至深夜,踱到院子里来透点新鲜空气。他发现那女人的房间还亮着灯,并且窗户大开。当时秋凉如水,黄老头出于关心,走到窗下。说话以前他还特意咳了两声,这才说话。

黄老头说:"天凉了,睡觉的时候把窗户关关好。"

没想到那女人从床上跳了起来,大喊:"抓流氓啊!"并且赤着脚裹着被子跑到院子里来了。家属院里的住家自然都被惊动了,人们纷纷跑出来。女人当着围观的群众,包括黄老头的老婆和他的两个儿子的面,啪的一声给了黄老头一耳光。

说到此处,黄老头不禁痛心疾首,他说:"我长这么大,还没有被人打过脸呢,没想到这么大年纪了……"说着眼泪都快下来了。

他还说:"我这是好心办坏事呵,这么大的年纪,身体又不好,怎么会猥亵妇女呢?"

就这么一点事,黄老头讲了整整一个星期。讲的时候情绪激动,脸色又红又白的。这么一点事,自然讲不了一个星期,因此黄老头还讲了不少别人的事。他的结论是:"他们那才是猥亵妇女呢,我是在做好事!"

据黄老头说，教化学的蒋老师，一次去食品公司的门口排队，买猪油。他的前面排了一个妇女，蒋老师和她挨得很近。正好人武部的赵部长从街上经过，突然走过来，把蒋老师从队伍里拽了出来。他把蒋老师带到了人武部的办公室里，后者说："你们凭什么抓我？我犯了什么法？"赵部长将桌子一拍，声色俱厉地说："你他妈的有种，就把裤子给我脱下来！"结果蒋老师没敢脱裤子。

"没敢脱裤子，就说明他猥亵了妇女。"黄老头如是说。

魏东马上举手报告，他说："连裤子都没有脱，怎么猥亵妇女啊？"

黄老头说："这你就不懂了，蒋老师是个刷糨糊的。"

魏东问："黄老师，什么叫刷糨糊啊？"

黄老头不禁语塞、脸红，略微咳了几声以后他说："说了你们也不懂。魏东坐下，认真听讲！"

由于下面还有故事，魏东也不再和黄老头较劲了，乖乖地坐了下去。黄老头又说起教体育的郭老师。女同学跳鞍马的时候，他总是要从旁边搭一把手。黄老头说，那叫"吃豆腐"。说完郭老师又说贾老师。贾老师负责共水县中的文艺宣传队，去下面的公社演出时，竟然用勺子喂饭给女同学吃。贾老师说那女同学生病了。黄老师说，就是生病了贾老师也不可以那么做。当然这算不上猥亵妇女，但至少也是个作风问题。

那一个星期里，我们不禁见识大长，也认清了学校里的一些老师的本来面目。黄老头这颗乒乓球是否洗白了呢？这就不好说了。反正后来我们说起他，不免会和蒋老师、郭老师、贾老师相提并论。黄老头至少也有几个伴了，不再那么孤单。谈论猥亵、作风、搞腐化这类事情还有一个好处，就是课堂上异常安静。所有的学生都认真听讲，不互相讲话，不调皮捣蛋。黄老头在教学实践中摸索出了一套行之有效的办法，也算是意外之喜。

当然，这套办法主要是针对魏东这样的学生的。对付我这样的学生黄老头另有高招。比如那次他把驴念成了卢，他让我下课以后去办公室里一趟。我以为肯定会挨一顿批评，没想到黄老头笑脸相迎，也没有再提驴或者卢的事。他只是说自己走南闯北，口音变得很杂，有点儿南腔北调。那意思是否是隐晦地认错？我不得而知。后来黄老头话锋一转，问我是不是一名团员。得知我不是后，他语重心长地说："你要积极要求进步呵，积极向团组织靠拢，以后在社会上面混，是不是团员就不一样，只有入了团才有资格入党。别弄得像我这样，上过两个大学还不是党员，到今天也没有混出个名堂来。如果我是党员，至少也得是个县团级……"

当时虽然粉碎了"四人帮"，高考制度也即将恢复，但在共水县中里，仍然保持着男女同学不说话的传统。于是便出现了如下奇怪的现象：如果一个班上的团支部书记是女生，那么这个班的所有团员都是女生。如果这个班的团支部书记是男生，班上的所有团员肯定都是男生。因为发展新团员需要老团员介绍，还得由团组织出面找发展对象谈话，并且要谈好几次。既然男女同学不能随便说话，团支部书记就只能找性别和自己相同的同学谈话并发展入团。如果你实在想入团，班上的团支部书记又是异性，那就只有转到别的班级去。然而很少有人意识到入团的重要性，因此并没有同学因为要入团而转班级的。

我所在的高一一班，团支部书记就是女的。她姓袁，魏东给她起了个外号叫"原子弹"。原子弹五短身材，长得十分矮胖，但却颇受黄老头的重用。黄老头找我谈话的第二天，原子弹就跑来找我。众目睽睽之下，把我从站在墙根晒太阳的一帮男生里叫了出来。我跟着对方走向走廊的尽头，身后爆发出一片哄笑之声，我当真觉得无地自容呀。大约走了六七步，我说什么都不肯再走了。我深知不能脱离班上男生的视野，原子弹和我说话得让他们听见，否则的话就跳进黄河也洗不清了。

果然是因为入团的事。我没等原子弹说完，就大声地说："我不入！"然后转身就走，回到了站在墙根的男生中间。

我说的话当然他们都听见了，但他们听见的不是"我不入"，而是"我不日"。几乎所有的人都冲着原子弹的方向大喊："我不日！我不日！"也有的人喊："张早不日！"无论我怎么解释都无济于事。

好在无论是"入"还是"日"，我的态度都是"不"，总算没有给大家抓住把柄。

觉得受到侮辱的原子弹不免跑到黄老头那里哭诉了一场。黄老头当天又找我谈话，把我批评了一顿后还是让我入团，并且让我主动去找原子弹谈话。这一次我明确地表示："我不想参加。"而没有说："我不入。"有了前面的教训，我知道"我不入"三个字是不能随便乱说的。

我和黄老头之间的梁子就这么结下了。虽然入团的事不了了之，但黄老头却盯上了我。后来他组织了几个所谓成绩好的学生在课余时间编竹笆、打小网，为班级挣班费，我不幸被点中。并且除了我都是女生，其中也包括原子弹。这一次我无可推托，只好跟着原子弹她们去市场上买竹子，下午活动课的时候在班上将其劈成竹条，然后用铁丝编结成竹笆。竹笆拿到收购站里去卖，一只能赚一角钱。这竹笆到底是干什么用的？我压根不知道，也不想知道。我只知道埋头干活。跟在一帮叽叽呱呱的女生后面，我的自我感觉就像劳动改造。自然啦，和原子弹她们还是一句话也不说。

身处一个集体中，但不和集体中的其他人说话，而其他人互相之间却又说个没完，这是一种怎样的体验呵。魏东之流还经常起哄，跟在我们后面大呼小叫，说一些不堪入耳的下流话。

编竹笆告一段落，接下来是打小网。那打小网可是一门技术活，要求比编竹笆高多了。住在县城以及周边生产队里家里困难的同学都会打小网，打好以后拿到收购站去卖，用以补贴家用。我们班上的很多同学都打过小网，可黄老头没有选中他们，恰恰看上了我，你能说他不是故意的吗？黄老头自有他的理由。他的意思是学习成绩差的同学课余时间得用于学习，而像我这样成绩好的同学就不用再学了，闲着也是闲着。可问题在于，当年上课不听讲、考试都过关，在此情况下黄老头又是如何判断谁的成绩好谁的成绩孬的呢？那还不都由他说了算。

开始的时候，我还有一点虚荣心，毕竟自己被划进了成绩好的同学之列。可干着干着，我就发现落入了一个陷阱。黄老头不让我闲着，主要是不想让我画画，而那是我的最爱。还有打小网的时候，由于不懂技术，原子弹不免手把手地教我。我们仍然不说话，但却免不了肌肤相亲，那样还不如说话来得自然一些呢。

魏东他们更来劲了，说我和原子弹拉拉扯扯，我猥亵妇女，作风有问题……总之把黄老头教的那些话都用上了。每次我去打小网，魏东都会说我"快活去了"。

后来我就不让原子弹教了。特地跑了几趟共水县酒厂，让丁小海教我。当年他们家困难的时候他也打过小网。经过一段时间的练习，我终于成了一个打小网的高手，甚至比原子弹她们打得还要好，还要快。

关于打小网我还想啰唆几句，实际上打小网就是编渔网。从供销社里买一些尼龙绳，每条小网的成本约三块钱，有三百多个绳头，编好后大概三米见方。再拿到供销社的收购站里去卖，能卖八块。八减三得五，也就是说一条小网可挣五块钱。这些小网会被再加工，连结成一张大网。这张大网有多大？这我就不知道了。销售的对象为水上公社的贫下中渔，他们用船拖着大网捕鱼。一网能捕多少鱼？我同样也不知道。

我们只管打小网，不关心捕鱼的大网，就像只管编竹笆，并不知道竹笆干什么用。我们平均每人一个月才能打一条小网，我打得最快，也不过两个月打三条小网。大概是因为打小网的时候我不说话，只顾埋头干活的缘故吧。

再后来，这几乎成了定局，无论做什么事、干什么活，黄老头都会把我和女生分配在一起。成了定局以后就再也不需要理由了，反正无论干什么我都是和女生一拨的。上高中的时候，我们班又去过一次农村分校。男生破堡、耙田、运稻秧，女生插秧，于是我就插秧。开始的时候男生还笑话我，后来连笑话都懒得笑话了，他们觉得我和女生一起干活很正常。我也是这么觉得的。

现在回想起来，黄老头还是很有一些手段的。对付我这样挑他毛病的学生，就让其入团。入团不成，就安排和女生一起干活。对付魏东这样的霸王，就讲一些猥亵、作风或者搞腐化方面的事。而对付朱红军这样喜欢逞勇斗狠的，就鼓励他们参加运动会。按黄老头的话说，就是"把年轻人的精力往正道上引"。因此我们班，每次运动会的成绩都是全校第一，教室前面的墙上挂满了奖状。

汪伟小时候是肥胖儿童，长大以后还算正常。但瘦死的骆驼比马大。黄老头看他肥肥壮壮的，心想一定能干活，于是任命汪伟担任劳动课代表。实际上，后者从小生长于共水县城，是个地道的县城人，干农活并不在行。黄老头管不了那么多。

何兵喜欢小偷小摸，但他有一个本事，就是想哭就哭，并且经常当众表演。黄老头把他介绍到学校的宣传队，物尽其用，何兵就不怎么偷了。班上同学的原子笔以及练习本也就不怎么掉了。

马学贵比较臭美，头发上不知道抹了多少头油，发丝一缕缕的，还有一点弯曲。身上则洒着花露水，脸上满是青春痘。黄老头就让他当美术课代表。对此，我不禁很有意见。爱美不等于美术，就像驴并非是卢。如果说谁有资格担任美术课代表，那肯定也是非我莫属。

为人精明的，黄老头就让他干数学课代表。喜欢破坏公物的，黄老头就让他干物理课代表。经常玩火或者偷着抽烟的，就干化学课代表。说话结巴、口齿不清的，就干英语课代表……总之所有的"职位"都不空缺，从高一开始，我们班的班干部、课代表加上红卫兵大队干部、小队干部以及共青团员包括团干部占了学生人数的一半以上。基本上人人都是干部，或者有其职责。如此一来，管理起来不免方便了许多。

在那样的一个新旧交替的特殊年代里，老师如何管理学生、树立威信的确是一件令人头疼的事。黄老头为此费尽了心机。在他的治下，我们班每学期都被评为三好班级，运动会拿奖无数，班费也很充足，不能不说是一个奇迹呵。

中学毕业前夕，我和黄老头大吵了一架，起因是拍毕业照。那天，专门从共水县照相馆里请来了摄影师，照相机也架好了，毕业班在教室前面的空地上列队，按个子高矮排成三排。第一排的前面放了一溜板凳，是专门留给学校领导和各门功课的任课老师坐的。我因为个子矮，被黄老头安排在第一排，那一排除了我和何兵就都是女生了。对此我很不满意，强烈要求挪到第二排，和朱红军站在一起。黄老头坚决不答应，硬是把我从第二排里拖了出来。他说："你个子矮，只能站在第一排。"

我说："我个子矮，那也比你高，我就是要站在第二排，你又能怎么样！"说着，我又挤了回去。

就这样，我三次被黄老头拉进第一排，又三次挤回了第二排。最后一次，朱红军用胳膊一挡，差一点把黄老头推了个跟头。后者气得浑身发抖，无论怎么拉都拉不动我，因为朱红军在帮着我用力。他的一只手搭在我的肩膀上，使劲地揽着。我俩如铁塔般屹立，岿然不动。当时蒋老师、郭老师、贾老师他们都在场，一概一言不发。我不禁感受到某种无声的鼓励，于是更加坚定不移。黄老头只好住了手，他对我说："好好好，你有本事，我们走着瞧……"算是给了自己一个台阶。

他跟跟跄跄地走回到板凳上坐下，摄影师喀哒一声，记录下了这一永恒的瞬间。

黄老头说"我们走着瞧",意思自然是要报复,但他已经没有时间了。毕业照照过以后,学生来不来学校已经无所谓了。所以说,我和黄老头这一架吵得很是时候,终于出了一口恶气,对方还不能拿我怎么样。黄老头嚷嚷着让我写检查,说是不写检查就不发毕业证给我。当时我已经通过了高校考试,收到了南京美术学院的入学通知。连大学的入学通知都拿到了,中学的毕业证不要也罢。因此我的毕业证就一直存放在黄老头那里,直到今天。我虽然毕业于共水县中学,但始终也没有共水县中的毕业证。

很多年以后,一次丁小海告诉我,他在菜场买菜的时候碰见了黄老头。黄老头已经不认识他了。也难怪,丁小海在黄老头的班上也没有待几天。据丁小海说,黄老头回南京以后,先是在一所中学里教书,教了几年退休了,还是被返聘到这所中学里教书。现在,连返聘都结束好几年了。平时黄老头和老伴一块儿锻炼,一块儿买菜,安享着幸福的晚年。他倒是还记得我,对丁小海说:"张早现在怎么样啊?也不来看看我,当年,我最喜欢的学生就是他了……你带个信给他,他的毕业证还在我这里呢。"

我让丁小海带信:"我很忙,实在抽不出时间,那毕业证就留在您那儿吧,做个纪念。"

黄老头又让丁小海带信给我:"没有毕业证,那可是不好混啊,还是赶紧拿回去吧,也了了我一桩心事。"

我又让丁小海带信:"没事没事,我已经混出来了……"

后来丁小海也弄烦了,不再来回带信。于是,我就再也没有了黄老头的消息,他自然也再也没有了我的消息。

我收到南京美术学院的入学通知后，眼看就要离开共水了，朱红军做东，请我吃了一顿饭，作陪的有丁小海、汪伟等几个同学。

这可是一件了不得的事，从小到大我还从来没有被人请过呢。以前大家也在一起吃过饭，但都没有这么正式。比如我去朱红军家玩，会被他妈留下来吃饭。朱红军也在我们家吃过饭。在外面的饭馆里请客只有一次，那是汪伟请金彪华，朱红军作为调解人，顺便拉上了我，所以也不能算是正式请我。在外面的饭馆里请客吃饭，那是大人们的事。对我们而言，去饭店里吃饭简直就是成人仪式。因此朱红军说他要请我的时候，我不免觉得非常光荣，甚至比考上了大学还要觉得有面子。

话说这天傍晚，朱红军将我们领到了一个地方，乃是共水湖大堤旁的一处平房。这样的平房那儿有很多，一概面朝湖堤。住在湖堤上的人有的开小旅社，有的开小饭馆，但无论小旅社或者小饭馆都没有招牌。他们做的是南来北往的生意，路过共水湖堤的司机经常在此吃饭、歇息。

我们从大堤上顺阶而下，只见房子的门口支着一口大锅。进屋来到里面，黑乎乎的一片，堂屋里放了三四张大桌子。朱红军指示我们在一张桌子四周坐下。请客的过程中，另外的两张桌子始终空着，没有客人。也就是说朱红军不仅请客，而且还是包场。另外还有一件奇怪的事，共水县城里早就通了电，可这家饭馆却没有装电灯。吃饭的时候，一盏马灯高挂在旁边的柱子上，照耀着桌子上的几只黑漆抹乌的大碗。

菜肴也一概黑漆抹乌的，不知道是因为灯光昏暗，看不清楚，还是它们本来就是黑的（烧煳了，或者酱油放多了）。吃起来也咸得要死，味道区别不大，分不清是猪肉、牛肉还是其他什么肉。甚至荤素都分不太清楚，荤菜里有很多纤维，而素菜里则一股肉味儿。每人的面前是一只吃饭的大碗，里面倒满了共水县酒厂出产的山芋干酒。喝完后就拿这只碗盛饭吃。店主是一个中年妇女，倒是非常热情，忙前忙后的，并且咯咯直笑。对朱红军她也直呼其名，一口一个"红军"，"红军"这"红军"那的。朱红军也一口一个"婶"，对中年妇女不无尊敬。

开始的时候，我以为朱红军之所以选择这么一个地方是因为便宜。后来隔壁房间里传出一片女孩儿的笑闹声，在我们划拳敬酒的间歇越发地响亮。再后来那房间的门吱呀一声开了，走出来一个身姿婀娜的姑娘。她去前面的锅上端来一碗菜，然后又回到了隔壁的房间里。我看得很清楚，那是伍奇芳。伍奇芳一晃即逝，余香缭绕，就像做梦一样。她仍然恪守着共水县中里的习惯，没有和我们打招呼，甚至脸上也没有笑容。

汪伟不知深浅地问："那不是伍奇芳吗？"说完，看着朱红军。后者没有任何反应。

汪伟又说："咦，伍奇芳怎么会在这里呢？"

朱红军仍然不置一词。

我没有汪伟那么愚蠢，自然早已明白过来。这儿就是伍奇芳的家，那中年妇女就是伍奇芳她妈。饭馆是她们家开的，隔壁房间里关着的是伍奇芳的几个妹妹。朱红军来她们家当然不是第一次，他常来常往，运送自己家自留地上出产的瓜果蔬菜以及鱼肉鸡鸭，有年头了。这谁都知道。没准朱红军这次请客用的菜，也是他事先送过来的，伍奇芳他妈只是帮着加工做熟而已。再就是提供请客的地方。而我们喝的白酒,是丁小海从酒厂里便宜买来的。这顿饭朱红军基本上没有花什么钱,但比他花了钱还要令我感动呵。

我深知朱红军家和伍奇芳家两家交往的渊源,也听说过朱红军和伍奇芳两人关系的传说。也就是说,朱红军请我乃是设的家宴,不是家宴但胜似家宴。家宴,是个什么概念呵,比在国营饭店里请客吃饭又上了一个档次。朱红军喝五吆六,俨然就是这里的主人,不是请客的主人,而是这家的主人。

后来从隔壁房间里跑出来一个五六岁的小姑娘,缠着朱红军要吃肉。后者将一只我们吃剩下的菜碗塞给她,说:"去去,去一边吃去!"

小姑娘跑走后,朱红军端起前面的山芋干酒,对我说:"干了干了!上了大学,不要忘记我们这些老同学,写个信来什么的。你们家有事尽管说一声,我们帮着料理……"说完一饮而尽。

我于是也一仰脖子,干了手上的白酒。

一九七八

我只身来到南京,进了南京美术学院。开始的时候,人生地不熟的,不免十分想念共水。按说,南京才是我的故乡,我是在那儿出生的,可此刻却身在故乡想念着共水,涌起了强烈的思乡之情。这是不是有点错位?实际上我想念的只是朱红军、丁小海这帮朋友,于是一有机会就给他们写信。

在和我通信的这帮人中坚持到最后的竟然是朱红军,这也是我没有想到的。丁小海只是在我刚来南京时给我回过一封信,再写信去,他就不回了。汪伟的情况也差不多,虽然回过三四封信,但一概寥寥数语,就像和我没有什么可说的。他和丁小海都是不善写信或者不习惯写信的人。特别是丁小海,甚至都没有上过高中,又忙于生计,因此不难理解。倒是朱红军这么一个"武夫",每信必回,并且一次能写上很多。后来,他几乎成了共水方面的代表,在信中事无巨细地报告大家的情况,有他自己的事,但更多的还是丁小海、汪伟他们的事。最后只剩下朱红军一个人和我通信了。我给他的信,信笺题头写着朱红军、丁小海、汪伟三个人的名字。朱红军回信时的落款也是三个人,有时候也只写他一个人的名字。我们保持了一年多的通信,一直到朱红军当兵离开共水。甚至到了部队上,朱红军还和我通了很长时间的信。

朱红军去部队以前,共水方面发生了两件大事。一件是丁福海死了。

据朱红军的信上说,开追悼会那天,洪赵大队安排了一台手扶拖拉机,载着丁福海的尸体,拖斗的两边则坐着丁小海兄妹三人,还有他们的舅舅。再就是拖拉机手。活人加上死人一共六个,一路颠簸着向共水县火葬场而去。那天为丁福海送行的人中几乎没有洪赵的乡亲,丁小海以前在共水县中的同学倒是去了不少,都是朱红军招集的。他们早已等候在那里,拖拉机一到,这支规模还算说得过去的队伍便戴着黑纱,手捧丁福海的遗像,步入告别厅。追悼仪式正式开始,一切进展顺利。只是,参加追悼会的年轻男性居多,显得有些不伦不类,与死者的身份(一位五十岁左右的农民)不很相称。并且由于女的少(只有丁小海的两个妹妹),哭声也就小,因此气氛不够热烈。追悼死者是要讲究气氛的,尤其需要讲究气氛,需要大放悲声。悲声不大并且寥落,怎么说都是非常遗憾的。然而,朱红军能做的也只是招集一帮老同学来参加追悼会了,至于他们能不能哭、会不会哭,就不是他所能控制的了。

追悼会匆匆完毕,然后将丁福海运到炉子里去烧。仍然是朱红军领头,一帮同学帮忙。那年头,火葬是一个新生事物,尤其是在共水这么一个地方。共水县火葬场也刚建起来不久(我甚至都不知道它在什么方位)。经验不足,设施也很落后,烧人的炉子和当地农民的"缸缸灶"也差不了太多。不同的只是稍微大一点,并且不在屋里,而是垒砌在露天河滩上。烧人也是自助式的,没有专门的技术人员,得由死者的亲属将尸体塞进炉子里去,自己点着柴火烧。

　　当地人流行土葬，只有迫不得已才会火葬，因此那炉子已经很久没有用过了。炉膛不够大，里面还有半炉子的草木灰。朱红军伙同汪伟等人，将丁福海头朝里拼命地塞，塞了半天，结果脚还是挂在炉膛口。朱红军让丁小海站远一点，然后拿过一把铁锹（火葬场方面准备的，顺手就能拿到）使劲地将尸体往炉膛里面捣。就这么边捣边烧，最后丁福海的骨头被烧酥了，只听喀吧一声响，那两只穿着解放鞋的脚才被捣进去。添柴加草又是一阵猛烧，黑烟滚滚，空气中弥漫着一股烧胶皮的臭味儿，自然是那双橡胶底的解放鞋发出的。最后总算烧成了，炉子冷却以后大家便开始捡骨灰。但到底没有烧透，缸缸灶和柴火毕竟是用于烧饭的，烧人总归差点火候。因此没烧化的骨头很多，并且有很大的骨头，黑乎乎的，根本装不进丁小海事先准备的那只泡菜坛子里。

　　又是朱红军带头，一帮同学捡起地上的砖头，开始砸骨头。那砖头随手可以捡到，炉子四周到处都是，想必也是火葬场方面提供的，就像柴火、铁锹一样，是烧人必备的工具。想必其他送来烧的人也得用上柴火、铁锹、砖头。对这些工具的使用火葬场方面并没有加以特别说明，没有这个必要。情急之下，谁都会想到使用它们以及怎样使用，当真是用在节骨眼上了。于是继黑烟缭绕之后河滩上又响起了一片砸骨头的声音，响彻云霄。

　　总算砸得差不多了，能塞进那只泡菜坛子里了。丁小海用一块红布蒙上口，再用一根鞋带（从丁福海的那双解放鞋上抽出来的，两根结在一起）扎牢。尚有一半的骨头装不下，丁小海的舅舅拿来垫在拖拉机上的一条化肥口袋，把剩下的骨头装进去，并交给了丁小海。丁小海双手抱着泡菜坛子，没有手拿，就让两个妹妹抬着。一家人上了手扶拖拉机，开回洪赵大队去了。

朱红军在来信中告诉我，开追悼会那天，丁小海没有哭。他的两个妹妹本来是想哭的，刚哭了两声，就被那舅舅呵斥住了。后来目睹了砸骨头的惊人场面，他们也没有哭，大概是被吓得忘记哭了。朱红军还说，那天丁福海穿得不错，一件半新的中山装，头上还戴了一顶蓝布帽子，脚下的解放鞋也是崭新的，因为鞋底上没有粘上泥巴。他说这些是什么意思呢？是可惜了那身衣服，还是说丁福海死了以后总算是有了一点体面？

朱红军还告诉我，本来丁小海是不打算搞火葬的，但置办棺材需要钱，丁福海下葬也需要地方，总之得花一笔钱。因此，丁福海刚死的时候，并没有马上送到火葬场去烧，而是在家里停放了很久。其间丁小海跑了好几趟上山下乡办公室，汇报丁福海病死了，想让他们出钱安葬。结果自然一无所获。最后一次是朱红军陪丁小海去的，上山下乡办公室的人说："死就死了吧，吓哪个啊？像你爹这种人死一个少一个……"

一贯笑脸如花的丁小海突然不讲话了，憋了半天终于憋出一句："要是你们不管，我就把人掀到河里去！"

上山下乡办公室的人愣了一下，随即笑了起来："你吓哪个？要掀你就掀，又没有人拦着你，最多我们一年不吃河里的鱼……"

当时朱红军很想冲上去打人，但被丁小海拉住了。后者又恢复了似笑非笑的表情，让朱红军觉得非常迷惑。

丁福海的尸体在家里又停放了几天，直到都开始有味儿了，丁小海这才决定送到共水县火葬场去火葬。整个过程中他始终似笑非笑的,让人实在捉摸不透。

我上大学的第一年,家里每月寄来的生活费是二十五元钱。按照当时的物价,已经算是很多了。况且我除了吃饭,基本上没有什么开销(画画的材料费另算,家里不定期地托人捎来)。听说丁福海去世的事后,我去了一趟邮局,领取了当月的生活费,转身又填了一张汇款单,寄给了丁小海。二十五元钱来自共水,又寄回了共水。那个月,我是向同学借钱买饭菜票混过去的。以后每个月都节省一点,不到半年债也就还上了,不算太紧张。我总算是为丁小海做了一点事,心里不免非常踏实,甚至还有一点自豪。可自始至终丁小海都没有写信给我,告诉我二十五块钱收到了。我还是从朱红军的信中知道丁小海收到了钱。当然啦,朱红军不免大大地夸奖了我一通,说我够朋友,讲义气,不愧是他朱红军的兄弟。我的善举总算得到了认同,二十五元没有白寄。

共水方面发生的第二件大事,是我们家迁回了南京。

由于我已经人在南京了,所以说共水的那个家并不能称之为"我们家",说"张梅生家"也许更合适一些。父亲早就接到了调回南京的调令,但他硬是赖在共水不走,为的是有时间多打几场牌。直到身体完全打垮了,再也打不动了,父亲急于前往南京治病,这才决定举家搬迁。父亲从共水的"张梅生家"里直接搬进了南京鼓楼医院的病房里,母亲则搬进了光华门附近的一套新房子里(是父亲的单位分给父亲的),而我仍然在南京美术学院里住校。也就是说,我们一家三口虽然都在南京,却待在三个地方。我偶尔回家,但从不过夜。对这个新家我完全没有感觉,甚至连我的父亲都不在。这个家不能称之为"我们家"或者"张早家",

甚至也不能称它为"张梅生家"。说它是"张早他妈家"才比较名副其实。

在我母亲的家里，她老人家常常拉着我的手，唠叨个没完没了。我从她的口中得知，"张梅生家"从共水搬来时，朱红军帮了大忙。他招集了丁小海、汪伟等一帮同学，将"张梅生家"所有的家具抬上了那辆停在门口的大卡车。甚至，这之前的包扎、捆绑之类的工作也是朱红军他们完成的。虽说我父亲卧病在床，无法亲自动手，但也大可不必这样。我们家在红旗厂住了将近四年，父亲又是领导，底下的工人多的是，况且还有牌友。这些人一概被朱红军挡在门外，不让他们插手搬家的事。

朱红军大包大揽，告诉母亲一切都包在他身上，由他来安排。母亲也没有办法，只是担心，这几个小孩子能完成如此艰巨的任务吗——在她老人家看来，搬家可是一件天大的事。可以说，母亲是看着他们长大的，在她的印象中朱红军他们还都是孩子。只见朱红军喝五吆六，但指挥若定，丁小海、汪伟几个则肩扛手提，忙得不亦乐乎。一个小时下来，所有的人都浑身大汗，经风一吹，肩膀背后的衣服上泛起了一层发白的盐霜。他们真的都成长为以一当十的精壮的小伙子了。看着他们忙前忙后的身影，母亲的双眼不禁湿润了，因为她想起了在南京读书的儿子，也就是我。

"张梅生家"一搬走，我和共水方面的联系就日渐稀疏了。以前我不仅和中学同学通信，还和家里人通信。现在父母双亲都来了南京，自然和他们已没有通信的必要。即使是和朱红军通信，频率也大大地降低了。朱红军在忙活参军的事，而我学业也紧。何况每周我都得抽出时间，去医院里看父亲，去新家看望母亲，听她的唠叨。我在学校里也交了一些朋友，有了三五个臭味相投的知己，不再那么地孤独了。

当然，和共水的疏远主要还是心理上的，家在那里和不在那里就是不一样。以前，我虽然给朱红军他们写的信多，而给家里写的信少，但感觉上自己的家是在共水的。而现在，我也不觉得自己是一个南京人，但也不觉得自己是一个共水人，有一种前不着村后不着店的不无空洞的感觉。我在夜里做梦，仍然会梦见共水，但那大多是中学以前在下面生产队里时的情景，很少会梦见共水县县城和共水县大街。而在大白天，我却很少会想到共水，哪怕是在乡下度过的童年岁月呢。当然，我也不想南京，不觉得待在南京有多好。艺术，唯有艺术，也就是画画，才是这一阶段里我唯一真正关心的事。本人不免孜孜以求，赌咒发誓要当一个大画家。

一九七九

实际上，共水方面这一时期也很不安定，似乎所有的人都在动身离去。一九七九年前后，在下放人员中掀起了一股回城的热潮，下放干部、知识青年、下放户纷纷回城，真是人有人路，虾有虾道。大势所趋，但一概都是自下而上的运动，不像当年下放的时候，是自上而下的。在生产队的去了公社，在公社的去了县城，而已经在县城里的则千方百计地奔回南京。下放干部谋求官复原职，知识青年跨越考大学或进工厂的必由之路，下放户也力图返回原单位车间。这可真是一个力争上游的大好时机，甚至土生土长的共水人也不安分。恰好遇见中越边境自卫反击战打响，于是方便之门洞开。这一时期，当兵变得比较容易了，不再像以前那么要求严格。以前需要查三代、看成分，还得开后门。自卫反击战开始以后，亟需扩充兵员，招兵的数量猛增，加上上前线有生命危险，因此有很多有条件当兵的不当了，而那些放在以前没条件当兵的却踊跃争先。

当兵如何和进城有关呢？是这样的：当兵不一定就在城里，但当了兵，以后复员转业却有可能获得城市户口。转业就不用说了，在部队上就是军官，来到地方便是国家干部。即使是复员，地方上也有义务安排工作，进工厂、机关的可能性很大。即使你的工作是在下面的公社或者镇上，可户口是城市（镇）的。当年的城乡有很强烈的抽象意义，与户口这档子事脱不了干系。因此当兵既是就业之路，也是进城之路，更是身份的转换，从农村人变成了城市人，从基层群众变成了国家干部。所有的这些都可以通过当兵。当兵乃是典型的自下而上的运动，只不过这条路比较曲折，不可能立竿见影马上见效。

由于当兵的尺度放宽，报名参军的人异常踊跃，我读中学时所在的那个班上的男生几乎都跑去参军了。当然我除外，因为我已经上大学了，我是我们班上唯一上了大学的学生。另外还有魏东，他早在高二的第一学期就已经参军了，率先一步走人了。要是放在七九年，魏东未必会报名参军的。魏东参军的时候，自卫反击战还没有打响。现在不仅打响了，并且主要的战事已经结束。就像是存在某种惯性一样，招兵的深度和广度甚至比战前更甚。所以说，我们班上的男生是幸运的一群，更是应运而生的一代。他们中，除个别身体条件不合格的，全都心随所愿，穿上了军装，摇身一变成了一名威武的解放军战士。甚至像杨庆军这样患有羊癫疯的，也隐瞒了病情去了部队上。更不用说像朱红军那样身体强壮的优秀的小伙子了。汪伟自然也当了兵。

参军的热潮中，丁小海也曾经动过当兵的念头。他不满足在酒厂当工人，想去外面闯一闯，然而他的出身仍然是一个问题。虽说当兵的尺度已经放宽，但像他这样的四类分子的儿子还是困难大了一些。所以说第一步是为丁福海平反。据说这事儿已经办得有些眉目了，上山下乡办公室的人专门找丁小海谈过一次话。后者将这件事告诉了朱红军，想通过他让朱崇义想想办法。朱崇义说:"都什么年头了,当兵还要开后门?如果他走不成,那就真的是走不成了。"

朱崇义刚正不阿,尤其反感开后门这种事。因此朱红军也没能帮上这个忙。

后来丁小海还是离开了共水,回了南京,但不是通过当兵这条路,而是顶他父亲也就是丁福海的职。时间是七九年招兵以后,有关丁福海平反的文件正式下达了。按照有关的政策,允许丁福海的一个子女顶替丁福海的职,回南京丁福海原来的单位。丁小海进共水县酒厂当工人顶的是他妈的职。如今他把这个"职"让给了他的大妹妹,自己顶丁福海的职回了南京,丁小海的小妹妹则暂时寄养在舅舅家。

丁福海的原单位是秦淮区建筑公司,因此丁小海也就由酒厂工人摇身一变成了建筑公司的工人。他仍然干电工,这是变不了的。从此丁小海就在建筑系统里待了下来,一待就是近三十年,直到今天。后来丁小海的大妹妹也回了南京,和丁小海在一个建筑公司。他们的妈妈毕竟也是从这个公司出去的,因此也是题中应有之意。丁小海的小妹妹成年以后也回了南京,当然这些都是后话了。丁小海刚来南京的时候孤身一人,住在一个建筑工地旁边的工棚里。

总而言之,在两年不到的时间里,共水县城几乎走空了。先是我上大学,然后是"张梅生家"举家搬迁,再后来是朱红军他们当兵,一走就是一大伙。最后是丁小海。没有记录在此的走得更多,任杆子、李春、黄老头、魏东……走时毫无声息,我也全不在意。在其后的二十几年里不同的时期我曾经得知了一些人在南京的消息，就像是走了的人又统统在南京聚首了。这件事的确有点儿奇怪，为什么大家都如此地钟情于南京呢？说共水县城都走空了，自然有点言过其实，那不过是我的心理感觉，只能说我心中的共水县城已经空空如也了。其实，留下来的人只会更多。

七九年的征兵场面我没有赶上，因此只能想象。好在没上大学以前，其他年份的征兵我还是见识过的，七九年的征兵不过是场面更加浩大一些。

一时间共水县大街上到处都是穿军装的小伙子，列队而过，或者三五成群地在街上闲逛。这些兵一看就知道是刚入伍的，衣领上没有领章，军帽上也没有帽徽。军装簇新，穿在身上还不怎么服帖。头发刚刚剃过，式样一模一样，满街都是小平头。列队而过的时候每个人抱着一只脸盆，里面放着折叠整齐的毛巾和一块四四方方的肥皂，那是去县委大院里的澡堂子里去洗澡。队列旁边有一老兵（领章帽徽齐全），一面领跑一面喊着口令：一、二、一，一、二、一，一——二——三——四——……新兵们如雷鸣地响应。从澡堂里出来，新兵蛋子一个个洗得红头涨脸的，一路肥皂味飘香。征兵是秋季，可那几天里，共水县城里到处绿色闪烁，可谓春意盎然。按照今天的话说，那些出没于县城大街小巷的小当兵的犹如一道流动的风景。

最热闹的去处当然是共水县照相馆，人满为患。前去照相的有三种类型。一类是新兵领着未婚妻。这些未婚妻一些是早定下的，甚至是娃娃亲，有的则是刚说的。知道这家的小伙子当了兵，于是上门说亲的络绎不绝，好歹定下一个，当兵回来以后再结婚。要是没有当兵这回事，说不定小伙子这辈子都娶不上媳妇。因此对于家住农村的穷小子来说，当兵不仅意味着个人前途，同时也有利于传宗接代。临行前定亲、授受聘礼蔚然成风。去照相馆里照一张相片，乃是定亲仪式中的新时尚，有照片为证嘛！

那些十七八岁的农村姑娘，穿着水蓝色的大襟褂子，头发上别着塑料发卡或者一朵野花，挎着一身碧绿的未婚夫的胳膊，步入共水县照相馆。摄影师说："来来来，坐坐好，靠紧一点，头侧一侧，笑一笑……"有时候还走过来，用冰凉的指尖碰一碰未婚妻红扑扑的腮帮子，以便调整歪头的幅度。然后咔嚓一声就照好了。

一对新人出去，再换一对新人进来。照相馆门口至少也保持着二三十对新人排队。

第二类来照相的是新兵和亲戚、朋友或者同事、同学合影。比如朱红军他们就照了一张，除我和魏东之外当年我们班上的男生全到场了。四寸大的照片里装了二十五个人，其中绝大多数穿着军装，只有四五个同学仍然是"老百姓"打扮。这几个人不是近视眼就是有其他的病，身体条件不适合当兵。另外他们还拉上了丁小海，后者穿的是厂里的工作服，也不是军装。这张照片我后来在丁小海那里见过。

第三类照片是新兵之间的合影。他们刚刚认识，以后就都是战友了，为了彼此的结识，为了这个全新的开始，凑在一起拍张照片作为纪念。这样的照片中自然没有丁小海，虽然他巴不得自己身在其中呢。朱红军是后两类照片都照了，而没有照第一类照片，也就是订婚照。如果他照订婚照，不用说肯定是和伍奇芳了。在征兵的那几天里，整个共水县城里都喜气洋洋的，伍奇芳是否都出现过？或者朱红军是否去过湖堤上，和她道过别？这我就不知道了，因为没有人告诉我。

然后朱红军、汪伟一帮人就到了部队上。本来，我和朱红军的通信已经渐渐稀疏，但到了部队上，朱红军反而来了劲，有一段时间里——在他开始当兵的前半年，我们之间的通信再次频繁起来。看得出来，那时候的朱红军状态很好，对未来和前途充满了信心。他告诉我，自己正在学开汽车，并积极争取去边境前线。朱红军说，虽然中越大规模的战事已经结束，但零星的战斗每天都有。可惜他们的部队离前线太远了，并且兵种还是工程兵。但，希望还是存在的。

说实话，朱红军之所以积极当兵，为的就是上前线真枪实弹地干一家伙的，而不像大多数人那样，是冲个人的前途出路去的。招兵的时候并没有说什么工程兵，说的是招特种兵。朱红军想当然地认为是侦察连之类的，需要化装深入敌后。没想到这个特种兵其实就是工程兵，较之其他的兵种的确是有点特别，但特来特去，不过是学开汽车。开解放牌，开运输车，开推土机以及挖掘机、开壕机、斗浆车、拌和机……开来开去，首先得学开解放牌。考虑到朱红军儿时的爱好，这也不错。从小他就对解放牌情有独钟，这一次总算是有一个亲近它的机会了。

这一时期，朱红军给我寄过一张他的照片，四寸大小，四周切成花边的那种。照片上朱红军头戴军帽，身着军装，风纪扣扣得一丝不苟。衣领以下的部分做了虚化处理。朱红军只能用英武二字加以形容。这家伙二目圆睁，炯炯有神，鼻梁挺直，鼻翼似乎还在翕动，露出两个又黑又圆的鼻孔。倔强而丰厚的嘴唇，加上左右两侧面一边一块坚定的咬肌，帽檐下的两道粗黑的浓眉，简直是英气勃勃，让人望而生畏，或者心存敬意，至少也是格外爱慕——得看是什么人看了。

这张照片被我放在一本影集里，在我的几张童年裸照之后，便是朱红军的这张大头像了。一度我很喜欢向来访的客人展示这本影集，翻看的人无不会在贴有朱红军照片的那页停住。他们说："这不是你吧？"

我回答："这是我的中学同学，少年时代最要好的朋友。"

看照片的人于是赞叹一番，说小伙子真英俊啊，那年头的人精神气就是不同！如果看照片的是一个女孩儿，在照片前面停留的时间还会更长。她们会问："他叫什么名字？现在在哪儿工作？"

我回答说："他叫朱红军，已经被枪毙了。"

女孩儿"噢"的一声，惊讶得嘴都合不上了，嘴唇微启，就像是在等待一个热吻似的。

我要的就是这效果，目的已经达到啦。

当然啦，向来人展示照片属于上世纪八十年代的情节。进入九十年代，照片这玩意儿已经不那么时髦了，或者说用私人影集招待客人已经有些落伍了。我偶尔也会拿出影集，客人往往匆匆一翻，礼貌性地评论两句，其专注程度远远不及八十年代看照片的人。即使是对朱红军的大头照，他们也一带而过，看了也就看了，不会提出任何问题。我心里想：朱红军的形象已经过时，他的英俊潇洒也属于逝去时代里的审美标准。本人心有不甘，会特地将朱红军的照片从影集中取出，递到对方的手上。这时候已经到了九十年代末本世纪初了。

我说:"这是我的中学同学,后来被枪毙了。"

即便如此,也引不起看照片的人多少兴趣。后者大概看了一看,随后下意识地将照片翻到背面。那儿有一行奇怪的文字,既不是中文,也不是英语。看照片的人眼睛一亮,说道:"啊,韩文!你的同学是韩国人吗?怎么会跑到中国来当兵的?"

他们说的没错,是韩文或者朝鲜文,是朱红军用该文字写下的自己的名字。朱红军曾在来信中告诉我,他在部队上认识了几个朝鲜族战士,正在跟他们学习朝鲜文。我几乎都忘记这茬事了。

哈韩哈日正流行全国,难怪看照片的人来了精神。由于这行韩文或者朝鲜文的存在,他们再次把照片翻了过去,开始仔细地端详朱红军。

我一言不发,默默地体会着这时空的变换。想当年,朱红军刚到部队上,又是学开汽车,又是学习朝鲜文,甚至还递交了入党申请书,当真是信心满满,前途无量。他积极报名,争取奔赴前线战场,即使是战死沙场也在所不惜,可后来竟然被公安机关枪毙,接受了一颗来自"自己人"的子弹。所有的这些故事,这些历史,这些因缘转化是眼前的这帮乳臭未干奇装异服的小家伙完全不能理解的。时间一天天地过去,身边的朋友换了一茬又一茬,如今我和这些可以做自己儿女的年轻人为伍,交朋友,在一块儿厮混,也算是一种惩罚吧……

一九八〇

我读大三的时候,有了比较稳定的朋友圈子,不再那么孤独了。对于和朱红军通信这件事不禁有些怠懈了。我会很长时间不回信,或者收到对方的两三封信,才回一封信。朱红军的信写得很长,密密麻麻的,内容丰富,无话不说。我的信则尽量简短,明显是在应付。因为我觉得和朱红军已经没有什么好说的了。谈艺术或者画画吧,他一窍不通,并且也没有这方面的兴趣。要谈就只能谈打架、打仗、军种、兵种以及武器装备什么的,觉得提不起精神来的就是我了。我又不是间谍,朱红军干吗对我说得那么详细?况且他情绪不佳,总是骂骂咧咧的。

由于没能上成前线,没仗可打,朱红军开始在部队上打架了。他每次来信,总是唠叨个没完,巨细无遗地描绘他的每一次打架。那么地兴奋、投入、自我感动,就像在描绘打仗一样。甚至,朱红军的遣词造句也十分地军事化,什么包抄、奇袭、掩护、进攻、撤退……看来朱红军的架打得规模挺大,不是他一个人在打,而是带领很多人在打,对手也不是一个,而是一群。自然每次打架朱红军或者朱红军一方都大获全胜,所以他才会如此地兴奋吧?他再也不提开车的事、学朝鲜文的事,以及争取入党、提干、上军校的事。既然上不了真正的前线,在朱红军看来一切都没有意义。在我的印象中，朱红军后来在部队里的生活就是打架，只有这一件事是值得一提的，也是他所关心的，正在做的。这个人变得狭隘了、堕落了，也乏味了。

开始的时候，我觉得有这么一个朋友非常骄傲。我总是对美院的同学说：我有一个从小的哥们，特别会打架，此人目前在部队里，正积极争取去中越边境；他要么战死沙场，要么肯定会成为一名战斗英雄凯旋。听闻此言，美院的同学不免刨根问底，后来我才明白，那是出于对中越战事的关心。随着战事的结束，中越冲突逐渐淡出了人们的记忆，就再也没有人关注我这个部队上的哥们，也就是朱红军了。别说他是一个没能上成前线的潜在的战斗英雄，就是真正的战斗英雄，从中越战场上缺胳膊少腿地下来，大家也见识过了。他们作为英雄模范来美院做专场报告，一番热闹以后就再也无人问津。在此背景下，朱红军对我喋喋不休地谈论打仗、前线，谈论打架，你说有意思吗？他的夸大其词是显而易见的，落后于时代也是题中应有之意。

有一次，朱红军一连给我发了三封信，详细地描绘了他们的一次大规模的斗殴。

当时朱红军所在的部队在郑州，他们和当地一家部队医院的警卫排发生了冲突。起因是朱红军和两个战友在街上闲逛，旁观了该医院站岗的战士和另一个部队上的战士打架。至于两帮人为什么要打架，朱红军唠叨了整整一封信，在此我就不啰唆了。反正站岗的战士被打翻在地，另一个部队的战士撒腿就跑。完全是出于恨铁不成钢的心情，朱红军说被打的战士是呆屄。他的意思是：即使打不过，也应该死死地拽住对方，另一个跑去喊人（被打的战士是两名)。医院的警卫排至少也有三十几号人，两个闹事的家伙还不容易对付？没想到被打的战士把朱红军他们当成和打人的家伙是一伙的了。人倒是喊来了，并且倾巢而出，在被打战士的指认下将他们团团围住。由于寡不敌众，朱红军他们吃了大亏，朱红军的一侧脸被一个山东大汉用一块砖头给拍肿了。被打的战士指认他们八成是故意的，谁让朱红军骂人家是呆尻呢？何况真正的凶手已经逃之夭夭，一口恶气总得有地方出啊。

好在打他们的是医院的警卫排，打伤了正好抬到里面去治疗，可谓一条龙服务。就这样，朱红军在这家医院里住了一个星期。后来误会也澄清了，警卫排所属的部队领导出面道歉，医院方面也把他们伺候得很好。朱红军伤得也不算重，两三天以后脸上的肿就全消了，但他仍然赖在医院里不走。每天除了吃饭睡觉就在医院的院子里转悠，其重点区域为警卫排的宿舍和医院四周的围墙。他在踩点，心里面酝酿着一个庞大的报复计划。然后，朱红军就出院了。一周以后所在的部队开拔。这天晚上，行李装备等物资都已经上了军线列车，朱红军搞来了一辆解放牌。他亲自驾驶，车厢里载着他的十几个战友，大约有一个班的人。趁着月黑风高，直扑那家医院。一条军用毛毯从车厢后面披挂下来，遮住了部队的番号和车牌。

在一个巷子口，汽车熄了火，一帮人跳下车，悄无声息地摸进漆黑的巷子。巷子的一边就是医院的围墙。他们准备翻越的这截围墙自然是朱红军事先侦察过的，临街有三米，但墙的另一边，离院子里的地面只有两米。只见一名战士来到墙边，背靠围墙，双手交叠于小腹前，构成一个脚镫。另一名战士助跑，踩上脚镫，背靠围墙的那位一个大力托举，助跑的战士借力飞上了墙头。后者特地穿了一件大棉袄，戴着棉手套，上去后用胳膊肘使劲地一扫，围墙上竖着的玻璃断瓦纷纷折断，被扫到一边去了。然后，下面扔上来了一条毛毯，往围墙上一铺，高大的围墙就变成一条坦途了。十几条黑影鱼贯而过，最后，围墙外面就剩下朱红军和那个负责托举的战士了。

他俩没有走围墙，冲着灯光耀眼的医院大门而去，拼命地摇晃着铁门，嚷嚷着要进入医院。两名睡眼惺忪的警卫战士踱出值班室，站在铁门的另一边和他们理论，说什么也不肯开门。但已经由不得他们了，警卫战士被人从后面扑倒，并缴了枪。朱红军的战友搜出大门钥匙，开了医院的大门，朱红军不免堂皇而入。值班的警卫战士被捆了起来，嘴巴里分别塞了一条毛巾，然后就被扔到值班室的床上去了。朱红军他们用棉被把他们盖盖好。两支被缴的枪被卸了弹夹，也塞到被子里面去了。

值班的被解决以后，朱红军他们就进入了医院黑暗纵深的院子。在朱红军的指挥下，一帮人直扑警卫排的宿舍。战士宿舍的门是不允许从里面插上的，以便干部随时前来查铺。因此警卫排的战士不免在睡梦中被各个击破，全部被生擒活捉了。只有排长是单独住的，门从里面被反锁了。朱红军他们冒充警卫排的战士，在外面大叫："报告排长，不好了，出大事啦！"赚开了房门。

总之没费一枪一弹，也没有惊动医院住院部大楼里的病人和医务人员，警卫排的全体战士包括排长都被他们拿下了。这时候月亮也出来了，医院的院子里满满地蹲了一地，全都被捆得结结实实的，嘴巴里面塞着东西。朱红军在俘虏丛中走了好几个来回，数了好几遍，竟然少了两个人。后来他突然想起那两个值班的战士，于是指示战友将他们从值班室里带过来。朱红军又数了一遍，人数正好。他既没有打骂他们，也不许战友们打骂他们，就这么巡视了一番，朱红军就带着他的人离开了。

临走，朱红军对警卫排的战士说："要好好练练兵了，如此放松警惕要是碰上越南鬼子你们就全完蛋啦，小命都保不住！死都不知道是怎么死的！今天给你们一个教训，要明白自己是干什么吃的！"

这里是郑州，哪里来的越南鬼子？况且中越边境战事结束已经快两年了。然而警卫排战士的嘴巴都被封住了，因此没有人反驳朱红军。

关于这件事，朱红军整整写了三封信，一封比一封长，每封信的间隔时间在三天左右。看来这段时间里他每天都在回味，经常有新的发现。如果我搭理他的话，朱红军还会说得更多，甚至会用四封信或者五封信来谈论这件事，也可能会一直说下去，没完没了。这可是他的光荣与梦想呵，或者说体现了他的光荣与梦想。通过这次事件表现了朱红军优异的军事才能，他的周密、机智、沉着、勇敢以及良好的风度也尽显无遗。医院一战是以少胜多的范例，一个班解决了一个排，敌人三倍于我。如此地干净利落，没费一枪一弹，甚至一砖一瓦，就将对手全体活捉了。再就是优待俘虏，没打没骂，也没有报复，甚至那个用砖头拍肿朱红军脸的山东大汉也被他们放过了。可说的还有很多，但只是有一点，对方并不是越南鬼子，也不是蒋匪、苏修、伪军或者小日本。人家和朱红军一样，是正儿八经的中国人民解放军。所以说，尽管朱红军他们打得漂亮，也只能算是打架，而不能算是打仗。尽管接近于朱红军的光荣与梦想，但并不是他的光荣与梦想。很多年以后，在村口的一棵老槐树下，面对天真无邪的孩子们是不能藉此吹嘘一通的。自己人打自己人，那算什么英雄好汉？朱红军还当真把我当成了老槐树下的小孩，把自己当成老爷爷了？

我没有给朱红军回信，不是故意不回，而是不想马上就回。一来，对打架或者打仗的事我实在没有兴趣，二来也不想助长朱红军的妄自尊大。就这么拖着，等等再说吧。然而朱红军等不及了，他写来了第四封信。这封信非常地简短，再没有长篇大论，没有事无巨细。这是一封绝交信，朱红军悍然提出与我绝交。他的理由是如今我上了大学，瞧不起当年的老同学了。"你走你的阳关道，我走我的独木桥！"朱红军说，"从今往后，你我大路朝天，各走一边！"

自然，这是因为我没有及时回信造成的，但我也不想解释和补救。朱红军的脾气那么大，我觉得不可思议。况且事过境迁，我也真的觉得和朱红军通信是一件很麻烦的事，既没什么可说的，又要照顾对方的情绪，并且从中不能收获任何东西。绝交就绝交吧，对我来说，只是意味着两个人不再通信。在内心深处，我并不认为失去了这个朋友。直到三年以后，我才反应了过来，但为时已晚。那时朱红军已经不在人世了。我再也没有机会证明我们之间的友谊是超越通信联系的了，没有机会证明它是年轻时代的意气用事所无法破坏的。口说无凭呵！

一九八一

我读大学的第三年，发生了一件大事，就是我父亲去世了。虽然，自从回了南京他就没有进过家门，一直住在医院的病房里，这事还是太突然了，完全出乎母亲和我的意料。父亲刚过五十，得的也不是什么绝症，不过是肺气肿。按照医生的话说，他的肺已经一点弹性都没有了。也是我们疏忽了，我母亲要上班，我每天在学校上课，不可能天天有人陪夜。况且父亲住在医院里也不是一天两天，已经快两年了，家里人早就被拖疲了。一天夜里，父亲的一口痰没有咳上来，身边又没有人，没法通知医生及时地吸痰。就这样他被一口痰给憋死了。母亲和我悔之晚矣！由此给我们带来的巨大的悲痛就不说了。亲友同事云集，手忙脚乱，去医院的太平间里向遗体告别，然后前往石子岗殡仪馆举行追悼仪式，这些也都不说了。

一个星期以后，尘埃落定。这天正逢星期天，我待在家里无所事事，心里面空得发飘（母亲去东郊联系父亲墓地的事了），一个人找上门来。这人便是丁小海。也不知道他是怎么找到我们家的，不知道他是如何获悉我父亲去世的消息的。反正一看脸色，丁小海肯定是为此事而来。他仍然笑眯眯的，但笑容僵硬，有点不好意思。

"你爸爸去了?"

"去了。"

"他得的是什么病?"

"肺气肿,医生说他的肺一点弹性都没有了。"

"哦,我爸爸得的也是肺气肿,一口痰没有咳上来。"

"我爸爸也是,让痰给憋死的。"

过了一会儿,丁小海问:"你爸爸多大年纪了?"

我说:"今年刚好五十。"

丁小海说:"我爸爸和你爸爸一样大,但死得比你爸爸早,才四十七。"

交谈至此,母亲回来了。她看见丁小海,马上拉住对方的手,不禁又泪水盈盈了。丁小海有点不知所措,脸上仍然在笑,但又觉得笑得不是时候。见此情景,我对丁小海:"我们出去逛逛吧。"

于是我们来到了外面的马路上。我去小店里买了一包烟,撕开烟标,弹出香烟,一个人取了一支,就站在马路边上抽。边抽边说话。说着说着,我们就蹲了下来。街上人来车往的,非常热闹。行人从人行道上走过去的时候不免要绕过我俩。突然,丁小海不知道从哪里摸出一张皱巴巴的钞票,塞给我。他说:"给你的。"

我不禁吃了一惊,说:"你这是干什么啊?"坚决不要丁小海的钱。

对方也不说话,再次把钱推了回来。就这样,两个人推来推去,足足有三四个来回。在此过程中,丁小海始终在笑,除了笑他就不知道说什么好了。

这是一张十元的人民币,在推让的过程我总算看清了它的面值。我当然能领会丁小海的意思,他觉得我父亲去世了,家里肯定需要钱用。但我非常清楚,十元钱对丁小海意味着什么。他每个月的工资不过才三十一块钱(比在共水县酒厂时多了五元),还得养活两个妹妹。在刚才的交谈中,我得知丁小海目前住在工地上的工棚里,大妹妹已经来了南京,暂住在亲戚家。小妹妹仍然在共水,由舅舅照看。她们的生活费都得丁小海出。当时南京的低保标准是人均收入九元以下,三十一除三,已经超过十元了,因此丁小海他们家无法享受低保。如果我收下丁小海的这十块钱,这个月他们家的生活费就只有二十一元了,人均七元,那就比吃低保还不如了。所以说,这钱我是无论如何不能要的。但丁小海死活要给。于是两个人就推来让去,弄得路人不免侧目而视。

我对丁小海说:"我再怎么困难那也比你强啊,我妈有工资,我爸去世以后学校答应每个月给我助学金。"

丁小海说:"也不是钱的事,这点钱也派不上用场。"过了一会儿,他又蹦出一句:"我爸爸死的时候你能给我钱,你爸爸死了,我就不能给你钱吗?"

我说:"原来你是要还我钱啊,要还也要还二十五块,你有二十块五钱我就收下,十块钱你还是收起来吧!"

丁小海还真的去摸口袋,摸了半天也没有摸出其他钱来。最后他只好作罢,把那张皱巴巴的钞票放回口袋里去了。

从此以后我就和丁小海联系上了。我失去了朱红军的友谊,却恢复了和丁小海的来往。我们自然不用通信,而是隔三岔五地见面。星期天或者是寒暑假,两个人一起去爬紫金山,或是去玄武湖里划划船。父亲的遗物里有一架海鸥牌照相机,我总是带着,每次出游的时候都会拍上几张照片,然后拿到照相馆去冲印。在那些放大的黑白照片上,丁小海总是笑面如花,我也显得年轻气盛。有时候我也会叫上一些画画或者搞艺术的朋友,丁小海对这帮人尊敬有加,但总归玩不到一起去。他总是笑眯眯的,却沉默寡言。即使是和我独处的时候,我们也只是聊点往事,说说老同学,说说当年的共水。在和丁小海的交谈中,我得知朱红军仍然和他保持着通信联系。看来朱红军和我绝交以后,写信的热情转向了丁小海。

一九八二

　　丁小海当然知道朱红军和我绝交了，但他没有任何评论，也不曾有过调解的努力。他就当这件事没有发生过一样。据丁小海说，朱红军最终也没有上成前线，因为随着时间的推移，前线已经不存在了。如果说中越边境就是前线的话，朱红军最接近的也只是到过昆明。那一次的任务是押车，朱红军争取了很久才争取到的。他和战友们在昆明玩了几天，就顺原路返回了。再就是在部队上打架的事，我听得烦不胜烦。朱红军团结江苏老乡和辽宁兵打，和山东兵打，终于使一向柔弱的江苏兵扬眉吐气，在部队上树立了威名，让人再也不敢小视。

　　扫清部队内部以后，朱红军又率领江苏、辽宁、山东兵和地方上打。一次他们和部队驻地的公安部门打了起来，朱红军和他的战友们将市公安局的大楼团团围住，最后还是由该市的市长出面，拜会部队领导，两下沟通，问题才得以解决的。最后一架则是送老兵的时候打的，朱红军作为老兵退伍了。战友们将朱红军等老兵送到火车站，但不想买站台票，朱红军等老兵也不想买火车票，于是发生了冲突。以前朱红军在部队上打架不止，如今脱掉了军装就更是肆无忌惮。在他的带领下，这一架打得天昏地暗，使铁路交通一度被迫中断，地方经济也遭受了不小的损失。然后，朱红军就以复员军人的身份回到了共水。

和他一起回来的还有部队上的一批战友。这些战友大多来自共水农村，由于文化程度不高，在部队上没有发展前途，因此服完兵役就回了家乡。但他们并没有回到下面的生产队去，而是滞留在共水县城里，和朱红军一样，等待县里面安排工作。从县城走的同学中回来的只有朱红军，其他的人仍然留在部队上，提干的提干，上军校的上军校。朱红军是因为打架，一事无成。因此他虽然是高中毕业，但和那些来自农村的小学毕业的战友一样，衣锦还乡了——当兵的经历只是使他们的身上多了一层绿皮。

再说杨庆军，早在参军半年以后，他就因为羊癫疯发作被退回了共水。所以朱红军回到共水后做的第一件事，就是伙同那些农村出身的战友去看望杨庆军，不是以老同学的身份，而是以老战友的身份。后者再次被一个集体接纳，感受到了来自部队上的温暖，不禁感动得热泪盈眶。说起这些年的生活，杨庆军告诉朱红军，由于自己不算是从部队上复员的，所以没有安排正式工作的机会，只好跟人学了一门手艺。在街边摆了一个修钟表的摊子，做小买卖为生。不幸的是，以金彪华为首的地痞流氓经常前来骚扰，摊子被冲掉了好几次。每一次杨庆军都得羊癫疯发作。幸亏他有这个病，不然的话还得受更多的罪。因此朱红军干的第二件事，就是找金彪华决斗。

后者因为那只斜眼，在三年前当兵的热潮中没有走成。经过三年时间的努力和经营，他已经成了共水县城里的一霸，手下喽啰众多，其声势已经大大地超过了当年的段大头、张三子他们。在共水街上的四五个帮派中，金彪华的帮派规模最大，平时欺行霸市，靠收做小生意的保护费为业。朱红军决定和金彪华决斗至少也有四层考虑。一是为杨庆军讨还公道。二是为县城人民除害。三是了却以前和金彪华之间的恩怨。四是杀一儆百——如此一来，他和他的那些战友才能在共水县城里立住脚。尤其是最后一条，有明显的军事战略意义。

之所以采用单挑而非群殴的方式，是因为群殴在目前的情况下并不合适。朱红军和他的战友不过六七个人，毕竟势单力薄，况且中间还包括杨庆军这样一打就发病的。没想到金彪华竟然鬼使神差，接受了朱红军的挑战。大概是因为这几年他从未遇到过对手，自忖手段已经不比当年了。于是两人相约老地方，共水县体育场见面。大约晚上十点，金彪华大刺刺地来了，没带一个帮手。朱红军就更是如此，只身前往。两个狠人面对面地站定了，天地之间呈现出一片寂静……且慢！

这可是我等待已久的时刻。整个中学时代里，我就一直在想：学校里的几个狠人究竟谁最厉害？但始终没有结论。因此丁小海说到朱红军和金彪华交手的时候，我的心不禁悬了起来，紧张得手心都出汗了。那样的场面真的比朱红军的那些大规模的斗殴更让我心驰神往。

丁小海说："朱红军一拳就把金彪华打飘起来了。"

"没有了？"

"没有了。"

"他们互相没有说什么吗？"

"没有说什么。"

我的一颗心终于放下了。虽然我对这一结果早有预料，但毕竟只是猜测。现在丁小海说了出来，呼出一口长气的同时，我不免觉得过于简单，过于轻易了。然而追问丁小海无益，因为这也不是他的说法。他是回共水看小妹妹的时候听别人说的，也许还是听朱红军说的。实际上，朱红军单挑金彪华的时候并无第三个人在场，具体过程也只能由朱红军说了算了。但有一点至少是真的，大家都没有异议，从此以后金彪华就销声匿迹了，他的帮派也作鸟兽散了。朱红军和他的战友们在共水县城里立住了脚，成天三五成群地在大街上闲逛，如入无人之境。

丁小海每次回共水时都会和朱红军见面。有一次，后者还特地摆了酒席，在县城里最大的饭店宴请丁小海。朱红军的战友们都到了，还有不少当年没有当兵走成的老同学，满满当当的四大桌。大家举杯换盏，气氛甚是热烈。丁小海什么时候见过这种场面？不免显得有些不安。朱红军安慰他说："你别客气，我们每天都是这样的，就算你不来，我们也得喝酒、吃饭！"

关于他单挑金彪华的事丁小海也曾问起过。丁小海是这样说的："张早让我问问你，你真的把金彪华一拳给打飘起来了吗？"

朱红军的回答如下："张早想问什么，让他自己来问。"关于金彪华却只字未提。

不仅丁小海经常去共水，朱红军也时常会来南京。来了之后必找丁小海，当然也找其他人。这时候已经是一九八二年了，从共水移居南京的人越来越多，有当年共水县中的同学、老师，也有以前县城里的熟人。无论男女，无论老少，只要是和朱红军有过交往或者一面之缘的，他都会去找。也没有任何目的，只是探望一下。这段时间里朱红军在等待县里安排工作，有的是空闲时间。他不仅来南京,也去共水周边的县份和地区,上扬州、去连云港、下无锡江南……总之在共水县城里待不住。而到了一个地方,不免去找昔日的战友,或者当年的同学、熟人。玩上几天后,再回共水待一阵。

朱红军找遍了所有能找的人,但就是没找过我。有时候我去找丁小海,他正好和朱红军有约会。丁小海会说:"今天朱红军来,约好了去四川酒家吃饭,你要不要一起去?"

其实我非常想去,但想了一想还是说:"朱红军又没有叫我,还是算了吧。"

我和朱红军都很要面子。并且我觉得,和朱红军见面是早晚的事,也不急这一时半会儿。那可是一个言归于好的历史性时刻,不可以草率从事,需要有所准备。然而这一准备,就再也没有机会啦。

朱红军东游西荡,到处乱跑,有时候也不是一个人,身边会带着个把两个战友。到了地头上,无非是寻访故旧,吃吃喝喝,看几场电影,有时候还会踢上一场足球。接待他的人不免提心吊胆,因为朱红军总是惹是生非。据丁小海说,一次他陪朱红军在新街口闲逛,看见两个谈恋爱的在吵架。女的长得楚楚动人,男的一看就是南京的小纰漏。头发长得遮住了耳朵,还留了一撇八字胡,穿一条扫到地面的喇叭裤,手里面提了一台三洋牌收录机。朱红军早就看他不顺眼了。当小纰漏动手打他女朋友的时候,朱红军便蹿了上去,一脚把小纰漏踢了个跟头。最后的结果是那女的和朱红军打成了一团,指甲在后者的脖子上划出了好几道血口子。朱红军没有反击,否则的话女的也不可能近身。事后丁小海问朱红军为什么不还手,朱红军说:"好男不和女斗。"

类似的事还有很多。因此陪他上街的人不免一惊一乍的,生怕会发生什么事。个把小纰漏在朱红军当然算不了什么,但如果面对强敌,对方不是一个人,而是一群人,那该怎么办呢?打将起来,你是上前助战,还是逃之夭夭?或者在一旁观看?如果是后面两条,那不就成了一个胆小鬼了吗?朱红军是最瞧不起这种人的。因此每次和朱红军出门都面临考验,心理负担实在很重。

朱红军看不顺眼的事还真多。男的打女的看不顺眼,奇装异服看不顺眼,公共汽车上不给抱小孩的让座位看不顺眼,偷钱摸包刷糨糊就更看不顺眼了。当然最让他看不顺眼的还是当地街头的小流氓。他看人家不顺眼,人家看他也不顺眼。新来乍到一个地方,朱红军总是一副耀武扬威的样子,胸脯挺得高高的,走路的时候甩着大膀子。出入于繁华闹市,一路上朱红军肩扛手推,像个大尾巴狼似的。他还喜欢炫耀武力,比如路过一截围墙,朱红军会顺手咚的一拳,砸出一个坑。看见一根电线杆子,他也会上去摇上一摇。一次丁小海陪朱红军去中山陵,看见两棵相距不远的树,朱红军蹭爬上去,一只手握住一棵树,居然来了一个十字支撑,历时足有十分钟。那可是需要非同一般的膂力的。当时围观的人很多,很难保证里面没有看朱红军不顺眼的,或者有比朱红军还要厉害的角色。毕竟南京不是共水那样的小地方。

鉴于朱红军目前的状态,我便不打算马上和他和好了。和好以后,就得陪他逛街,就得提心吊胆。更重要的原因还是我认为朱红军的情绪很不稳定,过于傲慢自大,甚至于轻狂了。这样下去是不会有好结果的。

一九八三

果不其然，一九八三年，严打开始，朱红军被作为流氓团伙的首犯被捕入狱。实际上，朱红军主要还是栽在他打架的名声上。具体的事由是他打断了一个人的肋骨（后来又接上了），而且他还打进了派出所。这件事发生在严打以前，朱红军被刑事拘留了半个月，早就放出来了。严打开始后，他又被"请"了回去。

关于那次打架，据说事情是这样的：朱红军伙同他的几个战友，窜至薛坝（共水县城旁边的一个镇子）去吃饭。那儿新开了一家饭店，生意红火，名声在外，朱红军他们远道而来，不过是为了尝个鲜，找个由头出来逛逛。

话说这帮家伙不免目中无人，喧哗得厉害，吃到最后饭店里就只剩下了两桌。一桌是朱红军他们，一桌是薛坝当地的地痞。两桌相距甚远，分别位于店堂的两头。然而猜拳行令、拍桌子打碗的，声浪交接，不禁有了较劲的意思。结果，朱红军这桌把另一桌给盖下去了，另一桌上出现了可怕的沉默。地痞们放下碗筷，转过头来盯着朱红军他们。后者则继续吆喝，声音甚至比刚才更大了。然后就有一个膀大腰圆的家伙走了过来，让朱红军他们小声点。朱红军把眼睛一瞪，说："又不是在你家吃饭，你敢管老子！你把我们这桌的账给结了，老子就不喝了。"

听闻此言，另一张桌子上的人全都站了起来，手里提着啤酒瓶子，拿着板凳，向朱红军这桌运动。与此同时，饭店的前后门也让人给堵上了，外面至少也有十几号人。朱红军坐着没动，不知道怎么弄的一拳就把走过来的大汉打趴下了。所有在场的人都听见了清脆的一声喀吧，趴在地上的大汉十分配合地喊道："不得了了，我的肋骨断啦！"是为解释。

朱红军要的就是这效果。

本来，为了吃饭这种事，打人致残也不至于。但考虑到朱红军他们当时的处境，下手不狠那就麻烦了。果然对方被镇住了，无论是那张桌子上的地痞还是饭店前后门的人都不敢再动了。

这看似平淡的一拳不禁凝聚了朱红军的平生所学，凝聚了他的智慧、灵感、经验、功力以及战略和战术思想。直到生命的最后时刻，丁小海前往看守所看望朱红军的时候，后者仍然唠叨个没完。对朱红军而言，这一拳比把金彪华打飘起来的那拳重要多了，打金彪华的那拳朱红军从不提及，而这一拳他却耿耿于怀。也许这一拳过于平实，外行人看不出它的奥妙。也许，这是朱红军打出的最后一拳，一拳就把自己打入了阴曹地府。谁知道呢。

我也是琢磨了很久，总算是有了一些心得。朱红军的意思大概是说他拿捏得很准，这一拳不偏不倚，不轻不重，恰到好处。如果过重就会弄出人命来，或者导致对手终身残废。过轻了，就不能使那大汉瞬间瘫痪。光是知道还不行，还得能够真的做到，这就与朱红军拳头的火候有关了。想打哪里就打哪里，想打多重就打多重，甚至肋骨断裂的那声喀吧声也全在朱红军的预料之中，那大汉大喊"不得了了，我的肋骨断啦！"，也是题中应有之意。出手之前朱红军不免通观全局,于电光石火的一刹那把一切都想到了,并做出了相应的战略战术考虑。然后才是行云流水般的一拳。

且说那大汉被打翻以后,在当地地痞和镇上人的包围和注视下,朱红军他们又喝了一会儿。然后就来了几个公安。他们来的时候,朱红军正举着一只啤酒瓶吹喇叭。一个地痞指着朱红军说:"打人的就是他!"

公安们走上前来,准备擒拿朱红军。那地痞又说:"他很厉害的,担心着点。"弄得正准备动手的公安立马收住了脚步,面面相觑。

然后,一个胖公安向前跨出一步,他的手里提着一根电棍,离得很远就拿电棍捣朱红军。后者一把捞住,居然一点事情都没有,电棍居然没有把他击倒。事后他们才知道,电棍的电池被装反了。也难怪,这玩意儿刚刚装备不久,薛坝派出所的公安还没有使用过呢。这回是第一次使用,第一次使用就闹了这么大的笑话。当时胖公安和他的同事不禁大惊失色:这是什么人啊,连电都不怕。如果当时我在场,一定会告诉他们朱红军小时候摸电闸的故事的。

然后,朱红军就从板凳上站了起来,顺着电棍摸到了胖公安的手臂,一托一带就把他背到身上去了。朱红军原地转了两个圈,接下来按道理,胖公安会被摔倒在地。然而事情并没有朝人们预料的方向发展。朱红军喝多了,加上又转了两个圈,胖公安又实在太重,突然之间朱红军酒性发作,不禁瘫软下去。胖公安安全降落,身子下面垫着朱红军呢。后者的身上压着胖公安,就像盖着大棉被,竟然在地上睡着了,还打起了呼噜。旁观的公安于是一拥而上,给朱红军戴上了手铐。朱红军一解决,他的那几个战友就不在话下了,通通被带到了薛坝镇派出所去。事情完全掉了个个儿,此刻胖公安背着熟睡的朱红军而不是朱红军背着他,在当地地痞和群众的围观下,出了饭店的大门。

所以说,朱红军打架打进了派出所,只是某种传闻,他根本没有在派出所里面打。到了派出所,朱红军刚好一觉醒来,手腕被铐住了,就是想打也打不起来了。朱红军不过是和公安打了架,实际上也没有打成,想打而半途中断。在严打中,打砸公安机关成了朱红军最严重的罪行,他把人家的肋骨给打断了反倒没有怎么被提及。

在薛坝派出所关了十几天,朱红军就被放回了共水县城。两个多月后,严打开始,他又被"请"了回去。不大的共水县城里抓了六七十号人,有的是顶风作案,有的是被公安机关追踪已久的作奸犯科分子。朱红军和他的战友以及部分中学同学被定性为流氓集团。一旦"集团"就不是一两个人的事了,少说也得七八个人,不免非常有利于抓人指标的完成。

千万不要为朱红军鸣冤叫屈,说他既没有杀人放火,也没有抢劫强奸,或者偷窃诈骗,只不过是打架,打断了人家的几根肋骨。就是晚上走路带把电工刀,被搜出来也会被抓的,抓进去再说。因此当时被抓的电工很多。这种事,我当然是听身为电工的丁小海说的,后者非常庆幸严打期间没有回过共水。即使是在南京,晚上走路的时候丁小海也不敢带任何电工工具。当时拘留所、看守所、派出所以及监狱里人满为患,里面被关的大多是些偷自行车的毛贼，坐车不给钱逃票的学生，在家里举行贴面舞会骚扰邻居的新婚夫妻，菜场里缺斤少两坑害顾客的小贩，村子上从东边骂到西边讨人嫌的泼妇，以及偷看女人洗澡的，在公共汽车上刷糨糊的，搞同性恋的……真正的江洋大盗和杀人不眨眼的家伙却没有几个。我可不是在耸人听闻，比如朱红军的弟弟朱红兵也被抓了。

那可是一个老实孩子，和朱红军完全是极端，生性懦弱，平时连只鸡都不敢杀。他被朱崇义长期带在身边，在下面的赵集公社读书。有一次，学校里的两伙人打架，朱红兵在旁边看热闹。后来派出所来人了，打架的学生一哄而散，朱红兵也跟着跑，就这样被公安给逮住了。朱红兵说他没有打架，人家说：没打架你跑什么跑啊！再后来朱红兵被审是朱红军的弟弟，这下子就更不需要抓捕他的理由了。朱红兵被作为朱红军的同案犯并案处理，成了流氓集团里的仅次于朱红军的二号人物，真的是抬举他了。

朱崇义不是在共水县公安局工作吗？也许，事情坏就坏在这里。他在赵集公社当了几年派出所所长，八二年左右被调回县里任公安局副局长。如果朱崇义仍然在赵集公社，朱红兵自然不会有事。问题就出在他调离了赵集，朱红兵并没有跟他一起回来，后者中学还没有毕业。抓捕朱红兵的公安很难说不知道那是朱崇义的儿子，即使不知道，一提审那还有不明白的？所以说，朱红兵被抓也许并不是一个误会，有人试图整垮朱崇义也是说得过去的。再联系到朱红军的案子，事情不免更加的复杂了。

此时的共水县公安局一共有七个局长，一个正的，六个副的。清查三种人的运动中，六个局长（一个正的，五个副的）全都靠边站了,等待接受组织上的审查。只剩下朱崇义一个副局长,由于长年在基层工作,比较的清白,因此由他出任代局长。并且有传言说,朱崇义将被正式任命为共水县公安局局长。接着严打斗争开始,朱崇义的两个儿子先后入狱。朱红军和朱红兵早不出事晚不出事,恰好赶在了这节骨眼上,你说能让人不起疑吗?

更可气的是朱崇义拒绝利用职务之便,营救朱红军哥俩。这倒是很符合朱崇义做人的一贯原则,越是自己家的人自己家的事就越是不闻不问。甚至,别人过问他还要发火。因此朱红军兄弟身陷囹圄,得不到任何援助。这样做的结果,朱崇义也没有得到任何好处,反倒是被两个儿子拖累了。他教子无方,纵容亲眷,被证明没有资格担任公安局局长。原先的某副局长被重新起用,朱崇义反倒靠边站了,赋闲在家等候组织上的进一步处理。朱代局长终于失算了,后悔也来不及了。他埋怨两个儿子,尤其是大儿子朱红军,耽误了自己的大好前程。这样埋怨的时候,他还不知道问题的严重性。直到朱红军被执行死刑,朱红兵在关押期间变成了一个疯子,朱崇义的埋怨才停止,觉得是自己耽误了两个孩子。

总之,朱家父子的命运是纠缠在一起的,互相牵扯,最后导致了恶性循环。有人说,朱红军死于严打,也许并不一定正确。朱红军的死和朱崇义有关,和他的不闻不问故作清廉有关,也和他所在的机关内部的权力斗争有关。如果朱红军不是共水县公安局代局长的儿子,父亲是普通的农民,结局可能就不会那么惨。如果他是另一个公安局长而非朱局长的儿子,结局不仅不会那么惨,说不定还福气不浅呢。谁知道呢?

严打不是在共水一个地方展开的，范围波及全国。我的朋友中，也不止朱红军一个人被捕入狱，除了朱红军还有一个。这位仁兄是画画的，我在美院读书时的同学兼好友。他和朱红军一样，被捕是因为流氓罪。同样是流氓罪，内容却相去甚远。画画的朋友非常风流，在圈子里极其有名，被他搞过的有名有姓的女人，至少也有几十个。他是因为这方面的名声被公安机关逮捕的。当年的流氓罪可分为两类。一类如朱红军，打架斗殴。一类就是搞女人或从事淫乱活动。可以这么说，朱红军是打架的流氓，而画画的朋友是搞女人的流氓。或者说，一个是打架打出来的流氓，一个是搞女人搞出来的流氓。名同而质不同，引起的关注自然也大大有别。

朱红军的罪行比较单一，弄来弄去，纯粹是打架。当一个少年长大了，走出了县城，以打架为前提的争勇斗狠就逐渐失去了魅力，不再引起他的特别关注了。性的问题，或者说女人的问题于是被提上议事日程，甚至成为当务之急。在南京这样的大城市里，又身处改革开放的新时代，尤其是在画画的圈子里，那就更是如此。不会有人去关心谁比谁的劲更大，大伙儿普遍关心的是谁搞了女人，谁搞得多，谁搞得质量好，以至于搞得别出心裁、花样翻新。搞女人那多有意思啊，争勇斗狠，只不过是搞不到女人的一种性压抑的表现。

画画的朋友在搞女人方面有天赋，他的事迹也非常地引人入胜。不仅数量多，各行各业都有，就其质量而言也比较上乘。他搞的女人中有空姐，有模特儿，还有两个名气不是很大的小明星。大多为良家妇女，当然也有破鞋、公共汽车之类的，年龄从十六到六十不等。画画的朋友还喜欢吹嘘，向大家传授有关的经验。因此在他的身边总是聚集着一帮像我这样搞不到女人的男人。我们和他在一起，一扫没有女人形单影只的耻辱。他搞女人就像我们搞了女人一样的快活，就像我们也搞过了。朋友对画画的朋友都没有丝毫的嫉妒，有的只是发自内心的羡慕。

这位幸福的种马被捕以后，大家不免奔走相告，同时各逞其能，托关系、找熟人，积极地加以营救。那段时间里，话题基本上是围绕这位画画的朋友的——他的有关事迹以及被捕入狱的种种传闻。我自然也被吸引了，而对另一个身陷狱中的朋友不免掉以轻心。我觉得朱红军不过是打架斗殴，又没有打死人。况且他爸爸是当地公安局的局长，也轮不到我这样的人为他操心想办法啊。再说朱红军自打复员以后，不免骄横霸道，给他一个教训也是好的。大概朱崇义也是这么想的，觉得儿子不过是打架而已，关上几天，严打的风头一过，也就没事了。至于死刑，谁又曾想得到呢？

画画的朋友被抓进去以后就上了第一批枪毙名单，由于亲戚朋友的大力疏通，真正执行死刑的时候并没有押赴刑场。等到第二拨枪毙的时候，他的名字仍然在名单上，但已经非常靠后了。此时，营救行动仍在继续，并且由于效果明显，大家更加地积极了。突然有一天，画画的朋友就被毫发无损地放了出来，既没有被枪毙，也没有被判刑。他骂骂咧咧的，大呼自己冤枉，并抱怨司法体制太不健全了。画画的朋友表示，有关的部门应给予他精神和物质方面的大力补偿。

他从监狱里出来的那天，朋友们为其举行了盛大的欢迎宴会，就像欢迎一位从战场上归来的英雄。画画的朋友喝得红光满面，身边自然簇拥着不少漂亮姑娘。他和她们打情骂俏，说："你们谁告的我？罚酒一杯，谁告的我今天谁跟我回家，我要好好地打击报复一番！"

那天晚上我也去了，但很不快活。倒不是嫉妒画画的朋友风流，而是，朱红军此时已经被枪毙一个多月了，我还没有从知道消息的震惊中缓过来。看着画画的朋友春风得意的样子，我不禁想起了朱红军。他们是因为同样的罪名几乎是同时被捕的。如今，一个正在桌子上狂喝滥饮，一个已经长眠于地下了。

直到最后，我也没有机会和朱红军言归于好。在对方需要帮助的时候，也没能出上一分力。虽说个人的力量微不足道，但连出力的意思都没有，未免有点过分了。我总觉得有的是时间。你说啊，都是二十几岁的年轻人，还有多少年好活呀，把和好留到十年以后、二十年以后，那不是意蕴更加醇厚吗？何曾想到，拖延带来了终身的遗憾。甚至在朱红军被关押期间，我也没有想到去共水的监狱里探望一下，看上老朋友一眼。

当时只有丁小海去了共水。但他回南京后，我们并没有马上见面，因为我正在忙活画画的朋友的事。直到朱红军被枪毙以后，我们这才碰面了。两个人不免悲悲戚戚，相顾无言。丁小海仍然保持着他那标志性的笑容，但笑起来实在难看。我自然也没有什么好脸色。那时候，朱红军尸骨未寒，可说起他来竟然像是一则遥远的传说了。

据说朱红军被定性为流氓集团的首犯，和他在"里面"的表现有关。和朱红军同时被捕的那些战友、同学什么都招了，只有朱红军，什么都不肯招。实际上也没有什么可招的，只不过是在这帮人中排个座次。既然朱红军不肯排，显然他就是老大。

入狱以前，如果说这个流氓集团的确存在的话，那也是十分松散的，并没有一个固定的中心或者中心人物。朱红军的确能打，但他不屑于当头，有领导的才能而没有当领导的愿望。以前在共水县中读书的时候，他既没有当过班长，也没有当过团支部书记，或者红卫兵中队长，甚至连普通的班干部、课代表、团员和红卫兵小队长都没有干过。在部队上也是一样，他没有当过班长，更别说排长或者连长了。朱红军从来没想过去读军校，然后当军官。如果他真有那样的想法，也不会有后来的这些事情了。所以说，朱红军虽然喜欢呼朋唤友，但本性却是独来独往的，他的资质最多也只是个二把手。比如在我、朱红军、丁小海以及汪伟组成的小圈子里，我就觉得朱红军是听我的。而在后来的流氓集团中，朱红军的角色不过是一名打手，也许是头号打手，也只能这样了。当然啦，这个打手与其他的打手不同，不习惯受制于人，不喜约束。没想到，在分头审讯中，他竟然被同伴推举为老大，平生第一次当了"官"，真是让人想不到啊！

朱红军临刑前托人捎回家一个包袱，最后转到朱崇义和朱红军他妈的手上，在发黄的灯泡下一层层地打开，然后出现了一块肥皂。那肥皂上面本来印着"永固肥皂"四个字，两面都有，其中的一面被朱红军在地上磨平了。他在磨平的那面刻了几个字："弟弟要孝顺父母"。这是朱红军最后的遗嘱，看来他并不知道朱红兵就关在隔壁。那些字想必是用指甲刻上去的。朱红军被关了一个多月,多半没有剪过指甲,而很长的指甲是非常适合在肥皂这样软硬适中的东西上雕刻的。

我不免感慨万千啊,觉得朱红军真是生不逢时,英雄末路。如果他身处战争年代、动乱之秋,那又该是怎样的一种情形?有一番怎样的作为呢?这家伙想必是金戈铁马,一显身手。环境越是艰险残酷越是能显示出他的英雄本色。可如今,虽然在死法上和英烈们相去无几,本质上却是在表演做戏。到底是我电影看多了,还是朱红军电影看多了?这就不知道了。

一九八四

朱红军死后，我和丁小海走得更近了。离开共水以后，我虽然交了不少朋友，但到了这会儿，总算明白了朋友还是老的好。我早在一年多以前，就已经从南京美术学院毕业了，被分配到南京美术馆工作。这是一份清闲的工作，只是每天必须去办公室里坐着，泡杯茶，翻翻当天的报纸，接几个电话，一天也就过去了。有展览的时候会忙上一阵，好在那年头展览不多。并且展览一旦开幕，就得持续几个月，甚至是半年。展览的作品挂在展厅里很少撤换，落满了灰尘，前来参观的人也寥寥无几。美术馆的气氛有点儿像博物馆。

我平时没事也画画，但明显地缺少野心，既不参加展览，甚至也很少示人。由于家里空间有限，我画的画幅都很小，挂在墙上很不起眼，倒是很适合居家悬挂的。我也不是一个吝啬的人，有朋友熟人结婚需要布置新房的，向我讨画，无有不应。我分文不取，甚至画画的材料费也是自己掏的。画好以后，我还得出钱配镜框，亲自上门帮人家挂到墙上去。与其说我大方豁达，还不如说我不够自信，根本没有把自己的那些画当回事儿。几年下来，我想当大师的梦想早已经破灭了，热情不复存在。事过境迁，画画在我不过是一门维生的手艺。凭这手艺我进了美术馆，衣食无忧，还可以靠它表达对周围亲友人群的爱意，搞好必要的人际关系，何乐而不为呢？到最后，我已经堕落到人家叫我画什么我就画什么，叫我怎么画我就怎么画。比如要画得喜庆一点，颜色要偏暖的，画女人要画得漂亮，画风景要富丽堂皇，画静物得吉祥如意，意思要好。我深知自己已经离一个画行画的画家相去不远了，实际上我就是一个画行画的。只是我的画不卖钱而已。有求必应，没人求画的时候我基本上不画。

再说丁小海。单位里终于分给他一处房子，虽然是旧房，人家住过的，但毕竟有顶有墙有门有窗，不是一间棚子。由于有了地方，大妹妹也住过来了，二妹妹也被从共水的舅舅家里接回了南京。一家人终于团圆了。平时，大妹妹在家里做饭，照顾全家人的生活。丁小海则挣钱养家。他除了在单位里干，有机会也在外面接一点私活，日子总算过得不错。丁小海还买了一辆摩托车，骑着它上下班，接活的时候也方便。可以说，丁小海是南京市第一批买摩托车的人。马达一响，屁股后面一溜青烟，那派头、那威风就甭提了。丁小海不免有点扬眉吐气的意思了。

我经常会坐在丁小海的摩托后面，他带着我在南京城里闲逛。也没有明确的目的，走到哪儿算哪儿。比如有一次，摩托车已经发动了，但我们不知道要去哪里。突然我发现，右前方的天空上有一个移动的亮点，飘飘忽忽的，不像是飞机。我一口咬定那是飞碟。于是我们便追踪飞碟而去，一直追到了城外。亮点依旧，并且更炫目了。郊外的马路上车辆稀少，行人也寥寥无几，路的两边是金灿灿的油菜花地。我们无心观赏，心系辽阔的蓝天，风驰电掣般地向前蹿去。只听见耳边呼呼的风声，我坐在摩托车的后面，不禁有了被飞碟劫持的感觉。这感觉真的是太好了。让我想不明白的是：为什么书上的那些被飞碟劫持的人那么不情愿？事后还会留下难以愈合的心理创伤。如果换了我，当真求之不得。即使从此离开南京，离开地球，离开年迈孤单的母亲也会在所不惜。即使从此生活于遥远的外星，被人家关在动物园的笼子里，那也值了。我问丁小海："你愿意被外星人劫持吗？"

他说："你说什么啊？我听不见！"

我说："你——愿——意——被——外——星——人——劫——持——吗——？"

丁小海说："愿——意——，当——然——愿——意——啦——！"

不愧是与我心心相印的好朋友呵。于是我们便向着那被劫持的希望狂奔而去，把过往的生活抛在脑后了。

距离更近时，那空中的亮点呈现出了一个形状。我和丁小海不得不承认，并无什么飞碟，甚至也没有飞机，那玩意儿不过是一个气球，也许是一个气象气球。在夕照的辉映下，反射着不可思议的光芒。一旦意识到这一点，我们顿时泄了气。摩托车也熄了火，歪倒在路边的草丛中。我掏出一盒香烟，我和丁小海一个人点了一支。抽完香烟，掐灭烟头，我们就打道回府了。

还有一次，丁小海骑摩托到我家楼下。我下来后，他对我说："我们去中山陵逛逛吧。"

我以为他有话要说，就上了车。当时天色将晚，我们一路无话。等骑到了地方，游人已经走光了。中山陵的规模看上去比白天要小得多，并且静谧异常，环绕四周的山林黑沉沉的。我们坐在台阶上，分别抽了一支烟。除了随口的闲聊，丁小海并没有什么重要的话要说。就像我们大老远地跑到这里来就是为了抽一根烟似的。也的确是这样。抽完烟，丁小海就对我说："我们回去吧。"

回去的途中，我们绕到别的地方逛了逛。四方城、植物园、廖墓一路逛下来。每到一地，我们都要歇息片刻，抽一支烟。无一例外，到处都是阴森森的，黑乎乎的，静谧得可怕。夜晚的风景区已经连成了一个整体，一些隐约可见的发白的小路穿梭其间。依稀有灯光，但看起来很遥远，在茂密的树林背后。由于天太黑，岔路又多，丁小海骑得很慢。等我们到达中山门的时候已经过了晚上十点钟了。那儿有一个检查站，警察把我们拦了下来。丁小海的摩托车没有上牌照，被检查出是一辆黑车。我坐了无数次丁小海的摩托，竟然一点也不知道。

无论丁小海怎么软磨硬泡都无济于事，摩托车被扣了下来。从检查站出来的时候我很着急，觉得事情比较严重。那年头，一辆摩托车是一笔不小的财富，何况是丁小海的摩托车呢，几乎是倾其所有才买下来的。而且明天丁小海要骑着它上班。反倒是丁小海不太着急，脸上笑眯眯的。他告诉我说，明天下班以后再来要，一次要不到，就多来几次。他一副无所谓的样子，让我觉得有点奇怪。

第二天，丁小海买了一条香烟，揣在衣服里，我们坐公交车又来了检查站。丁小海让我在外面等着，自己推门就进去了。过了一个来小时，左等右等不见丁小海出来。我正准备进去看个究竟，看见他已经出来了，并推着他的摩托车。丁小海边走边和昨天扣车的警察打招呼。后者一直把他送到了门外，并且说："没事来玩呵!"

再看丁小海的肚子那儿,已经瘪了下去,显然香烟已经送出去了。路上我问丁小海,是不是那条烟起了作用。丁小海说,问题并不那么简单。开始的时候他把香烟送给人家,人家还不要呢。我问:"那怎么办?"

丁小海说:"聊嘛。"

开始的时候,那警察爱理不理的,后来不知道怎么说起自己的一个亲戚在丁小海所在的秦淮区建筑公司上班。丁小海见缝插针,马上说:"我跟他很熟的,都是朋友。"

警察不信,拨通了那人的电话。电话那头的家伙怎么也想不起有丁小海这个人。丁小海拿过电话,反复加以解释,又拉上了几个同事,经过好几道弯,这条线才终于搭上了。他和那人是朋友是假话,但他的朋友的朋友和那人是朋友倒也不虚。至少那人能够证明丁小海的确是在秦淮区建筑公司上班的,而不是社会上的小纰漏。挂完电话,警察说:"什么事情不好解决呢?不说实话反而会耽误事情。"口气明显已经缓和了。

丁小海不失时机地将那条烟送了出去(前面已经送过,但没有送出去)。对方一旦接受了香烟,接下来的事情就好办了。

一路上,丁小海一直在唠叨这件事。我并不觉得有多么精彩,但对丁小海还是要刮目相看了。这么一个老实人,竟然学会了社会上的那一套,送礼、拉关系,表现得那么镇定自若,理所当然。看来他不是第一次干这种事情了。我丝毫也没有不屑的意思,相反,很是为我的朋友感到高兴。丁小海终于变得成熟老练了,可以游刃有余地应付碰到的各种问题了。

一九八五

我迟迟没有女朋友，丁小海也是一样。不同之处在于，丁小海没有人催他。他父母双亡，自己就是一家之长，再没有其他的家长了。我母亲见我不交女朋友，不免经常唠叨，又是托人介绍，又是鼓励我去婚姻介绍所，二者的效果均不佳。老人家开始从自己的身上找原因。是不是现在的女孩儿都不愿意和婆婆一起过啊？儿子之所以没有女朋友，是不是因为没有自己的房子，仍然和老人生活在一起？母亲觉得这正是问题的症结所在。于是也不和我商量，自己忙活了一个多月，把我们家的那套大房子换成了两套小房子。两套小房子还不在一个小区里，相距有四五站路。一套母亲自己住，一套则给了我。也就是说，母亲把我从家里撵出去了，撵到一套破破烂烂的小房子里。平时我在母亲那儿吃饭，但不允许留宿。回去吃饭的次数多了，母亲还有意见。她说："你有自己的家，为什么不在家里吃饭，老往我这儿跑，真没得出息！"还说："你妈年纪大了，总不能一辈子给你做饭吧？年纪大的人喜欢清净，以后没事你就别老回来了。"

我说："我那儿又没有开火，没有人做饭。"

母亲说："没有人做饭你就找一个嘛！"她要说的就是这句话。

我说:"我又穷,房子又破,谁跟我啊!"

母亲说:"穷则思变,房子破可以装修,一装修就是新房子,新房都是装修出来的。"

然后她老人家从存款里取了两千块钱,逼着我装修。我坚决不要。她又找到丁小海,要把钱塞给他。母亲对丁小海说:"你不是建筑公司的吗?张早装修房子的事就拜托你了。你们是从小的朋友,应该互相监督,都老大不小的了,也不找个女朋友,结个婚什么的。你比张早大几个月,可要做个好榜样呵,以结婚为荣,不结婚为耻……"

丁小海怎么也不肯收那两千块钱。但他答应母亲,装修房子的事就包在他身上了。

丁小海虽然在建筑公司上班,但干的是电工,对装修房子一窍不通。然而那时候大家的心思都开始变得很活,丁小海正打算学一点装修,没准以后可以自己出来干,靠装修致富呢。他们单位里,就有不少人自己拉人干的,已经富了起来。当时装修的风气刚刚在南京蔓延,大有烈火燎原之势,给人装修可是首选的致富之道。那些先富起来的万元户,有一半是靠剁鸭子起家的,另一半则是靠卖服装或者搞装修。当然啦,丁小海不可能挣我的钱,但为我装修却是一个难得的实践机会。因此他的态度很积极,一点也不亚于我母亲。面对母亲我尚能支吾推托,面对丁小海就没那么容易了。

我的那套房子也实在太老了,质量很差,墙壁是水泥预制板的,地面也顺着楼板的方向裂了很大的缝。经常是我在楼上灌开水,楼下的邻居就会上来提意见,说是有水滴到他们家的菜碗里去了。夏天下雷暴雨的时候更不得了，窗户老朽，雨水会顺着窗框的缝隙流泻进来，再经由地面落到楼下的邻居家去。几乎是三天两头，会有人上楼来提意见。有时候我不在家，他们就猛踢我的房门，以发泄愤怒的情绪。三合板做的门不免摇摇欲坠。雨过天晴，我回到家里，那门上还留着邻居们清晰的鞋印。我前往阳台，勾下头去一看，楼下的阳台上邻居家已经把沙发给搬了出来，正在阳光下晾晒。此情此景不禁使我十分内疚，觉得对不起人家，道歉赔不是之余，我诅咒发誓要搞装修。然而事情一过，紧迫感也就没有了。

终于有一天，邻居忍无可忍了，一个男人敲门进来，手里面托着一个大口瓶子，另一只手上拿了一把刷子。那瓶子里盛着某种乳白色的液体，气味十分刺鼻。此人是楼下的邻居，他说："你不弄房子，我来帮你弄！"说着，便干了起来，用刷子蘸着白色的乳胶顺着楼板的缝隙刷了起来。

邻居走后，约莫过了半个小时，乳胶便干了。我打量着自己家的地面，有如跑道一般，一道道的白线纵横交错，也像是一只硕大棋盘。对于画画出身的我来说，这简直是一种侮辱。因此，如果说我对装修房子还有那么一点兴趣，不过是想抹掉这些跑道，而对把旧房子变成新房子并没有兴趣。

装修于是从地面开始。丁小海的计划是先打腻子，打平之后再刷地板漆。丁小海说，人家装修房子都是这么弄的。我完全信任他。于是有一天，丁小海就拎着一只脏不拉叽的口袋进了门，口袋里面装的是石灰。他把石灰倒在楼板上。另外他还从单位里顺了一大瓶油漆。油漆是深绿色的，类似于邮局绿。反正是打腻子，做底子，上面还要刷地板漆，绿颜色也无所谓。丁小海拨弄着那小堆石灰，将绿漆倒进中间围出的坑里，用一只小铲子慢慢地调，终于调成了腻子。然后把腻子填塞到楼板之间的缝隙里，在地面上一点一点地抹，一点一点地刮，非常费劲。一天干下来，腰都直不起来了，也没有弄出多大的地方。并且打了腻子的地方也不像想象中的那么平。

丁小海告诉我，之所以要打腻子，主要不是为了填补楼板缝隙，而是为了把地弄平整，这样刷上漆以后地面才会平，才会光亮如新。可我们弄了好几天，地面始终不平整。即使有的地方平，那也是局部的，整体一看还是效果不佳。后来我觉得没有必要这么费劲，建议直接往楼板上刷漆，多刷几遍也就得了。丁小海调的那些腻子除了填补楼板缝隙，就只打了一个房间的地面。然后我们买回来一大桶深红色的地板漆，仅一天的工夫就把所有房间的地面都刷好了。第一遍漆干了以后又刷了第二遍。

完了刷墙，也很简单，买了两桶乳胶漆，两三天的时间也就完成了。实际上，那墙前任房主已经用乳胶漆刷过了，并且还做了一点花样，上半截墙及天花板刷的是鹅黄色，下半截墙则是浅绿。我觉得丑疯了。我之所以同意刷墙是因为觉得难看，如果不那么难看的话也没有必要刷，用鸡毛掸子掸掸灰和蜘蛛网也就得了。即使刷，我们也没有把原来的那层黄绿相间的墙皮铲掉，只是在上面覆盖了一层白色的乳胶漆。漆干以后，后面的黄绿色隐隐地透了出来，于是我们又刷了第二遍。直到三遍以后，这才看不大出原来墙面的颜色了。最后刷出来的墙白晃晃的一片，在阳光的照射下显得十分起伏不平，正好和打了半拉腻子的地面相配。

门窗就更省事了，加固了几个螺丝钉，配上缺损的把手，然后再刷上一层漆。整个装修的过程中，最主要用到的是漆工。也就是说，将这套房子的各处，上下前后左右通通刷了一遍或多遍漆，就把所有的污渍、破损和陈旧给掩盖住了。我们没有用水工、电工、瓦工，也没有从大街上雇几个农民工来砸墙。没动过水管，没布过线，甚至连瓷砖都没有铺一块。大约干了一个礼拜，就大功告成了。没有用我母亲的一分钱。她老人家被请进装修好的房子里，抬头一看，到处亮堂堂的，油漆石灰味儿扑鼻，也就放心满意了。

装修好的房子里，一张合适的床是少不了的。只有我明白，这才是关键。于是我让捡破烂的抬走了原来的那张一睡上去就嘎吱作响的单人棕绷床，从母亲那里要了四百块钱，去买了一张当时最贵的席梦思双人床。我深知，有了这张席梦思床一切都好办了。可不是吗，所有和我约会的女孩儿来到这套房子里，对我的装修并不以为然，但看见席梦思眼睛就亮了，无不惊叹一声："啊，席梦思！"说着一跃而上，在那床上打个滚儿，至少也会坐上去弹一弹。

有一个女孩儿说："这床真舒服啊，我都不想回家睡了。"

她说到做到，真的就留了下来。这女孩儿是我工作的南京美术馆的同事，职业为会计，后来成了我的老婆。

想想那时候的女孩儿，当真是浅见陋识，一张席梦思就能将其俘获。还是我母亲有远见，当时就意识到了房子的问题，她老人家的思想未免大大地超前。大概过了两三年，女孩儿找对象才开始注意到房子，有房没房区别很大。征婚广告上除了年龄、职业、身高，谈的就是房子。有房还是没房？是一室一厅还是二室一厅？或者是三室一厅、四室一厅……有车没车、收入多少暂时还没有提上议事日程。那时候只讲究房子。可等到讲究房子的时候，我的一室一厅显然已经没有优势可言。一间小破房，何况又没有好好装修，只配做一个单身汉的狗窝，用来娶媳妇无异于诈骗。结婚两年以后，我老婆开始觉悟，吃不准自己是不是上当了。为了安慰她，我说起母亲当年关于房子的深谋远虑。本以为对方会因此感动，没想到我老婆急了。她把自己这些年遭遇的不顺通通归结为我母亲的阴谋，大吵大闹，并扬言要我们母子赔偿她的青春损失费。

我的婚姻维持了不到三年，我就和老婆离婚了。美术馆的会计搬了出去，那套房子里又只剩下我自己了。从此以后我再也没有结过婚，但交女朋友却是经常的。结过婚有结过婚的好处，就是没有了对女人的恐惧。随着时代的进步，结过婚的男人开始吃香，再说我也没有孩子。一时间追求我的女孩儿无数，本人不免挑三拣四，总体的情况乃是骑马找马。我没有让自己闲着，身边总是有女孩儿。这时候，我开始体会出有房子的好处来了。要是自己还住在母亲那儿，自然就没有现在这么方便了。

在这套日益陈旧的房子里，我拥有过不少女孩儿。有时候房子还借给我的那些狐朋狗友，他们会带来一些来路不明的女人。婚姻时代的那张席梦思床垫渐渐地下陷，颜色发黑，罩布之上明显地有一些污迹。朋友们把我的破房子称作幸福的小窝，说那张席梦思见证了无数的爱情，乃是爱情之榻。房子的大门也日见朽坏，形同虚设，任何钥匙，只要能够插进锁眼里都能将其打开。

或者用一张硬点的卡片轻轻一别，锁舌就收了进去。朋友们于是不请自来。

一天我下楼吃一碗面条，往回走的时候看见自己家的窗户亮着灯。我很纳闷。我记得下来的时候是关了灯的。开门的时候我发现，门被从里面反锁了。过了好半天，一个男人趿拉着拖鞋来开门，然后又趿拉着拖鞋回到了卧室里，将卧室的门反锁上了。这个男人自然是我的某个朋友，在我家里像自己家一样自在。我反倒像是误闯别人家一样尴尬。当听见卧室里传出一个女人娇喘的声音，我就离开了。那天晚上，我不得不去母亲那里借宿。

还有一次我出差，回到南京时是早上八点钟。我拖着疲惫的脚步回家，在楼下就闻到了一股浓烈的烟味儿。来到单元门里，烟味儿更浓。当我打开自己家大门的时候，里面简直就像着了火，烟雾弥漫。客厅的茶几前面坐着四个人，见我来也没有反应。其中的一个略微抬了一下头，看了我一眼，又转过头去。茶几上面摊着一副麻将。看来他们打了整整一夜，到这会儿已经非常迟钝了。四个人的脸色都灰灰的，端坐不动，有如僵尸。终于一阵喧哗响起，某人和了。刚才抬头看我的那人这才招呼我，说他们非常饿，问我有没有东西吃。于是我忙不迭地去了厨房里，给他们每人煎了两个荷包蛋。

原来是几个共水的中学同学来南京玩，晚上没有地方去，丁小海知道我出差，就把他们领到这里来了。边打麻将边等我，功夫不负有心人，终于等到了。

我再也没有装修过房子，就像我再也没有结婚一样。那套房子渐渐地恢复了原貌，破旧、肮脏，光线越来越暗。墙皮脱落，水池漏水，好在楼板自从那次装修以后还比较严实，没有往邻居家渗水。由于长年地踩踏，地面上深红色的油漆已经被磨掉了，卧室所在的地上露出了一块一块的绿色。那是丁小海当年打的腻子。到后来，那腻子也逐渐地浅淡了。

距那次装修大约七年以后，一次丁小海来到我家，再次看见了他当年打的腻子，准确地说是那腻子的颜色。他对我说："你知道当年腻子为什么那么难打吗？我们只打了一个房间……"

我说："为什么啊？"

丁小海说："那时候我也不懂，以为打地面的腻子和窗户腻子是一样的，用石灰和油漆调的。实际上打地的腻子应该用水泥加上一种胶，调得稀稀的，打起来很容易，也很好找平。那时候我不懂，后来才晓得。你家的腻子可是独此一家呵！"

我说："你不懂，我就更不懂了。"

我们说笑了一回，我不免心有所动。想当年丁小海刚刚准备从事装修行业，学了一点皮毛就忙不迭地跑来，要为我装修房子。这样的朋友真是太难得了。这会儿他说："你要不要再装一次？这回我是真会打腻子了。"他岂止会打腻子？简直成了装修行业的前辈权威了。

我说："算了算了，我已经是半截入土的人了，等给我盖坟墓的时候你来装好了。"

说说这话的时候我三十岁刚出头，却显得老气横秋，大言不惭。现在真的是老大不小了，但我再也不会说那样的话了。

一九九〇

　　一晃又是几年，我和丁小海见面的次数明显变少了。后者如今很忙，他终于实现了自己的梦想，领着他们单位的一帮人在外面接活。据说丁小海也有了自己的公司，但是以别人的名字注册的，他的身份仍然是秦淮区建筑公司的工人。丁小海成天骑着摩托车东跑西颠，承包工程项目，比如安装某个灯光球场的电路，或者给一栋新建的写字楼布线。他接的活已不再是小打小闹，而具有了一定的规模。业务范围甚至超出了南京，有时候丁小海会带着一帮人去共水干活。那儿毕竟是他的老窝，有亲戚、朋友、老同学以及熟人。总之，丁小海富了起来，比以前更有钱了，在当年的共水同学中算是混得很不错的。但他到底有多少钱？这就很难说了，很难判断。

　　我依然混得不怎么样，靠拿死工资度日。对于富人我只知道他们很富，具体富到什么程度却超出了我的经验范围，很难想象。我只知道一百块钱和一万块钱的区别，而对一万块钱和十万块钱的差距则毫无感觉。钱，只要上了一万，我就失去了认知能力。一万块钱和十万块钱，乃至一百万块钱、一千万块钱，在我看来都是一回事，都是富人。那时候的富人通通被称作万元户。

丁小海偶尔会跑过来看看我。一阵青烟散处，马达轰鸣声立止，丁小海摘掉头盔，露出一张容颜未改的笑脸。他就这么跨在摩托车上，也不下车，匆匆地和我聊了两句，然后双脚离地，那摩托连人带车又颠儿了。见面的次数少，加上交谈的时间有限，因此对他的情况很难有比较全面的了解。我只是注意到，丁小海换了车。如今的摩托奇大无比，车身各处闪闪发亮，丁小海骑在上面就像是骑一匹大洋马似的，至少也是一头骡子。那车想必是上了牌照，丁小海不免证照齐全。他老大远地跑来到底是为了什么呢？难道就是为了让我见识一下他刚买的摩托车？事情多半是这样的。

后来我从汪伟那里听说，丁小海已经结婚了，还生了个儿子。两个妹妹也都先后嫁人了，有了自己的家，搬出去住了。汪伟之所以知道这些情况，是因为他和丁小海打过几次麻将。据汪伟说，丁小海现在有赌瘾，一天到晚找人打牌。还说他们打得很大，一次进出都要上千，甚至好几千。汪伟说："像我这样的穷人，是和他们玩不起来的……"

这个"他们"中自然不包括汪伟，而是指经常和丁小海打麻将的那帮人，想必是一些有钱人。丁小海实在找不到人打的时候，才会来找汪伟这样的老同学。看来"他们"是一个阶层，进出好几千，而汪伟属于另一个阶层，进出几百，已叫苦不迭。汪伟陪丁小海打麻将类似于陪公子读书，而在丁小海明显是不得已求其次的结果。但丁小海再怎么的，也不会来找我。他知道我不会打麻将，关键还在于知道我的经济情况，也就是我穷得根本打不起。

开始的时候，我因为丁小海没有把结婚、生儿子的事告诉我而耿耿于怀，后来也就释然了。那不过是麻将桌上的闲聊，并非是正式通知。不仅是我，所有的老同学，包括汪伟都没有喝过丁小海的喜酒，也没有喝过他儿子的满月酒。对自己结婚生孩子的事，丁小海有一点无动于衷，没当一回事儿。只有打麻将才是他的当务之急。

你说一个人有钱了，总得花吧？像丁小海这样的人，有吃有穿有住，又有了老婆孩子，有了钱又往哪里花呢？打麻将输掉是一个很好的渠道，赢钱就更不用说了。吃得更好，穿得更好，住得更好，在丁小海那里可能不是一个追求。考虑到不久以前（也就是十年吧）他那饥寒交迫的生活，如今有吃有穿有住已经很知足了。将钱用于精神方面的消费，比如买书、听音乐、旅游，也不像丁小海这种人干的事情。搞女人倒是一个出路，可丁小海没有包养情妇的气魄，况且那时候还不大流行这个。就是按摩院、洗头房这样的色情场所，当时在南京也基本没有。有了钱，唯一的花销就是打麻将，如此的玩法也是题中应有之意。当年的南京，像丁小海这样乍富起来的有钱人打麻将成风，几乎个个都打，也不是丁小海一个。区别仅仅在于打大打小，进出成千还是上万，让我这样的穷人不禁闻之色变。

由于交女朋友需要钱，我也曾动过向丁小海借钱的念头。有一次丁小海来找我，跨坐在摩托车上也曾经问过我："缺不缺钱花？缺的话尽管开口。"但我始终也没有开口。

如果丁小海的钱并没有那么多，比如和我差不多，也许我倒是会开口的。现在的问题是，他有很多钱，我们已经不是一个阶层的人了，开口借钱未免唐突。在这方面我比较敏感，甚至有一点自卑。特别是当我听说汪伟向丁小海借钱被后者一口拒绝后，就更是打消了借钱的念头。我没有向丁小海借钱，他主动问我缺不缺钱花，这已经让我感到非常安慰啦。千万不要破坏我们之间的那点默契。想当年，在马路上，彼此推让着一张皱巴巴的钞票，那情景仍然历历在目呵。

又过了两三年，听说丁小海越赌越凶，并且赌运不佳，有点入不敷出了。老婆因此和他吵架，带着儿子回了娘家。如此一来倒是方便了丁小海，打麻将不仅没有收敛，反倒是把人带到家里来打，打到家里来了。去外面接活丁小海也不再积极，他根本无心于此。好在由于前些年的辛苦玩命，家里还有一点储蓄，那也经不住他如此豪赌啊。渐渐地，丁小海开始借债了。摩托车也卖掉了，换了一辆电瓶车。打牌的时候也不敢打得太大。惟有赌瘾不减，只好躲着以前打牌的那帮人，而经常性地往汪伟那儿跑。一来可以躲债，二来可以赢汪伟他们一点小钱（毕竟他们不常打，不是丁小海的对手）。当然最重要的还是过一把赌瘾。再后来汪伟他们也开始躲丁小海了，因为他来得过于频繁，并且每打必赢，汪伟他们占不了便宜。

一次汪伟实在无计可施，给我打了一个电话，让我去劝劝丁小海。他说："再这样下去，他可要家破人亡了，我们也不得安生。在学校的时候你和他最好，得劝劝他，不能再这么赌了！"

于是我便去找了丁小海。第一次他不在家，想必又去赌了。直到第三次上门，这才把他堵在家里。我对丁小海说："我们得好好谈谈，我们已经很久、很多年没有好好聊过天了。"

后者十分不情愿地留了下来，并在我的强烈要求下烧了开水泡了茶。然后有了一席谈。

实际上,我也没有什么可说的,不过是劝其不赌。大谈了一番赌博的危害性,说这样下去,后果不堪设想。丁小海只是笑。我平生第一次,觉得他笑得十分可恶,甚至卑劣。也许我是因为自己的劝说软弱无力而感到恼火吧?丁小海只是笑,并不提打麻将赌博的事,倒是提起了他的摩托车。

他说:"我是南京第一批骑摩托的人,南京第一批骑摩托的都死得差不多了,但我还活着。"

他这话是什么意思?意思是说自己的命是白捡的,所以不值得珍惜?骑摩托没骑死,打打麻将也算不了什么?

我正想发作,丁小海又笑着说:"你先别急,我骑了这么多年的摩托车,虽然没有死,但也不是没有进过鬼门关。"

"那又怎么样?难道就应该赌?"

"我也出过车祸,差一点就翘胡子了……"

几年前,也就是丁小海刚换摩托车的那会儿,他非常兴奋,在城里能开到九十码以上,在大街小巷和人丛里穿来穿去。出事那天,反倒速度不快,马路也宽,并且街上也没有几个人。丁小海不禁大意了。前面的一辆残疾人车正好掉头,丁小海急刹不住,一头撞了上去。好在没有把对方撞得怎么样(否则就麻烦了),他自己的头盔撞掉了,人越过摩托车飞了出去,摔了一个大跟头。这一跤跌得很严重,丁小海的头正好磕在人行道的边沿,头上鼓起了一个碗口大的包。他当时就昏了过去,被人送到医院里才苏醒。此外,还有一条腿骨折。医生说,丁小海的头不方便动手术,也没有特别好的治疗办法,只有等它自行消肿。如果肿消不下去,人就没命了，至少也得变傻。医生开了一些活血化瘀的药，就打发丁小海出院了。

自然有医嘱，就是在消肿以前不得睡觉，睡过去很可能就醒不来了。断腿则打了石膏，医生说问题不大，让三个月以后再来拆石膏。但如果头上的肿不消，或者一不留神睡过去了，那么，又由谁去医院拆石膏呢？即使腿治好了，但脑袋报废了，又有什么用呢？因此丁小海回到家，就坚持不睡觉。没有别的事干，招了一帮人来家里打麻将。他硬是死撑着，在麻将桌上待了整整一个星期，一星期没有下来过。实在熬不住了，就趴在桌沿上打个盹。和他打麻将的人换了好几批。丁小海的那些麻友就是在这次打麻将中给集体培训出来的，他的赌瘾也是那时候染上的。

开始的时候他们并没有打钱。但不打钱就不够刺激，丁小海就想睡觉。为了不让他睡觉，他们开始来钱。后来，小钱已经不行了，小钱丁小海还是要睡觉。于是加码，越打越大。实际上当时丁小海的经济实力完全不能打那么大，但为了保命，也就在所不惜了。丁小海把他的存折、房子，甚至老婆都押了上去，竟然也在麻将桌上将它们通通地输掉了。那种失去一切带来的震动甚至比小命不保还要令人难以下咽，刺激性之大自不待言。然后丁小海就没有什么可输的了，只好向人家借钱。竟然渐渐地他又赢了，把失去的一切（存折、房子、老婆）又全都赢了回来。那可是惊心动魄的一周，丁小海双眼血红，头顶上的包块发亮，心情大起大落。也幸亏了这强有力的刺激，他才在麻将桌上熬了下来，没有睡过去。

所有的一切——丁小海的赌瘾、牌技、铁杆麻友、打的大小以及身心的体验和锻炼,都是在这一周里形成或者完成的。况且那时候丁小海的脑袋里正在发生一些事,从水肿到消肿到自行调适,在此过程中,他打牌不止,想必有一些关于麻将的因素被深深地烙了进去。听完丁小海的故事,我总算是明白了眼前的这位朋友:赌徒就是这样炼成的!

好在他还算有一点人性,面对我的苦劝表示,即使一时不能完全戒掉赌瘾,以后也打小一点,少打几次,而把更多的时间用于干活挣钱。说完这些,丁小海不免又得意起来,告诉我,那次车祸竟然没有留下任何后遗症,脑袋上面连个疤都没有,脑袋里面更是焕然一新,比没出事以前还要清醒。他觉得自己的脑袋比以前还要好用,其标志就是总赢,而且是大赢,想不赢都没有可能。

我说:"如果真像你说的那样,怎么会落到今天这个地步的呢?到处躲债,老婆都不愿意跟你过了!"

丁小海无言以对。过了一会儿他说:"我说的是刚出车祸的时候,打牌这玩意儿靠的是运气,今年我运气不好,不关脑袋瓜的事。"

他再也不提打麻将的事了,说起了他的那条腿。丁小海说,他也没有去医院里拆石膏。两个月的时候,受伤的腿奇痒无比,实在忍不住就自己将石膏扒掉了。如今这条腿比出事以前还要好,受过伤的腿比没受过伤的那条还要好。刚出事那会儿他拄过几个月的拐,还以为这辈子都要拄拐呢,自然是自己多虑了。丁小海说:"连我这条腿都是白捡的。"

我仔细地打量着丁小海,觉得他的腿的确是完全好了,看不出任何破绽。但脑袋就难说了,没准真的留下了什么后遗症。

丁小海还真是听我劝，从此以后他再也没有去找过汪伟了。后者向我抱怨，说丁小海老来他嫌烦，很长时间不来又想他了。汪伟自然不是想念丁小海这个人，而是想念打麻将。我正色道："你就别勾引他啦，让丁小海好好过日子吧！"

在我的想象中，丁小海已经把老婆孩子接了回去，正忙于重整家业。因此，很长时间里我们没有再见面，我也没有去找他。只要知道他还活着，日子正往好的地方去，也就得了。

二〇〇〇

二〇〇〇年，我去了一趟共水，此时距我离开那里已经二十二年了。此行的目的不免浪漫，我是带女朋友去看星星。我这一时期的女朋友比我小了整整二十岁，从小生长于城市，居然没有见过星河。也难怪，城市里布满了高楼大厦，一到夜晚又华灯齐放，星河自然是消隐不见了。即使有星星，也是零星的一颗两颗，例如金星、北极星这样的大星。小星的星光模糊不清，更别说是稀薄如雾的星河了。没有见过星河，在我看来肯定是一个缺陷，不仅是知识方面的缺陷，更重要的是一种情感的缺陷。何况这个女朋友不顾年龄的差距，一心要嫁给我，不禁使我心生怜悯。让女朋友看一把星星，看了之后再决定嫁与不嫁，我也算是做到仁至义尽了。

要看星河，我不免想到了共水，因为，我就是在那里看见星河乃至星空的全貌的。虽然二十多年过去，一切皆变，但那些永恒的星辰应该犹在吧？

正好杨庆军突然打电话给我，如今他已经是共水县商业局局长了。这个变化不可谓不大，从摆钟表摊的到局长大人，那该是怎样的一条奋斗之路呀？然而这年头传奇太多，我也懒得细问。自然我也没有问杨庆军，他的羊癫疯怎么样了，是否影响他做官。

想必是控制得很好，很少发作，或者随着人到中年，此病已经根除。他邀请我去共水看看，于是我就买了两张长途汽车票，带着女朋友出发了。以前南京到共水，需要五个小时的车程。如今走高速公路，两小时不到就到了，真是方便至极。

一到共水，我们就被接进了商业局的招待所，对外称亚太宾馆，当真是豪华无比。我们被领进一个套间，杨庆军说是总统套房，是宾馆里面最好的房间。自然没有任何一位总统会光顾一个县的商业局招待所的，哪怕它被称作宾馆呢。据说，共水县所有单位的招待所都改成了宾馆，而所有的宾馆里都有一间总统套房。这乃是大势所趋，惯例如此，因此不值得大惊小怪。

然后，陆续有一些中年男人到来，一概自称我的同学，只是我记不太得了。一来时间太久，他们的变化很大。二来，当年可能不是一个班的，或者不是一个年级的。这些家伙人到中年，一个个衣冠楚楚，穿着西服，结着领带，握手的时候手掌绵软，显然是很久没有干体力活了。如今他们都是共水县里有头有脸的人物，这个长那个总的，一时间我还真的反应不过来。那些没头没脸的同学一个也没有出现。从理论上说，他们是应该存在的。看来我的记忆力真的出了问题，不仅是老同学，就是那日思夜想的共水县城，也完全不认识了。当杨庆军驾车带着我们经过共水县大街时，我真的不知道自己身在何处，沿途的景物和南京市郊的新城区并没有什么两样。及至到了宾馆，进了总统套房，我就更加迷惑了。即使是在南京，我也很少有机会见识如此地豪华铺张。女朋友更是噤若寒蝉，不敢吭声，到底是年纪轻呵。

欢迎之后，我们在宾馆里歇息了片刻，接着被拉到了酒席上。

这顿下午开始的晚宴一直持续到夜里十点钟,我喝得晕晕乎乎的被架回了宾馆。所有的同学都跟了过来,在总统套房里分散而坐。他们又要了无数的啤酒,接着聊天。

不知道过了多久,突然楼下传来了吵闹声。杨庆军十分机敏地站起身来,拔掉了门边的房卡,套房里的几十盏灯骤然熄灭。然后,一帮人在他的引导下来到后面的大阳台上,下面便是商业局的院子,可以看见不远处的电栅门。只见一个人拼命地拍打着那门,同时嘴巴里发出嗷嗷的呼喝声。我觉得他的身影有点熟悉,没等我问,杨庆军就对我说,那是朱红兵,也就是朱红军的弟弟。如今他是共水县大街上最著名的疯子。也不知道为什么,那疯子总是来亚太宾馆捣乱,被前面的保安揍过好几次了。现在,他已经不敢靠近宾馆的大门了,每天晚上都会绕到商业局后面,只要看见大楼上还亮着灯,就会拼命地乱骂。直到那楼上的灯一盏一盏地熄灭了,朱红兵才会离去。只要有一个窗户亮着,他就骂个不停。

因此杨庆军给宾馆制定了规章,晚上十点以前靠商业局院子的那面必须熄灯。好在这里毕竟是乡下,人们习惯于早睡,十点以前客人们大多都睡了,整个宾馆的营业活动也基本停止了。杨庆军说:"幸亏宾馆的生意不好,否则不被他搅黄了吗?"他还说,"要不是看朱红军的面子,我早就叫人修理他了,被前面的保安狠揍了几次,到今天我还觉得对不起朱红军呢!不过不打还是不行,毕竟是宾馆的大门啊,好在现在他不敢在前面闹了,只敢跑到后面来……"

说话间,疯子后退了几步,然后使出浑身的力气,对着天空拼命地大喊:"我操你妈!"

每骂一句,都会弯下腰去,然后直起来,全身绷直,姿态僵硬,同时高抬着下巴。他以这样的方式发力,使出了吃奶的劲,就像是一名掷铁饼者。当然他掷出的不是什么铁饼,而是"我操你妈!"。

此时的共水县大街上没有一个人影,商业局院子的门房里亮着灯,但毫无动静。顺着朱红兵"投掷"的方向,我看见了夜空,深蓝发黑的天幕之上有稀薄的云层,正被风吹着,飘得极快。朱红兵的狂吼怒骂被头顶上广大的虚无吸收了,一如我的悲从中来。我从震惊到悲哀,然后就变得平静而忧伤了。

杨庆军在打手机,大概是让值班经理查一查,哪里的灯还没有熄。这之后大家就撤出了阳台。老同学们在黑暗中告辞,离开房间纷纷地走了。刚才他们还醉得东倒西歪的,一瞬间竟然无不脚步矫捷,溜得比谁都快。我也一样,觉得醉意全无,送走老同学后再也没有开灯。我再次来到后面的阳台上,甚至朱红兵也不在电栅门那儿了。隐隐约约还能听到"我操你妈"的怒吼,余音缭绕向西去了,那儿正是共水湖大堤所在的方向。

我对女朋友说:"我们去看星星吧。"

不等对方回答,我就拉着她出了宾馆房间。我们来到了共水县大街上,然后一路向西,沿疯子消失的方向而去。辽阔的星空自湖堤的另一面升起来了,有力的湖风吹乱了女朋友的头发。发丝拂过我的脸颊,我的皮夹克也从后面鼓了起来。我们相拥着沿湖堤走去,一面是幽黑无际的湖水,点缀着昏黄的渔火。闪亮的倒影如一条垂直的路,在波涛涌流的地方有一些曲折。一面,则是共水县城的灯光,虽说映红了半边天空,但毕竟比较遥远了。

而在我们的头顶之上则是那倾斜的星河。我们落入这一段时空之中,有如看见了过去、现在和永恒的未来。我在想:当人类的痕迹消失之后,剩下的不就是这无垠而绮丽的星空了吗?

我凭借记忆,一路指点着迷津。这是船闸,这是当年朱红军下去抓螃蟹的地方。那些房子是私人开的旅社、饭店,伍奇芳家便是其中的一栋,当年朱红军在那里宴请过我。这条路是通向长途汽车站的,也通往卢大弯,张新生就是从此被押赴刑场的,当然还有朱红军……实际上,地貌已经面目全非,况且是在黑暗中,我说得未必正确。我也完全知道这一点。然而我的女朋友没有来过共水,我说什么还不就是什么吗?也许,我们正走在一条相反的路上,离那些"遗迹"越来越远了。我们始终没有看见朱红兵,也没有再听见他的叫骂声。他就像是在这良辰美景中消失了,钻进了岸边漆黑一团的湖水里。

星空繁茂,我思如泉涌,一时间想起了很多早已遗忘了的小事,我和朱红军、丁小海,还有其他的同学,曾泡在这样的星空下面的湖水里。除我之外,大家都摸出一条口琴,合奏《大海航行靠舵手》。我想起朱红军和丁小海都会吹口琴,这恐怕是他们唯一的共同之处。丁小海的口琴还是我送的,我记得是上海牌口琴。我还想起自己曾经画过一张水彩画,画的是湖边月亮的倒影,那银白耀眼的倒影可比眼前的渔火闪烁壮观多了……

我正想把这些鸡零狗碎的事说给女朋友听,她抱怨实在太冷了,于是我们便沿原路返回宾馆。为了使身体暖和起来,我们一路小跑,寂静无人的大街上响起了一串脚步声。回到房间以后,实在没有力气洗澡了,我们就这么上床睡觉了。一直睡到第二天杨庆军来敲门,喊我们吃早饭。昨天夜游共水湖堤的情景犹如梦境一般闪现在白天的嘈杂和白光之中。

由于昨晚的出行,女朋友感冒了,发高烧,因此原先的计划被迫取消。我们决定当天就赶回南京。原计划我们将在共水待上三四天,我们家住过的红旗机械厂、我常去的文化馆以及母校共水县中学都要去看看的。县城以外,我还准备带女朋友去两个地方。一是当年我们家下放的那个生产队,现在自然已改成某乡某村某组了。还有就是卢大弯,我想去那里祭奠一下朱红军,也算了却一桩心愿。可现在,由于女朋友生病,只好下次再来了。好在我们已经看过了星河,这是此行的最主要的目的。

杨庆军死拖活拽,留我们吃了午饭。饭后,他派了一辆车,送我们回南京。事已至此,我反倒不太着急了,建议绕道去万年桥看看。杨庆军说:"不就是一座桥吗?有什么好的?"

我说:"那桥还在吗?在,我们就去看看,绕不了多少路的。"

于是我们就去了万年桥。杨庆军也上了车,陪同观光,那儿毕竟属于他的地头呵。

大约十分种不到,我们就到了。一帮人下了车,踱上前面的桥头。

我问:"是这里吗?"

杨庆军答:"是这里。"

我说:"怎么不像啊,不像万年桥。"

杨庆军说:"原来的万年桥早就给扒掉了,这桥是去年刚建的。"

新建的万年桥规模巨大,桥面至少有原来的五六个宽。桥上车来车往，来去如电。如今的万年桥已经连上了国道，是国道上的一座重要的大桥。过桥的时候，我差一点没被一辆疾驶而过的油罐车撞倒。过桥之后，紧紧地攥住桥边的栏杆，这才感到稍许安全。不仅万年桥，就是大桥横跨其上的大寨河也面目全非了，有如一条大江。桥下河水湍急，夹带着旋涡。两岸则不见一丝一毫的绿色，楼房、烟囱林立。一眼望去，有无数的工地、脚手架以及吊臂。大白天的，到处弧光闪闪，打桩机和电锯的吼叫声震耳欲聋。好一派嘈杂、繁荣、热烈而又无比荒凉的景象啊！

我来万年桥，是想看看朱红军的那栋青砖大瓦房的。想当年，他们家可是万年桥下的第一户人家，绿树掩映，鸡飞狗跳。我还记得朱红军他妈经营的那块菜地，记得她辛苦种植的那片水杉……此刻都在哪里呢？我不由得怔怔地看着某个方向，似乎在寻觅，又像在思考，但无论我的头脑还是眼前都是一片空白。杨庆军大概看出了我的意思，他对我说："朱红军家的房子早就给扒了，如果没有扒的话，位置应该在现在的大寨河的中间，现在的岸边已经到红旗机械厂了。你看见的这一片，现在是共水县工业园开发区……"

这么说，朱红军家已经葬身于汹涌的波涛之下，成了鱼鳖之家了？只是那万年桥犹在。不对，准确地说，是"万年桥"三个字犹在。它被镌刻在大桥栏杆中间镶嵌的一块大理石上，红漆涂就的书法不免龙飞凤舞。我牵着我的女朋友，杨庆军紧随其后，走向那三个字。克服了桥上风大的困难，我好不容易点着了一支香烟。自己猛吸几口，之后，我将那烟放了人行道的边沿，找了几块小石头挤住，使其不再滚动。烟头微弱的红色在桥风的吹拂下，一顿一顿地后缩，真像有人在吸食一样。然后留下又长又白的烟灰。

我后退一步，向着"万年桥"三个字躬下身去，一连鞠了三个躬。同时大声地说道："亲爱的老友啊，你已经家破人亡了！"

这之后，我们回到了停放汽车的地方，临上车前去了一趟路边的厕所。女朋友去了左边的女厕所，我和杨庆军去了右边的男厕所。我们肩并肩地站在小便池的台阶上。杨庆军介绍说，这厕所可不一般，和新建的万年桥是系列工程，去年刚盖的。县里专门拨了专款，造价八十多万，分上下两层。杨庆军问："要不要我带你去楼上看一看？"

我说："就不必了吧。"

然后我们就出来了。再看那厕所，果然不同凡响，设计得如同一栋别墅，外墙上镶嵌着无数的马赛克瓷砖。女朋友出来后则说："厕所里点了卫生香，难闻死了，又香又臭的……"

也难怪，万年桥乃是从东方进入共水县城的门户，下了桥就到了这个厕所，位置不可谓不重要，甚至可以说它是共水县的脸面。盖得气派点以及点几根香也是应该的。

然后我们就回南京了。杨庆军一再叮嘱司机要把我们送到家，不要开得太快，注意安全。之后我们就挥手作别了。

关于此行，面对我的那帮哥们，我的总结是："看了一把星星，另外祭奠了一下一个死去的朋友。"

我的女朋友则对她的同学说："住了一把总统套房，吃了一堆湖鲜，有螃蟹、龙虾、鳜鱼、鳗鱼、鲤鱼、青鱼、泥鳅、河蚌、螺蛳、菱角、莲子、老鳖、野鸭……"

二〇五

时值二〇〇五年,我的日子开始好过起来。最近几年,艺术品市场的行情看涨,生意火爆,以前炒房子、炒股票的人纷纷把资金转移到倒画上面来了。我本来就是画画的,况且这些年一直在画,只不过缺乏钻营的劲头和热情而已。别说是我,就是那些从来没有画过画的,或者画过画后来又去干别的营生的人都开始纷纷画画了。以前搞装置的、搞行为的也都积极地回归架上。架上作品好卖,便于收藏和倒手。有人嘲笑那些意志不坚定转而架上的艺术家说:"就像是排队,快排到你了,又换了一个队排。"

说得很有趣,但毕竟架上这支队移动迅速,活力无限,因此搞艺术的人哗啦一下子全拥过来啦。

我从来没有排过队,甚至都没有排队的概念。我的这种态度使我声名鹊起,竟有了世外高人的美誉。况且,虽然二十多年来我不与人争,但在美术圈子里却有很多的同学、老师和熟人。一时间大家都很乐于称道我的高风亮节,我的淡定无为。我不禁发现,这样的一些议论是非常有利于自己卖画的。如今倒卖艺术品的大多是一些商人,完全不懂艺术,鉴别艺术家及其作品的价值只能靠道听途说。成名已久的大画家就不用说了,另外就是像我这样的高人,几十年如一日,画画不止,并且不吭不哈。圈子里的朋友一面向商人们传扬我的人品画品，一面却对我说："你是呆人有呆福。"

我比较认同后一点。

总而言之，一瞬之间，我的周围就出现了无数的画廊老板、策展人、收藏家，怀揣着支票、现金、优惠的合同登门造访。向我求画的人几乎排到了十年以后。短短的两三年的时间里，我参加了二十几个画展。此外至少有四十个画展，因为时间关系和作品有限我未能参加。我自然和画廊方面签订了合同，条件之优厚让同行们羡慕不已。和我合作的画廊在业内享有盛誉，资金雄厚，业务蒸蒸日上。与此同时，我频繁出国，参加展览及有关的学术交流活动。护照的签证页都签满了，需要换新的了。媒体和专业杂志也跟风而至，采访、对话，要求开辟专栏。还有各种和画画甚至和艺术无关的活动也一再邀请我参加。只要我愿意，顿时就能变成一个社会名流，对我国的文化和政治生活的方方面面即席发言，施以影响，尽到一名公共知识分子应有的责任。

这一切的结果是金钱滚滚而来，我的物质生活极大地丰富，呈爆发之状。我买了房，买了车，投资了两家饭店，一家是川菜馆，一家是粤菜馆。如今我有吃饭的地方了，就在自己开的馆子里吃。天天高朋满座。也有了口味的调剂，川菜吃厌了就吃粤菜，粤菜吃厌了就吃川菜，这两种菜都是我最最爱吃的。买的房也不止一处，上海、北京、杭州和深圳都有我的房产，每个地方都有我的好几处画室。车也换了好几拨。如今我开一辆全黑的悍马，在南京城里招摇过市，非常扎眼。我身材矮小，因此朋友们和我开玩笑，说我开悍马就像无人驾驶一样。而我坐在里面，却觉得自己开的是东方红。自然是比当年的东方红舒服多了（虽然我没有开过东方红，但能想象得到），但那种满足和高高在上的感觉却是十分相似的。因此我不免想到了朱红军，要是他活着就好了，悍马至少可以借给他开开。我觉得只有朱红军，才能真正体会出这台车的优越和精神上的价位来。

几年前，是我事业上最困难的时期，穷得厉害，只能以仰望星空来招待女友。我带到共水去的那个女朋友最终也没有和我结婚。那时候可以说，当时是我最难熬的时期，黎明以前的黑暗，可怜的女孩儿终于没有挺过去，在家人和闺中密友的教唆下弃我而去。我考虑到自己的情况，也没有加以挽留。和她分手以后，我就不想再找固定的女朋友了。倒也不是因为伤心绝望，而是情况开始发生了变化，我渐渐地富了起来。我担心女孩儿喜欢我，是因为我的钱，我的名气，而非喜欢我这个半老头子。当然，也许还有更深层的原因。如今资源丰富，我不用再着急了，没有了年轻时的那种紧迫感。事情肯定是这样的，当你穷困贫乏时不免积极进取，心想：过了这一村就没这一店了。而如今身边美女如云，反倒没有了那样的焦虑。

我很满意自己目前的这种状况，引而不发，到处都是女人味儿，甚至是腥风阵阵。我深吸几口也就满足了，不见得真的要做什么。画画的朋友一言以蔽之，说我老了。我完全接受，并且十分谦虚地说："人不服老不行啊！"

老人喜欢热闹，这热闹我是赶上了。老人还喜欢怀旧，我也正怀着呢。一天我突然想起了丁小海，我们上次见面已经是上世纪的事情了。我马上开始寻找丁小海的电话，经过几番曲折，终于找到了。我约丁小海出来见个面,地点就在我投资的那家川菜馆。他一听马上就知道了,这家川菜馆如今非常有名,南京城里无人不知。我在饭馆门口等着,心想对方一定是骑摩托来的。也许丁小海已经不骑摩托了,换开车了。这么些年过去了,开辆车还不是很正常的。

巷子的尽头,丁小海徒步而来,不免让我吃了一惊。我问:"你的摩托呢?"

丁小海说:"早就不骑了。"

我想问他现在是不是开车,但看样子也不像,所以就没有问。我把丁小海带进一间包间,转身对值班经理说:"有人来找,就说我不在,别说我在这里吃饭。"

值班经理应声而出,吩咐下去。

包间里灯光明亮,桌布洁白,餐具闪闪发光。我开始打量丁小海,他还是那模样,似乎没有特别的变化。只是胖了一些,显得更壮实了。丁小海的头发仍然乌黑,没掉也没少,令人羡慕。而我的头已经秃得差不多了,为了掩饰,剃了一个大光瓢。他仍然动辄就笑,一笑就露出了很多的皱纹。灯光下,脸上的皮肤上有一些清晰的小坑,乃是当年长青春痘留下的,但比以前明显了。牙缝很黑,不用说是抽烟抽的。一双手骨节粗大,倒也还算干净,只是指甲缝里黑黑的。丁小海仍然保留着一个体力劳动者的所有特征,只不过,是一个中年体力劳动者了。他穿了一件鸡心领的毛线衣,外面套了一件小翻领的灰色夹克,坐定以后也没有脱下来。下面是一条深颜色的裤子,脚蹬一双黑皮鞋。鞋头有点尖,折了许多折,虽然已经不新了,但来以前显然擦拭过。

丁小海不免局促，但也许不是针对包间里豪华的陈设的，而是因为两人相对的格局。他问我："没有别人了？"

我回答："没有了，就咱们。"

丁小海说："那在大堂里叫两个菜不就完了，何必要包间？"

说话间，各种冷盘热菜不断地上来了，器皿夸张而显摆，在我和丁小海之间铺陈开去。菜上面压着菜，盘子上面叠着盘子，最后终于形成了一道屏障。丁小海在桌子的一头说："菜太多了，就两个人……"似乎，他只会说这一句话了。

我想说："这饭店是我开的，兄弟，就放开来干吧！"话到嘴边，还是没有说出口。

渐渐地，我们的交谈比较自然了。主要是我在问，丁小海答。正如我观察的一样，这些年丁小海的生活很不如意。他没有继续富下去，比九十年代的时候还要穷。没有买车，那是肯定的了。摩托车也早就不骑了。人到中年，不好那玩意儿了。以前骑摩托车是为了接活，来往方便。现在丁小海仍然在以前的建筑公司里干电工，已经是老师傅了。不同的是，现在的公司成了私人企业，老板是原来公司里的一个领导。现在的公司是股份制的，全体职工的股份才占百分之一多一点，完全是陪衬。丁小海的收入远不如从前，每个月才一千块钱左右的工资，并且不允许私自在外面接活，一经发现就得炒鱿鱼走人。即使接到活，也得由公司来干，个人是捞不到好处的。如果公司接不到活，职工就只能拿工资的百分之七十，也就几百块钱。如果公司三个月接不到活，工资还要减，只能拿到一半的钱，也就五百来块，比吃低保也多不了多少。既没有奖金，年终也没有分红。养老保险倒是有一份，公司代交的钱。丁小海说,大家也就是冲着这个留下来的,至少他是这样的。已经是奔五的人了,老之将至啊,不能不为自己留条后路。况且如果现在离开公司,另谋出路,这些年的养老保险的钱不是白交了吗?虽然是公司代交的,但你拿不回头。

"当然啦,"丁小海说,"还是年纪大了,要是我三十多岁的话,怎么的也会下来不干了,现在没得那个勇气了。"

我问起丁小海家里的情况,对方说:"我和老婆已经三年没见面了,现在我租房子在外面住,小孩跟他妈。"

我来了精神。按照我对世事的理解,定然是因为第三者插足。我满怀希望地问:"怎么回事?你在外面有人了?"

"没有没有,"丁小海不好意思起来,"我这样的人谁会看得上啊,老婆嫌我穷,把我赶了出来,我也落个清净。在家的时候老婆每天都跟我吵,一吵我就心口疼,心脏受不了。"

"那小孩呢?还经常见面吗?"

"好在小孩大了,今年十八了……"

"这么大了?"

"小孩今年考大学,也不好好地复习功课,整天在外面打游戏机,我也烦不了。"

"哦。"

"你在大学里认不认识什么人?能帮个忙什么的……"

"认不认识人都得帮忙,帮不帮得上都得帮,咱们谁跟谁啊?你就放心吧,这事儿就包在我身上了!"

我大概喝多了,开始乱许愿了。还是丁小海比较清醒,他说:"实际上,帮不帮忙都无所谓,我对我儿子已经完全绝望了。"

我又问起丁小海两个妹妹的情况。他告诉我，一个已经离婚了，带着女儿自己过。一个和老公在南方打工，已经好几年没有消息了。丁小海总结说："再折腾也没有用，工人啊，这辈子也就只能这样了。"

一时间我不知道说什么是好。

又干了两杯五粮液，我问丁小海现在是不是还在打麻将。他嘿嘿地笑了起来，说："不打了，有时候和家门口的人玩扑克，打跑得快。"

我问："还来钱吗？"

丁小海说："来点小刺激，一晚上进出也就二三十块钱，也不算来钱。"

自始至终，丁小海都没有问我的情况。这有点奇怪，但也很正常。我的情况那不是明摆着的吗？我的精神气，光鲜的衣着以及如此大方的出手（宴请丁小海）已经说明了问题，还有什么可问的呢？我觉得自己约见丁小海，有点儿像领导深入基层。领导询问基层老百姓：吃得怎样？穿得怎样？家里有几口人？有没有余粮？孩子们都上学了吗？你见过老百姓反过来问领导的吗？

也幸亏丁小海没有问我任何情况，否则的话，说出来那还不把他吓一跳？我俩现在的生活当真有天壤之别，我的飞黄腾达不啻是对丁小海穷困潦倒的一个伤害。我不想侮辱我的朋友。因此，既然丁小海什么都没有问，我就什么都没有说了。为此我感到深深的不安。

这之后，我们的会见就结束了。我把丁小海送到饭店门口，看着他沿着那条黑暗下去又明亮起来的美食街远去了。黑暗下去的是天光，明亮起来的是街道两边的饭店、酒楼。丁小海的衣服上闪现着各处射来的混乱的光线，然后，他就消失在熙熙攘攘的人群中了。

我在饭店门前站了好一会儿，这才去停车场，发动我的悍马。我没有用车送丁小海一程，也没有告诉他这家饭店是我开的，隐隐地觉得有点不踏实。突然我灵光一闪，决定送一张画给丁小海。我决定明天就开画稿。当然，我不会告诉丁小海这张画的价值，他对艺术品市场一无所知，说了也不会明白。但有这张画总比没有要好，我也可以放心了。我为朋友能做的也只有这个了。

这张画的名字就叫作《英特迈往》吧，我将倾尽平生所学，画得灿烂辉煌，无与伦比。它将被放置在丁小海的那间租来的房子里，以后随着丁小海四处搬迁。刮风下雨的时候可以用它来堵窗户，没地方睡觉可以当床板用，垫在地上。实在不行，就倚在某个墙角上落灰。或者劈了当柴烧，也能烧上一阵子。在我的理解中，一件真正伟大的作品其命运就该如此，价值无限，但从来没有经过商业运作的污染，没有沾上金钱的痕迹，也不进入博物馆。而在日常生活的琐碎中消失于无形，就像从来没有存在过一样。

我被我的想法所激动，差一点没撞到路边的一个骑车带小孩的人。一个激灵之后，我又想：万一，丁小海把这幅画卖掉了怎么办呢？那也好，也值得了。

至于这张画到底画些什么，目前我还不知道。

朱红军

张早

丁小海

魏东

韩东创作年表

1961 年	5月17日出生于南京,父亲韩建国(方之),母亲李艾华。
1978—1982 年	就读于山东大学哲学系哲学专业。
1980 年	于《青春》杂志首次发表诗歌作品。
1981 年	获《青春》杂志"青春文学奖"。
1985—1995 年	主编民办刊物《他们》,共出9期。
1992 年	出版诗集《白色的石头》。
1995 年	出版小说集《树杈间的月亮》。
1996 年	出版小说集《我们的身体》。
1997 年	出版诗文集《交叉跑动》。
	获"刘丽安诗歌奖"。
1998 年	出版散文集《韩东散文》。
	参与发起题为"断裂"的文学行为。
2000 年	出版小说集《我的柏拉图》。
2002 年	出版诗集《爸爸在天上看我》。
2003 年	出版长篇小说《扎根》。
2004 年	获"华语文学传媒大奖"年度小说家奖。
2005 年	出版小说集《明亮的疤痕》。
	出版长篇小说《我和你》。
	获《晶报》"最佳专栏作家奖"。
2006 年	出版小说集《美元硬过人民币》。
2007 年	出版小说集《西天上》。
	出版思辨散文《爱情力学》。

2008 年	出版长篇小说《小城好汉之英特迈往》。
	应贾樟柯邀请，完成电影剧本《在清朝》的写作。
	《扎根》英文译本（Nicky Harman 翻译）获曼氏亚洲文学奖提名。
2009 年	出版小说集《此呆已死》。
	《扎根》英文译本出版。
	《小城好汉之英特迈往》韩文译本出版。
	获高黎贡文学节"评委会主席奖"。
2010 年	出版长篇小说《知青变形记》。
	《扎根》再版。
	《我和你》再版。
	《小城好汉之英特迈往》获"金陵文学奖"。
2011 年	出版随笔集《夜行人》《一条叫旺财的狗》《幸福之道》。
	获《十月》杂志诗歌奖。
	获《晶报》之"畅想文学奖"。
2012 年	出版中英文对照版诗集《来自大连的电话》。
	《扎根》日文译本出版。
	《扎根》意大利文译本出版。
	《爱情力学》再版。
2013 年	出版诗集《重新做人》。
	出版长篇小说《中国情人》。
	获"珠江国际诗歌节"大奖。
	获《长江文艺》杂志优秀诗歌奖。
2014 年	获"新世纪诗典"成就奖。
2015 年	出版诗集《韩东的诗》。
	出版诗集《你见过大海》。

	出版诗集《他们》。
2016 年	出版长篇小说《爱与生》(原名《欢乐而隐秘》)。
	出版小说集《韩东六短篇》。
	导演电影《在码头》。
	获《诗潮》杂志"年度成就人物奖"。
	电影《在码头》获"后天双年度文化艺术奖"。
2017 年	法文诗集《SOLEIL NOIR》(《黝黑的太阳》)出版。
	电影《在码头》入围釜山国际电影节新浪潮单元。
	电影《在码头》入围平遥国际电影展新生代单元。
2018 年	出版诗集《我因此爱你》。
	获长安诗歌节"现代诗成就大奖"。
	展览"毛焰 韩东"在四方当代美术馆举办。
	执导话剧《妖言惑众》,首演。
2019 年	电影《在码头》获休斯顿电影节"雷米奖"之导演金奖。
	获《钟山》杂志"钟山文学奖"。
2020 年	出版言论集《五万言》。
	意大利文诗集《UN FORTE RUMORE》出版。
	展览"我的诗人"(毛焰 韩东作品展)在深圳坪山美术馆举办。
2021 年	出版诗集《奇迹》。
	出版小说集《崭新世》。
	出版诗集《他们——韩东、毛焰、鲁羊、于小韦四人诗辑》。
	获首届"先锋书店诗歌奖"大奖——"先锋诗歌奖"。
	《扎根》《知青变形记》《小城好汉之英特迈往》合为"年代三部曲"出版。

图书在版编目（CIP）数据

小城好汉之英特迈往 / 韩东著 . -- 北京：中国友谊出版公司，2021.8

ISBN 978-7-5057-5211-5

Ⅰ.①小… Ⅱ.①韩… Ⅲ.①长篇小说—中国—当代 Ⅳ.①I247.5

中国版本图书馆 CIP 数据核字 (2021) 第 066854 号

书名	小城好汉之英特迈往
作者	韩　东
出版	中国友谊出版公司
发行	中国友谊出版公司
经销	新华书店
印刷	天津创先河普业印刷有限公司
规格	889×1194 毫米　32 开　10.5 印张　250 千字
版次	2021 年 8 月第 1 版
印次	2021 年 8 月第 1 次印刷
书号	ISBN 978-7-5057-5211-5
定价	72.00 元
地址	北京市朝阳区西坝河南里 17 号楼
邮编	100028
电话	（010）64678009